illust. selen

1
朝霧あさき
セレン
ベル・プペーのスパダリ婚約
spadari fiançailles de belle poupée
～「好みじゃない」と言われた人形姫、我慢をやめたら皇子がデレデレになった。 実に愛い！～

Contents

spadari fiançailles
de belle poupée

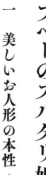

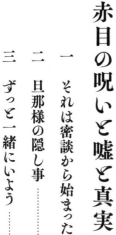

chapter 1

一章

ベル・プペーのスパダリ婚約

spadari fiançailles de belle poupée

一
美しいお人形の本性

「俺はもっと大人の綺麗な女性が好きなんだ。いくらお前がベル・プペー……人形の如《ごと》き美しさだとしても、まったくもって好みじゃない。今までのように、ただにっこり笑っていれば勝手に手の平で転がっていた男どもと一緒にはするなよ」

気だるげに細められた紅《くれない》の瞳。肩ほどに伸びた黒髪。息苦しいとばかりに着崩された服装。ロスマン帝国第二皇子、ジルベール。

噂通りの奔放さだ。ここが建国記念式典のパーティー会場で、目の前にいるのが初顔合わせの婚約者だと理解していないのではとさえ思えてくる。

ベル・プペー。美しい人形とあだ名されるレティシア・オルレシアンはジルベールの言葉に穏やかな微笑みを返した。

シャンデリア輝く煌《きら》びやかな会場。

真っ赤なカーペットも、壁に飾られている絵画も、テーブルに並べられた料理たちも、何もかもが一級品。天井近くまである大きな窓には部屋の明かりが反射し、幻想的な美しさを演出していた。まさに絢爛豪華《けんらんごうか》と言い表すに相応《ふさわ》しい華々しさだ。

当然、見目麗しいご婦人やご令嬢たちの姿があちらこちらに散見される。

しかし、その中でもひときわ視線の的となっているのがレティシアであった。

サラリと揺れる絹の如き銀の髪。サファイアを埋め込まれたかのような深い青の瞳。ビスクドールにもたとえられる肌は、血が通っているのかと不安に駆られるほど白い。

十六歳でありながら一四五センチにも満たない小柄な身長が、より人形みを増していた。

なにより、彼女はめったなことでは口を開かない。表情も変わらない。

ゆえに美しい人形《ベル・プペー》。

オルレシアン公爵家の人形姫として社交界では有名だった。

皇子らしからぬ奔放さで周囲の手を焼かせ、ひっきりなしに女性問題を噴出させるジルベールと彼女との婚約が決まった時は、誰もが耳を疑ったものだ。

「お前には感情というものがないのか？　俺は、美術品として妻が欲しいわけじゃない。契約の破棄を申し出てくれればすぐにでもサインをする。よく覚えておくんだな」

レティシアは彼の言葉に対し、スカートを持ち上げ静かに頭を下げた。

周囲からざわめきが漏れる。

そのどれもがジルベールに対する非難とレティシアに対する憐憫《れんびん》だった。

それもそのはず。社交場での二人の評判は天と地ほどに開きがあった。

レティシアは微笑みの裏で、奇怪な生物がいたものだと首をかしげる。

（おおむね前評判通り。娼館通いというのは後で確かめるとして、このような場で軽率な発言をすれば、どうなるかなどわかりきっているだろうに。少々わざとらしさを覚えるが、何も考えていないのならばただの阿呆だぞ）

彼女がジルベールの婚約者となった経緯というのが、誰も彼もが皇子との婚約を辞退する中、レティシアだけは首を横に振らなかった、という至極単純なものだった。

しかし、実はもう一つ理由があった。

（いや、マイナス部分ばかり挙げ連《つら》ねても仕方あるまい。顔は及第点だ。美しいものはそれだけで価値がある。よかろうよかろう。美術品として愛《め》でればよし！　私は夫が美術品だろうと一向に構わんからな！）

――そう、少女というにはあまりにも達観しすぎていたのだ。

ベル・プペーなど仮の姿。

その強靭《きょうじん》な精神と、大抵のことでは物怖じしない大らかな性格、しかし自分の信条は決して曲げない頑固さと子供らしい傲慢さも持ち合わせ、国を裏から牛耳《ぎゅうじ》っていると噂されるオルレシアン家の者ですら、次々と陥落させた女傑なのである。

こっそりとレティシア様ファンクラブなるものが存在し、屋敷内で働くすべての者——だけでなく、父や母を除いた親族たちも加盟しているとかなんとか。

それゆえ両親たちも、この娘なら問題なくやっていけるという信頼のもと送り出してくれた。はずだ。

最後にチラッと「もうお前の手綱《たづな》は握れんのだ」と父が言っていた気もするが。些末なことを覚えているレティシアではない。そんなものはゴミと一緒に丸めて捨てるに限る。

レティシアは言いたいことだけを言って去ろうとするジルベールの後ろを、ちょこちょこついて歩く。鬱陶《うっとう》しそうな視線を向けられたが、鋼の精神には瑕疵《かし》すらつかない。

婚約者になったのだから、相手のことをもっと知るべきだろう。

にっこりと微笑めば、彼はもはや諦めにも似たため息をついてレティシアから視線を外した。

（ふむ、文句の一つくらい言われると思ったが。意外と押しには弱そうだ。このままグイグイいくか。夫婦仲は良いに越したことはないしな）

完全に拒絶されないことをいいことに、レティシアはジルベールをじっくり観察する。

歩く姿勢、グラスを取る手、来賓に会釈をする姿。乱れた服装とは裏腹にその所作は見惚れるほどに美しい。

意識外での振る舞いこそ本質が出るもの。随分厳しく躾《しつ》けられたものだと感心する。

それとも自ら望んで学んだのか。

何はともあれ、噂を鵜呑みにすべきではないなと改めて思い知る。

（まぁ、私も人のことは言えんか。まったく、つくづく面倒であるよ）

言葉を交わせれば一番楽なのだが、口を開けば一瞬でボロが出る。

お願いだから人前でだけは大人しくしていてくれ、と母に泣かれては仕方あるまい。実母であろうと女性の涙には弱い――とはレティシアの談である。

十文字程度の言葉ならばまだ取り繕《つくろ》えるが、それでは会話にならない。

これがベル・プペーなどと呼ばれるようになった所以《ゆえん》である。

「で、いつまでついてくるつもりだ？　鴨《かも》の親子じゃないんだぞ」

「鴨？　ふふっ」

「……なんだ、普通に笑えるんじゃないか。――ッ、ではなく！　ついてくるなと言っているんだが！」

声を張り上げるジルベール。それが照れ隠しなことくらい容易に想像がつく。

レティシアは口元を押さえ「失礼、いたしました」と目を細めた。

（鴨の親子ときたか。あまりに可愛らしい図が頭をよぎったので笑ってしまったよ。危ない危ない。ただ――）

痛いくらいに突き刺さってくる視線の針。

ジルベールの声が思いのほか通ってしまい、会場中の関心が一手に引き寄せられたのだ。

実に鬱陶しい。

美しさを称えているだけならば文句もないが、罵詈雑言《ばりぞうごん》が付随されていては不快以外の何物でもない。たとえそれが己以外へ向けられたものだとしてもだ。

いや、己以外だからこそ余計に気分が悪いと言えよう。

ベル様可哀想。なぜあのような粗暴なものが第二皇子なのだ。いくら皇帝一族と婚姻関係を結べるといってもあれでは。オルレシアン家は恐ろしい。――耳障りな忍び声が嫌でも聞こえてくる。

他人の事情など放っておけばいいものを。

レティシアは早々に会場を脱したい気持ちに駆られた。しかし当のジルベールは、素知らぬ顔でくるくるとワイングラスを傾けている。

(他人の評価に興味がないのか。慣れているのか。慣れているとするならば、捻《ひね》くれた性格になるのも仕方あるまい。なにせ彼は――)

「呪われた皇子め」

誰かが言った。

その瞬間、ジルベールの顔が怒りに歪む。

彼は手に持っていたグラスを乱暴にテーブルへ置くと、無言で出口に向かっていった。

真っ白なクロスの上に赤黒い染みが広がる。

「ジルベール様」

「気分を害した。俺はもう行く。キミは好きに楽しんでいればいい」

「どこへ？」

「女性には決して楽しめぬところだよ。俺の評判を聞いていれば自《おの》ずと推測はできるはずだ。それでももし連れていけと言うのなら、連れていってやらないことも――」

　レティシアは迷いなく彼の腕を掴んだ。

「おい、まさかと思うが……」

　渡りに船とはまさにこのこと。

　娼館通いという噂の真偽も気になっていたところだ。くだらないパーティーから抜け出せて、なおかつ疑問も解消できる。

　これに乗らない手はない。

　顔を引きつらせるジルベールとは反対に、レティシアは瞳を輝かせて更に強く彼の腕を握った。

　逃がさんぞ、と言わんばかりに。

＊　＊　＊　＊　＊　＊

　女性には決して楽しめない場所だと念を押されていたので、どんなものかと身構えていたレティシアだったが――。

(なんだここは！　天国じゃないか！)

彼女は今、とても興奮していた。

薄暗いが落ち着いた店内、ふかふかのソファ、美味しい果物、更には両脇に座った麗しい女性たちが甲斐甲斐しく世話を焼いてくれるというオプション付き。

これを天国と言わずして何と言おう。ハレルヤ。これは入り浸っても仕方がない。わかる。わかるぞ。抗いがたし——と、レティシアは口元に寄せられた葡萄《ぶどう》にかぶりついた。

瑞々しいすっきりとした甘さが口の中に広がる。

にこにこと笑って金髪碧眼の美女——アリーシャを見ると、周囲から黄色い悲鳴が上がった。可愛い、次は私、ベル様、愛らしい、沸き起こる賛美の数々に悪い気はしない。

愛おしそうに頭や頬を撫でられながら、柔らかい胸に包まれて、でろでろに甘やかされる。実に甘美なる経験だ。

ジルベールの妻になれば大手を振ってこの場へついていける。最高じゃないか。

もはや娼館通いは美点の一つかもしれない。

「……なんなんだキミは」

アリーシャを挟んで向こう側に、不機嫌そうに足を組んだジルベールが座っている。

彼は傍に侍《はべ》る妖艶な美女たちには指一本触れようとはせず、退屈そうに店内の様子を観察していた。

顔が見えないよう、壁と植物で遮られたスペース。

遠くの方から談笑する声が聞こえてくるので他にも客はいるらしい。時折、手を取り合った男女が店の奥へ消えていくので、そういう店として機能はしているのだろう。

ただ、多くの客は会話と食事を楽しむのみに留めているようだった。

店内は掃除も行き届いており非常に清潔。全体的にアダルティな雰囲気はあるものの爛《ただ》れた不健全さはない。色々乱れた場所だと予想していたが、良い意味で裏切られた。客層も悪くない。

「しかし、どうしてベル・プペー様がこのような場所へ？」

「俺の婚約者だとさ。今日紹介された」

「ベル様がジルベール様の婚約者!?」

大袈裟なくらい驚いて、アリーシャはレティシアとジルベールを交互に見やった。周りの女性たちも皆、驚愕と不安が混ざりあった表情をしている。

察するに、夫となる人物が他の女に現《うつつ》を抜かしていないか心配でついてきた健気な婚約者、という風に映っているのだろう。

実際はジルベール以上にこの店を楽しみ尽くしているのだが、人形のように儚《はかな》げな容姿のおかげで勝手に良い方向へ解釈してくれる。

さすがはベル・プペー。何とも便利である。

「ベル様、ご安心くださいましね？　ジルベール様はこの店の子に手を出したことは一度も――」

「おい、余計なことを言うな。どうせすぐこんな婚約など破棄だ。オルレシアンの人形姫がわざわざ俺などに嫁ぐ理由がない。それとも、どこかと結託して俺を始末してこいとでも言われたか？」

ジルベールは立ち上がるとレティシアの顎を摑んで、じいと瞳を覗いた。

その奥にある思惑を探ろうとするように、疑念に満ちた紅の瞳がゆらりと揺れる。

吸い込まれてしまいそうだ。

わずかな光源だけが支配する薄暗い室内であっても、その目だけは高貴なほどに煌々と輝いている。

（ああ、本当に美しい瞳だ）

レティシアはうっとりと目を細めた。

「本当に、なんなんだキミは。そんな目で見るな！」

「とても綺麗なので」

「――ッ、う、そをつけ！　俺はこんなもの！　……抉り出したいほど、嫌いだ。キミだって、本心では気味が悪いと思っているくせに！」

ジルベールはレティシアから手を放すと、仕切りを抜けて奥の扉をくぐった。何名かの男女が消えていった扉だ。店の子に手を出していないと言うのはレティシアに対する優しい嘘で、本当は彼も相手を待たせていたのだろうか。

ソファの上に膝を立てて、ジルベールが消えていった扉をじっと見つめる。

少しの浮気くらい許せぬ狭量ではない。

何かに縋らなければ生きていけぬ境遇だったことも理解している。

（……呪われた皇子、か）

国家の転覆を狙った裏切り者、自らが王位につくため兄弟たちを毒殺した異常者、とある姫に恋をして戦争の引き金を引いてしまった愚鈍の王。

国が傾く原因となった皇族たちは、そのことごとくが赤い目をして生まれてきた異端児であった。

両親ともに一般的な瞳の色をしていても、何故か一定周期で生まれてくる突然変異。最初は偶然だと鼻で笑っていた者たちも、重なり合う偶然に恐怖を覚えるようになった。

そうして、まるで悪魔に魅入られたような鮮血色の瞳を持つ者は、いつしか呪いの子と呼ばれるようになっていったのだ。

（馬鹿馬鹿しい。調べてみたが、どれもこれも感情の発露が下手なだけだろう。うまく手綱を握って気にかけてやれば問題はない。それを呪いなどとよく言ったものだ。遠くから腫れ物のように接することは逆効果だと何故わからんのだ）

レティシアは苛立ちをにじませた息を吐いて、ソファに座り直した。

「まぁまぁベル様、ジルベール様はすぐ戻ってきますわ。それまではわたくしがお相手を務めますので、ゆっくりとお寛《くつろ》ぎくださいませ」

「もう、アリ姉ばっかりずるい！　私もベル様のお世話をしたいのに！」

「あら、卓に呼ばれたのはわたくしですもの。ジルベール様がいらっしゃったからと皆が勝手に集まって、ベル様もさぞ驚かれたでしょう」

「むむむ！」

「ほら、皆さんもお仕事ですよ」

アリーシャがぱんぱんと手を叩くと、周囲の女性たちは一人、また一人と持ち場へ戻っていった。

レティシアとしてはこのまま単独ハーレム状態でもウェルカムだったのだが、仕事の邪魔をするわけにはいかない。

涙をのんで彼女たちを見送ろう。

美女ばかりを集めたこの店でも、頭一つ抜きん出て美しいのがアリーシャだ。落ち着いた佇まい、たおやかな仕草、店でもトップクラスの人気を誇り、皆のリーダー的存在。

そんな彼女がつきっきりで傍にいてくれるのならば、まったく問題はない。

レティシアはすでに当初の目的を忘れ、この店を心行くまで満喫するつもりだった。

「普段は指名されない限り卓につくことはないのですが、ジルベール様はこの店の恩人ですので。つい皆が集まってしまうのですよ」

「そうそう！　ジルベール様がお越しになるまで結構劣悪な環境だったんですよぉ！」

先ほどアリーシャに意見していた女性がレティシアの隣に腰掛け、くるくると髪を弄る。

赤みがかった茶髪に、まだあどけなさの残る顔。

アリーシャとは真逆のタイプだ。それも良し。

「ラウラ」

「いいじゃないですか。ベル様のお相手が一人なんて失礼だもの！　それにぃ、ジルベール様は素直じゃないから、私たちが好感度を稼いであげなきゃ！　ベル様だって、ジルベール様のこと聞きたいですよねぇ？」

サクリと苺《いちご》にフォークを突き立て、「あーん」と慣れた手つきで差し出してきた。それも一番甘い頭のところだ。良くわかっているじゃないかラウラとやら。

レティシアは躊躇《ちゅうちょ》なく苺にかぶりついた。

ほんの少しの酸っぱさと蕩ける甘さ。とても美味しい。

「きゃー！　食べていただけたぁ！」

「ラーウーラー？　あなた、ベル様を何だと思っているの？」

「アリ姉だって、ここ一番の笑顔でベル様ベル様って次々に果物運んでたでしょ」

「……だって、とんでもなく可愛いんですもの」

もじもじと恥ずかしそうに両手を擦り合わせるアリーシャ。

(可愛いのは君たちの方だと思うがね)

レティシアは二人の視線が外れていることを確認し、ぺろりと唇を舐めた。

さて、せっかくジルベールのことを教えてくれると言っているのだ。ご厚意にあずかるべきであろう。

ラウラの服を軽く引っ張って、上目づかいに首をかしげる。

「教えて、いただけるの？」

「――ッ、べ、ベル様ッ！　そんな……私などでよければいくらでも！　もっと！　いっぱい！　頼ってくださいませ！」

「落ち着きなさい！　こんなに可憐で美しくて愛らしくてもベル様はオルレシアン公爵家の方！　本来ならば我々のような者がおいそれと触れてよいお方ではないのですよ！」

押し倒して頬ずりでもしそうな勢いのラウラを片手で押しとどめ、レティシアを守るように後ろから抱きしめるアリーシャ。

庇護されるなど久方ぶりだ。

蝶よ花よと箱に詰められ、息苦しい生活を強いられるのは苦痛でしかない。

いくらレティシアがベル・プペーと呼ばれ、庇護欲をそそられる儚げな容姿をしていたとしても中身はアレだ。下手な騎士など足元にも及ばない胆力の持ち主。

彼女には、どのような危機的状況であっても一人で切り抜けられる自信があった。

ゆえにオルレシアン公爵家ではレティシアの行動に制限は設けず、よほどのことがない限り護衛もつけない決まりとなっている。

なので、この場にオルレシアン家の護衛がいないのはいつも通り。普通のこと――なのだが、ジルベール側の護衛もいないのは予想外であった。

いくら建国記念式典の最中であろうと、第二皇子が市街へ出向くのだ。無理を押し通してでも数名の護衛はつけるのが道理であろう。

だから目についた。

それはまるで不慮の死を願われているようで――。

（まぁ、私が護衛の代わりをすればよいだけのことだが）

レティシアはちらりと扉を見た。ジルベールが出てくる気配はない。できれば目の届く範囲にいてほしいのだが。あまり干渉しすぎるのも迷惑だろう。

難しい塩梅《あんばい》だ。

「申し訳ございません、ベル様。この子、ちょっとお馬鹿で」

「うぅ、だってベル様愛らしすぎるんだもんー！」

ああ、薄々気付いていていた。よいよい、気にするな――とは言えないので、とりあえず微笑んでおく。

仕方がない。ここはジルベール馴染《なじ》みの店。

危険はないと仮定して、今は情報集めに勤しもう。

「ラウラ様、どうか、ジルベール様のことを」

「あ、申し訳ございません！　ええと、それじゃあどこから話そうかな。ベル様は傭兵騎士制度については詳しくご存じで？」

こくりと頷く。

傭兵騎士。その名の通り、国と直接契約を結んでいる騎士とは違い、個別に契約を結ぶフリーの騎士である。騎士と違って仕事内容は様々。素材採取から護衛、人里に害をなす魔獣の討伐など多岐にわたる。

受けられる案件はランクによって決まり、最低がF。最高がSSとされている。

SSランクまでいくと一国に数人しかおらず、戦にでもなれば騎士団長が頭を下げて助力を願い出てくるレベルだ。

「ああよかった！　それじゃあその辺すっ飛ばしていきますね！」

「ラウラ？」

「あ、えっと、お話しさせていただきますね！」

アリーシャの聖母のような微笑みの裏に、うっすらと般若が滲んでいた。

普段の力関係が実によくわかる図だ。面白い。

「うちの店はもともと、低ランク傭兵騎士たちのたまり場みたいなものだったんです。ランクが低い人ほどお行儀が悪くって。あの頃は本当につらかったなぁ。でもそこへジルベール様がいらっしゃったんです！」

ラウラは瞳を輝かせ、前のめりに語気を荒くさせた。

それをすかさずアリーシャが引きはがしにかかるが、彼女の勢いは弱まらず、いかにジルベールが素晴らしく、恩義があるかを切々と語り続ける。

「ジルベール様ご贔屓《ひいき》の店ってことで噂が広まり、徐々に高ランク帯の方々のご利用も増えていったんです！　やっぱり皇族ブランドって凄いですよねぇ！　まあ、中身が伴っていなければそんなブーストすぐに意味なくなっちゃうんですけど。うちにはアリ姉がいたんで！」

「まあ」

「アリ姉が最初の接客を担当し、どういう子が合うか、多少の失敗を許してくれる人かそうでないか、そういうのを見抜いて的確に振ってくれて。あの時は大変だったけど、楽しかったなぁ！　同時進行でビシバシ礼儀作法や話術なども徹底的に叩き込まれて、徐々に成長していく私たち！　お客様たちもそれを楽しみにご来店なさるようになったんです！　あ、本当にヤバい接客の子たちはジルベール様が全部引き受けてくださって、色々手ほどきしてくださりました！」

「ラウラ、ちょっと黙りなさい……！」

疲れ切った表情のアリーシャが慌ててレティシアの耳を塞ぐ。だが時すでに遅し。ジルベールが手ほどきのあたりもしっかりと聞こえていた。

この店がどういう場所なのか自覚があるのならば、言葉のチョイスが悪すぎたことくらい推《お》して知るべしなのだが。

何が問題なのかわかっていないラウラは、目を輝かせたままアリーシャの言いつけ通り待ての姿勢を取っている。この純真さが彼女の魅力なのだろう。ゆえに説明されずともわかる。手ほどきとは礼儀作法や話術のみ。閨《ねや》を共にしたわけではないのだと。

不安げな表情でレティシアを見つめてくるアリーシャに、問題はないと微笑みかける。

そんなことより。ラウラを卓につけても良いとアリーシャが判断した。

その事実の方が嬉しいものだ。

（どうやら多少の失態など水に流せる度量の大きな人物だと一瞬で看破されたらしい。いやはや照れる照れる。ははは！）

ひっそりと愉悦に浸っているレティシアの本性を察するのはさすがに難しかったか。アリーシャは申し訳なさそうにラウラの説明に補足を加えた後、「悪ぶっておりますが、ジルベール様はお優しく、真面目なお方ですよ」とレティシアに向けて安心させるような表情で微笑んだ。

彼女たちにここまで言わせるのだ。

ジルベールの素行に、もはや疑いなど向けられるはずもない。

「さて、続きはわたくしが代わりましょう」

「ええ、じゃあ私は何をすればいいんです？」

「……そうね。それではお食事をお手伝いする、というのはいかがでしょう？　ベル様」

アリーシャの提案に頷く。

ラウラは「なら次はお菓子にしましょうお菓子！　これ美味しいんですよぉ！」と嬉しそうにク

ッキーの入った皿を取った。

本当はそろそろ腹にたまるものが欲しかったのだが、あの役目を与えられてはしゃぐ子犬のような姿を見せられては、口を挟む方が野暮《やぼ》というもの。

あーん、と口に寄せられたクッキーを一口いただく。サクサクの歯ごたえはもちろんのこと、はちみつを練り込んだような上品な甘さが余韻を残し、とても美味しかった。

これは貴族も御用達《ごようたし》の有名ブランドのものだ。良い物を仕入れている。

「まったくこの子は……」

「可愛らしい、ですわ」

「ふふ、ありがとうございます。ベル様。それでは続きを――と思うのですが、続きはそれほど長くはありませんわ。店の持つ特性というものは重要でございます。この店の質が上がるほど、素行の悪かった者たちは居辛くなり足が遠のいていったのです。ジルベール様や高ランク帯の方々が目を光らせてくださったおかげ、でもありますが」

なるほど、とレティシアは静かに目を閉じた。

ジルベールが娼館通いとされている噂。大方、面倒見がよすぎてその後もちょくちょく様子を見るついでに、面倒な客が来ていないか目を光らせていたためであろう。

皇子のご来店中に暴れる馬鹿などいやしない。

良い旦那になりそうではないか。これは首根っこを引っ掴んでも、成婚になだれ込むべきであろう。レティシアはうんうんと満足げに頷いた。

「おい。甘いものばかり勧めるな。人形姫をぶくぶく太らせるつもりか？」

そこへタイミングよくジルベールが帰ってきたらしい。

ローテーブルの上にほかほかと湯気が立ち上る皿が置かれた。オムレツだ。

いっそ几帳面なほどに一切の乱れなく綺麗に整えられた半月型。焦げ目などあるはずもない美しい黄金色に、真っ赤なトマトソースが彩りを添えている。

完璧だ。鑑賞物として耐えられるほどのフォルム。だが、食欲をそそる匂いが「美味いぞ！」と胃に訴えかける。

奥に引っ込んだのはシェフにこれを頼むためだったのか。ずるいぞ。私も食べたい――と、レティシアは顔を上げてジルベールを見た。

そして目を見開く。

彼の手にはもう一皿、オムレツがあった。

まさか――。

「あ、それってベル様用にご用意されたんですか？」

「ち、違う！　別に誰のものでもない！　……なんとなく、用意しただけだ」

（なんだ、なんとなくか）

ジルベールはアリーシャとレティシアの間に割って入ると、もう一つのオムレツもテーブルの上に並べた。

　こんな美味しそうなものを目の前に置かれてお預けなど、生殺しにもほどがある。

　レティシアはじっとオムレツを見つめた。

　なんと魅惑的な存在だ。どうにも目が離せない。こんなことならパーティー会場で何か口に入れておくのだった、と後悔したところで後の祭りである。

　誰のものでもないのなら、ねだってもいいだろうか。

　だが菓子や果物ならばまだしも、ベル・プペーのイメージを損なわずご飯をおねだりする方法が思いつかない。

　オムレツから視線を逸らさずじっと見つめ続けるレティシア。

「そんなにお腹が空いているのか？」

「……え、ええ」

「ふーん。そうか」

　そっと、オムレツの皿をレティシアの前に置くジルベール。ついでにスプーンも付けてくれた。

　これはもしかして食べてもいいということなのだろうか。

　尋ねるように彼の表情を窺い見る。

「キミ、俺の観察に必死で、向こうでは何も口にしていなかっただろう。そんなだから小さくて細いんだ。……ちゃんと、食べるべきだ」

レティシアの方を一度も振り向かずに淡々と言葉を紡ぐ。

「ありがとう、ございます」

(気遣いの鬼か？)

この言い方。オムレツは誰のものでもないと言っていたが、最初からレティシアのために用意したのだとわかった。ジルベールの好意に感謝しつつ、意気揚々とオムレツに手を伸ばす。

するとその前に、ラウラが皿を持ち上げた。

「それでは私があーんを！」

「甘やかすな。彼女だって一人で食べられるはずだ。そうだろう？」

「でも私の仕事……」

幻覚で垂れた耳と尻尾が見える。しゅんとしたラウラには申し訳ないが、さすがに食事まで一から十までお世話されるのはむず痒《がゆ》い。

「ラウラ様も、お寛ぎなさって」

声をかけてから皿を受け取って食べ始める。

(な、なんという美味……!?)

ふわふわの卵が舌の上を滑ると同時に、お肉の甘みがじわりと広がっていく。そこにトマトソースの酸味が良いアクセントとなって、いくらでも食べられそうだ。

オルレシアン家のシェフにも引けを取らない——いや、レティシアの好みを加味すれば、こちらのオムレツの方が美味しいと言えるかもしれない。

　良いシェフを雇っている。

　レティシアは脇目もふらず、夢中でスプーンを口に運んだ。もちろん、ベル・プペーの演技が崩れない程度にではあるが。

「……さすがは人形姫。綺麗な所作だな」

　ボソリと、レティシアにしか聞こえない小さな声で呟く。素直じゃない。そういうところも可愛らしいと思ってしまった。

（しかし本当に美味しいな、このオムレツ。シェフにご挨拶したいものだ）

「美味しいですよねぇ、ジルベール様の手料理！」

「――ッ、ンンッ」

　飲み込もうとしていたものが気管に入りそうになり、慌てて咳払いをこぼす。

　今、ラウラは何と言った。

　ジルベールの手料理、と聞こえたのだが。

　信じられないものを見るように、ジルベールの横顔を凝視する。

「……別に、必要に駆られてだ。口に合わないのなら置いておけ」

「いえ。とても美味しい、です」

「そ、そうか。……それならいい」

何でもない風を装いながらオムレツを口に運ぶジルベール。けれど耳が赤くなっていた。可愛すぎか。可愛い男は大好物だ。

うっかり力をこめすぎてスプーンがL字に曲がってしまった。誰にも気付かれぬよう自然な素振りで真直に戻しつつ、そういえばと思い出したことがある。

第二皇子毒殺未遂事件。

つまりはジルベール毒殺未遂事件だ。

誰が企てたかは未だ不明。しかし数々の証拠を残しながら逃げおおせられるほど、帝国の捜査体制も穴だらけではない。そこから導き出せる答えは一つ。この件を揉み消せるだけの権力を持った者が犯人。想定通りならば身内だ。

ロスマンの名を冠する皇帝一族の誰かが、国の行く末を案じて事に及んだ。

(それほどまでに赤い瞳が恐ろしいか)

その日を境に皇子は他人が作ったものを食べられなくなったと、父――アドルフ・オルレシアンから聞いていた。

今思えばパーティー会場でもグラスに口をつけている姿は目撃していない。

こんなにも重要な事案が頭から抜け落ちているとは。婚約者が決まり随分と浮かれていたらしい。

レティシアは反省した。

必要に駆られての意味は呆れるほどに重い。

ジルベールとレティシアの間に存在する距離。それを少しでも埋めようと、触れ合わない程度に席を詰める。ジルベールは驚いたのか一瞬肩を震わせたが、その後は特に気にしたそぶりも見せず粛々《しゅくしゅく》と食事を続けていた。

庇護欲をそそられるというか、どうにも目が離せぬ男だ。

そんなことを考えながら、レティシアは食べ終わった皿をテーブルに置いた。

「そういえば、ベル様はオルレシアン家の方、なのですよね？」

ラウラの問いに、こくりと頷く。

「氷の竜帝様のことをご存じでしょうか？」

「こおりの……」

――氷の竜帝。

知っている。ＳＳランクの傭兵騎士の中にそう呼ばれている男がいる。

月夜に映える銀の髪。凍《こご》えるようなサファイアブルーの瞳。男女問わず見惚れてしまう美しい外見もさることながら、そのあだ名の示す通り氷で形作られた竜を自在に操り、ＳＳランクに相応《ふさわ》しい戦力を有する美青年。

突如、彗星のごとく現れた期待の新星であったが、本名も所属も何もかもが不明。謎に満ちた人物でもある。

（まぁ、私のことなのだがね）

レティシアは何も知らないと首をかしげた後、にっこりと微笑んだ。

「そうですよね！　すみません、変なこと聞いちゃって」

「その方が、どうかされたのですか？」

「ファンの多い傭兵騎士様なのですが、すべてが謎に包まれていて名前すら誰も知らない。でも、とても綺麗な銀髪をされているので、オルレシアン家と所縁のある人物ではないかって専《もっぱ》らの噂なんです。美しい銀髪と言えばやっぱりオルレシアン家ですから！」

「まあ」

レティシアは表情を崩さず、努めて穏やかに口元へ手を置いた。――が、内心ほっとしていた。

彼女の右手にはめられている指輪。

瑠璃《るり》色の石がついたそれは、オルレシアン家の家宝とも呼ばれる『反転の魔導具』だ。石の中にはうっすらと魔法陣が透けて見え、詳しい者ならばただの宝石ではないと一瞬で看破してしまうかもしれない。

儚い見た目に似合わず、氷魔法に強い素質があったレティシア。

その力を一人極めるだけならば良かったのだが、せっかくなので変装して傭兵騎士になってきますと宣言したゆえ、オルレシアン家は荒れに荒れた。特に母の反発は酷かった。

もし正体が明るみに出たらどうするのか。嫁の貰い手が現れない。――三日三晩、切々と説《と》かれたが、その程度で心折れるレティシアではない。

ノブレス・オブリージュ。

人を助ける力があるのに腐らせておくなど勿体ない。騎士になろうというわけではないのです。いわば人助け。ご安心召《め》されよ。――と、逆に説得する始末。

結局、父がオルレシアン家の家宝を持ち出すことでようやく決着がついたのだ。

『反転の魔導具』。

その名の通り、使用者を反転した身体にすることができる優れものだ。レティシアの場合、女を男に反転という形で使用している。

つまり完全なる男性体。

まさか美貌の傭兵騎士がオルレシアン家の人形姫だとは夢にも思うまい。

(――と楽観視していたのだが、まさか髪でオルレシアン家所縁の者だと見抜かれるとは。美しいのも考えものか。まだ確証には至っていないだろうが、我が家の家宝を知る者が出てきたら危うい。まったく、頭が痛いよ)

レティシアは指輪についた石をなぞりながら、気付かれぬようため息を吐いた。

そんな時だ。店のドアが乱雑に開け放たれ、この場に似つかわしくない粗暴な男が五人、入店してきた。

ざわつく店内。

彼らはぐるりと中の様子を確認すると、脇目もふらずにレティシアたちの卓――いや、違う。アリーシャめがけて歩いてきた。知り合いだろうか。

ちらりと盗み見たアリーシャの瞳は驚愕に見開かれており、彼らが招かれざる客だということは一目でわかった。

「久しぶりだなぁ、アリーシャ。元気にしてたか？」

「……何のご用でしょう。ご来店なされるのなら受付を済ませてからにしてくださいませ」

「つれないじゃないか。せっかくお前に会いに来たっていうのによぉ」

ドン、とテーブルに足を乗せアリーシャの顎を掴む。

なんと行儀の悪い。レティシアの額に一瞬青筋が浮かんだが、今はベル・プペーの演技を崩してはいけないと思い留まり、少し睨む程度に抑える。

「ラウラ様、彼らはいったい」

「ぁ……ぅ……」

「ラウラ様？」

先ほどまで天真爛漫《てんしんらんまん》に笑っていた彼女が、今は肩を震わせ恐怖を我慢するかのように手をぎゅっと握って俯いている。ただ事ではない。

レティシアはラウラの手に自分の手を重ね、安心させるような微笑みを向けた。

「ベル、さま……」

「大丈夫。わたくしが傍におります」

レティシアに危害を加えればオルレシアン家が黙っていない。それにここには第二皇子であるジルベールもいる。騒ぎを起こすことは百害あって一利なしだ。彼らもそんな馬鹿はおかさない。

ラウラはそう捉えたのだろう。

実際は文字通り最強クラスの傭兵騎士であるレティシアがいるのだから問題はない、という意味なのだが。

ともかく落ち着きを取り戻したラウラは一つ息を吐いて、レティシアへ耳打ちした。

どうやら彼らはこの店がジルベールの贔屓になる前、常連として来ていた低ランク傭兵騎士たちらしい。

ジルベールのおかげで店の質が上がり、同時に料金も上がっていった。そのため利用できなくなって久しく顔を見ていなかった男たちだそうだ。

もっとも、見ての通り粗暴で、スタッフに対して高圧的なうえ時には暴力に訴えてくるので顔を見なくてほっとしていたのに、とラウラは恨めしそうに呟いた。

なるほど。ラウラが怯えるのも無理はない。

レティシアは彼女の頭を撫でて自らの後ろに隠すと、じっと彼らの様子を観察する。

殊勝に金を貯めて店を利用しに来たとは到底思えない。

今まで手を出してこなかったことから察するに、ジルベールの圧はしっかり効いていたはず。ではなぜ今になって、これほど尊大に乗り込んでこられるのか。

「誰の前で狼藉《ろうぜき》を働いているのか、わかっているんだろうな？」

「嫌だなァ。存じておりますよ、ジルベール皇子」

アリーシャに触れていた手を払いのけ、立ち上がるジルベール。しかし男たちは怯みもせず、彼の腕を摑んだ。

正気か、とレティシアは目を見開く。

このような場に出ているとはいえ第二皇子だぞ。触れることなど以ての外。今すぐ跪いて非礼を詫びるべきだろうに。そう考えていたのはレティシアだけではなかったようで、この騒ぎを遠目から見守っていたギャラリーからもどよめきが漏れた。

何を考えている。

「やめなさい！　わたくしが相手をすればいいのでしょう？　その手を離して！」

「アリーシャ。キミは下がっていろ」

男たちの態度に怯んだ様子も見せず、ジルベールは淡々と目の前の男を睨みつけた。

「貴殿の振る舞いは目に余るものがある。相応の処罰は覚悟してもらおうか」

「おお怖い怖い。……それで、誰がどう処罰するのです？　皇子様。見たところ護衛の一人もいないようですけど？」

嘲《あざけ》るように言い周囲を見渡す。

もし護衛がいたのならば、男がジルベールに触れた時点で飛んできたはずだ。

護衛など窮屈なだけだと思っていたが、この場限りはオルレシアン家の者を連れてくれば良かったと心の中で舌打ちをする。

しかし後悔先に立たずだ。

やはり自ら前に出て護衛代わりになるしかあるまい——レティシアは立ち上がりジルベールの前に出ようとする。だが、腕で押し戻されぺたりとソファに逆戻りした。

何をするのだジルベール様は、と唇を尖らせて仰ぎ見ると、彼はじっとしていろと言わんばかりに首を横に振った。

「良い判断だ、皇子様。俺は男女平等でね」

「ふん。たまたま護衛を連れていないから何だと言うのだ。俺がロスマン帝国第二皇子、ジルベールであることに変わりはない。それをわかって触れているのかと聞いている」

「ふはっ！　もちろん。わかっておりますとも。あなたが来てから店はどんどん変わり、俺たちは近づくこともできなくなった。大変、迷惑しております。ええ、ですから、ここらであなたの権威を貶《おとし》めておけば、俺たちもまた出入りしやすくなるでしょう？」

男はジルベールの紅色の瞳を覗き込むかのように近づき、彼の顎を片手で摑んだ。

なんという不遜。ギリ、とレティシアの爪がソファの生地を引っ搔いた。

見据えるは男の顔ただ一つ。ベル・プペーの演技など半ば忘れかけていた。近くにいたアリーシャの肩がびくりと震えるが、気にしている余裕はない。

（ここまでされて後ろに控えていろと言うのか。今すぐ氷漬けにしてやりたい気分だ。腹立たしい！）

けれど当のジルベールは表情の一つも変えず、ただ一度瞬きをしただけであった。

「どうなるか、覚悟の上だろうな」

「そうですねぇ、皇子様に手を出せば大変なことになるでしょう。――ま、あんたが本当に皇族として必要とされているのなら、なぁ？」

男はジルベールの頬を摑んだまま腕を大きく振る。

低ランクとはいえ、腐っても傭兵騎士。余分なほど筋肉のついた男たちと比べれば随分と華奢な身体をしているジルベールは、いとも簡単に壁に叩きつけられた。

「あぐ！」

「――ッ！　ジルベール様！」

さすがにじっとはしていられない。

レティシアは彼の状態を確認すべく、慌ててジルベールのもとへ駆け寄った。

血は出ていない。受け身を取ったのか頭を打ちつけた形跡はないので、少しだけほっとする。しかし、背中を強くぶつけたのか痛みに身体を丸めていた。

少しでも痛みが和らぐよう、ジルベールの背をさする。けれど不要とばかりに振り払われた。

巻き添えを食うから離れていろと言いたいのだろう。

素直ではない彼の本心など、もはや手に取るようにわかる。だからこそレティシアは絶対に傍から離れようとはしなかった。むしろ巻き込むのなら巻き込んでくれた方がやりやすい。

オルレシアン家の力を使って精神的に追い詰めてやるか、氷漬けにして物理的に罰してやるか。

(どちらにせよ、許してやるつもりは毛頭ない)

「おいおい、随分愛らしい新人が入ったものだな。俺に教えてくれてもいいじゃねぇか。なぁ、アリーシャ？」

「やめなさい！　その方はオルレシアン家のレティシア様ですよ！」

「レティシア？　まさかベル・プペー？　ははは！　さすがにそんな嘘には騙されねぇよ。オルレシアン家の人形姫様がこんな店にいるはずねぇだろ。つくならもっとましな嘘をつけよ。なぁ、綺麗なお嬢さん？　どうだい、俺と遊ばないか？」

男の手が伸び、レティシアの顎に添えられる。

人間性は下劣《げれつ》の極み。見るに堪えない顔の造形。自分より力の弱い者を庇護するではなく威圧する圧倒的小物臭。どうして自信満々に「遊ばないか」と声をかけられるのか不思議でならない。

さて、どう仕置きしてやろうか――レティシアの瞳がすぅと細まったその瞬間、ふいに男の手が振りほどかれた。

そして二人の間に割って入ってきたのは他でもない、ジルベールだ。

どうして、と声が漏れる。

「俺の後ろに隠れていろ。そして、隙を見て逃げ出せ」

「そのようなこと！」

「この俺に婚約者など見つからんと思っていたが、まさか人形姫様が嫌がらないとは思わなかったよ。どうせ、親の言いつけだろうけれど」

ぱんぱんと服に付いた埃《ほこり》を払いながら、ジルベールは諦めたように立ち上がった。

「不要だと処理されるならそれでいい。もう疲れた。だが、キミを巻き込むつもりはない。城に戻ったら正式に婚約を破棄させてもらおう。無事に戻れるかどうかはわからないけれど。……悪かったな。怖い思いをさせて」

どこかでそんな予感はしていた。

どうして男たちが第二皇子であるジルベールを恐れないのか。触れるだけならまだしも、怪我をさせたとなっては極刑も免《まぬか》れない。しかもレティシアと違って『皇子がこんな場にいるはずもない、彼は偽者』と認識していたのではなく『正真正銘本物のジルベール皇子』だとわかってこの不遜な行為に及んでいる。

となれば、答えは一つだ。

この襲撃は国の中枢に座する者から秘密裏に依頼されたもの。

そして狙いはアリーシャではなくジルベールだ。

本日は建国記念式典のパーティー当日で、護衛をつけられなかった理由として非難されにくい好条件。そこへ偶然たまたま暴漢に襲われた――これは不慮の事故。

反吐《へど》が出る筋書きだ。

レティシアはギリ、と奥歯を食いしばった。

「それじゃあ俺たちと遊ぼうぜ、皇子様」

「好きにするといい。その代わり、店には迷惑をかけたくない。外にしてくれ」

伸ばされた腕を摑み、男たちがジルベールの周りを取り囲む。

その瞬間、レティシアの中で何かが爆《は》ぜた。


「……手を離せ」


一種優雅さを感じさせる所作で立ち上がった彼女は、しかし地獄の底から響くような声色で低く唸った。

時が止まってしまったかのようにしんと静まり返る店内。この場にいるすべての人間が息をのみ、自らの耳を疑った。今の、心の臓までも凍えさせる声を発したのはいったい誰だ――と。

いや、本当は気付いている。方角からして一人しかあり得ない。

だが理解がそれを拒んでいた。

神が創りし至高の芸術品。賛美にも皮肉にも眉一つ動かさない、オルレシアンの人形姫。麗しのベル・プペー。そんな少女が発したとは到底思えぬ、貫禄と怒りに満ちた声。

誰も彼も混乱のせいで指一本動かせない。まるで氷漬けの標本だ。

しかしその均衡を破ったのは他でもない、レティシア本人であった。

「手を離せと言っているのが聞こえんのか。誰の許可を得て触れている。私の旦那様だぞ。これだけ言っても聞こえんのなら、その耳勿体ない。切り落として豚の餌にでもしてやろうか」

ゆるりと顔を上げ、男たちを見据えるその瞳。

凍えたサファイアブルーの奥には、言い知れぬ怒りの炎が灯っていた。

この場には高ランク帯の傭兵騎士たちも揃っているはず。

しかし皆、だんまりを決め込んでいた。

ジルベールの立場と事件の真相を見抜き、躍り出るのは得策ではないと判断したのだろう。さすがは高ランク帯。頭も切れる。正しい選択だ。間違ってはいない。

けれど、それならば、誰があのいじらしい男を守ってやれるというのだ。

(ベル・プペー？　人形姫？　くだらん。何だそれは。他人の目も、自らの評判も、なにもかも些事でしかない)

男たちはレティシアの放つ圧に気圧《けお》され、ジルベールから手を離した。そして、じり、じり、と後退していく。

年端もいかない少女に怯える姿は失笑ものだが、笑う人間はこの場に一人としていなかった。

被っていた猫を放り投げるなどと可愛らしいものではなく、もはや外皮を食い破って虎が出てきたようなもの。仕方あるまい。

「なんだ聞こえているではないか。ならばさっさと返事をしろ愚図《ぐず》め」

「――ッ、な、に」

「ああ、ついでなので教えておいてやろう。赤目の皇族は武より知能面で秀でている場合が多い。貴様たちのような筋肉の塊には少々力不足だ。私が相手をしてやろう。なぁに、案ずるな。十二分に楽しませてやるさ」

これ幸いとジルベールを自らの後ろへ避難させ、離れていく男たちを嘲笑めいた声色で挑発する。

それでも男たちは顔をしかめただけで、レティシアに襲いかかろうとはしなかった。

赤目の皇族が危険視される理由は、なにも彼らのことごとくが国を傾けてきたからだけではない。国を傾けるに足る頭脳があったからだ。

何もかも諦め、気力を失っているジルベールだが、もしかすると彼も絶望に身を染めたならそうなる未来が待ち受けているのかもしれない。

(だから何だという話だが)

絶望する暇など与えず、蕩けるほどに愛してやればいいだけのこと。

レティシアは自らの足元から氷の竜を一体生成すると、一撫でしてから攻撃態勢を取らせた。

「レ、レティ、シア……?」

「おや、ようやく私の名を呼んでくれたな旦那様。よいよい、後ろに控えていろ。すぐに終わらせてやる。話はそれからだ」

「い、いや、待ってくれ、さすがに何が何やらで……」

頭に手を置き、へたり込むジルベール。

レティシアの身長でも彼の顔に触れることができる高さになったので、頬に手を置いて慈《いつく》しむように撫でる。

「そうだな。私もあなたを存分に愛《め》でてやりたいのはやまやまなのだが――」

「愛《め》でっ!?」

「今はここを片付けねば。アリーシャ嬢やラウラ嬢たちにも危険が及ぶ。それは本意ではないだろう？　問題はない。疾《と》く疾く終わらせる。だから良い子で待っていてくれ」

「し、かし」

「待っていてくれ」

「……………ん」

レティシアに撫でられるのがよほど心地よいのか、緊張に強張っていた目元がゆるりと蕩けだし、甘えるようにすり、と頬擦りする。

その様が愛らしくて微笑めば、我に返ったジルベールは耳まで赤くして俯いてしまった。

なんだこの可愛い生き物は。

思わず真顔になるレティシア。

一分一秒でも早くその恥ずかしがっている顔を暴いてどこもかしこも余すところなく愛でてやりたい。そんな欲望に反応した氷竜は、忍び足で近づいてきた男の首に噛みついて壁に叩きつけた。

「ぐあ！」

ぱりん、と氷の爆《は》ぜる音とともに磔《はりつけ》の形で氷に覆われる男。

仲間の男たちのみならず、店の利用客すら「ひっ！」と短い悲鳴を上げた。アリーシャやラウラといった店のスタッフは、もはや声を出すことすらできないでいる。

「ふふ、その程度の奇襲で私の裏をかけるとでも思ったか。まぁ、反撃しようという気概は認めるがね。私の竜は自動反撃に自動追尾付きだ。良い子たちだろう？」

まるで雲の上を歩くような軽やかさで磔にされた男に近づいていく。

彼女が一歩踏み出すたびに足元から氷の竜が生えた。
一四、二四、三四、四四……——男たちの人数分生み出すと、見張るべき相手を指示していく。
一人たりとも逃がさない。

レティシアの瞳がそう告げていた。

「さて、貴様らの処遇だが——ふむ？　よく見たら見覚えのある顔じゃないか。暴力騒ぎを起こしてEランクに降格となった間抜けだ。無駄な仕事を増やして、まったくもって迷惑極まりなかったぞ」

「な、に者だ、お前、は！　それに、その氷竜。まるで、あいつの――」

「ふ、はははは！」

男の言葉に、レティシアは淑女の顔も忘れて盛大に笑った。

「あー、面白い。ここまで手の内を明かしているのにまだわからんか！　まぁいい。その程度の男だからこそ、こんな下策の駒にされるのだ」

「なに!?」

「色々情報を吐かせてやろうと思ったが、ここまで頭が足りていないのではどうせ依頼者の顔すら知らぬのだろう。大方、前金と称した金と指示書を宿の店主から受け取った。手紙には王家の判が押してあり、依頼が成功すれば残りの金を払うとでも書いてあったか？」

「な、ぜ、それを……お前は本当に何者なんだ！」

呆れたようにため息をついたレティシアは、興味を失った目で男を見ると右手にはめた『反転の魔導具』を指でなぞった。

「説明があっただろう。私はオルレシアン公爵家のレティシア。ベル・プペーや人形姫とも呼ばれているがな。まぁ、貴様たちにはこちらの姿の方が馴染み深いか」

レティシアの指にはまっている『反転の魔導具』が淡く輝き出す。すると彼女の足元に魔法陣が現れ、目が眩むほどの光の柱が立ち昇った。

その光がおさまった時、現れたのは銀の髪に涼やかな青い瞳が印象的な美青年。

この姿のレティシアこそ、氷の竜帝と呼ばれるSSランクの傭兵騎士である。

ふぅ、と息を吐いて髪を掻き上げると、店内から黄色い悲鳴が沸き上がった。

恐怖や驚愕より感嘆が勝つ。それほどまでにレティシア——ひいては竜帝の造形は美しい。しかし自身の顔の良さを熟知している彼女は、周囲の反応に当たり前だと動じる様子はなかった。

『反転の魔導具』は対象者の服すら『反転』させる。建国記念パーティー用にと特注された可憐なドレスは黒の燕尾服に変わり、その手には白手袋がはめられていた。

どんな服装でも着こなす自信はあるが、相手の好みかどうかはまた別だ。

レティシアは振り返ってジルベールの様子をうかがった。

最初は目を白黒させていた彼だが、すぐに気付いて「オルレシアン家の家宝……」と呟いたので特別説明は必要無さそうだ。知識と知恵のある者は素晴らしい。

竜帝状態のままジルベールに微笑みかけると、彼は恥ずかしそうに顔をそむけた。

なんだその反応は。

（ベル・プペーの時は好みではないと言われたが。まさかこちらの姿の方が好みなのか？　それはそれで複雑だが。……いっそ私が旦那様になるか？　いや、さすがにないか）

首をかしげながら片手間に氷竜たちをけしかけていく。

ぎゃあ、ぐえ、ひぃ、と個性豊かな悲鳴とともに壁や柱に磔にされる男たち。

「お前、氷の……どういうことだいったい!?　この計画を事前に察知し、人形姫に化けて懐に入り

込んでいたのか!?」

「あはは！　面白い解釈の仕方だが、まったく違う。見たままだ。オルレシアンのベル・プペーも氷の竜帝も、どちらも私。レティシアのことだ。魔法でちょいと姿を変えたにすぎん」

「ちょいとで性別まで変えられねぇよ……」

男はぐったりとした様子で頭《こうべ》を垂れた。

既に戦意は喪失。抵抗する気はないらしい。

「氷の竜帝は正体不明。……今の説明が本当なら、そうだろうなとしか言えねぇよ。オルレシアンの人形姫の中身がこれだと知ったら、ぶっ倒れる奴だって出てくるだろうさ。なのに、なぜ、わざわざこんな場で明かそうなどと考えたんだ」

「深い意味はない。ジルベール様のご威光だけでは足りぬようなので足しただけだ。貴様らのような無頼漢には公爵家のベル・プペーより氷の竜帝に喧嘩を売った——つまり、権力よりも純然たる力で押さえつけた方が効果があると考えた。それだけさ」

「はぁ？」

ジルベールという皇族の威光に加え、オルレシアン家の権力と、氷の竜帝としての純粋な力に刃向う気概のある者がいるとすれば、何も持たぬ者だけだ。少しでも我が身可愛さがあれば手を出そうとは思わない。

そんなことくらい、この男だってわかっているだろうに。

（いや、不思議に思っているのはそこではないか）

レティシアは「ああ」とつまらなそうに呟いた。

「鈍い奴だな。旦那様が身を挺《てい》してまで守りたいと願った店だ。妻の私が助力するのは当然のこと。それ以上の理由など必要なかろう？　私の息がかかっていると知れば、手を出してくる輩などそうはいないさ」

「つ、妻ァ？」

「ははっ！　この姿で妻は少々おかしいか！　ならば元に戻ろうか」

もう一度光の柱が立ち昇り、次の瞬間そこには可憐なベル・プペーが立っていた。

もはや疑いようもない。

オルレシアンの人形姫と氷の竜帝は同一人物なのだと、誰もが理解した。

「さて、話の続きだが、そもそも嫁の貰い手がなくなるので勘弁してくれと母に――オルレシアン家から泣きつかれていたので正体を隠していただけだ。貰い手はできたし、私は家から出ることになる。この制約も無効だ。なぁ、ジルベール様」

「へ？」

「娶ってくれるだろう？　旦那様」

まさか自分に話題が飛んでくるとは思っていなかったのか、ジルベールはビクリと肩を震わせて不安げにレティシアを見た。

「俺、で、いいのか？　こんな、呪われた俺で……」

「その目は呪いなどではないさ」

レティシアは無頼漢どもが全員動けなくなっていることを確認し、ジルベールの前に立った。

俯きかげんな彼の顎に手を寄せ、無理やりに上を向かせる。

困惑を示すかのように揺れる紅の瞳は、それでも美しかった。こんなにも美しいものを呪いなどと。無粋にもほどがある。

「独自に調べてみたが、この目を持つ者は生来感情の発露が下手――言い換えると甘え方が下手なのだとわかった。ゆえに思いつめやすい。私はあなたのすべてを受け入れるつもりだ。心に留め置く感情は不要。だから遠慮なく私に甘えてくれ。必ず幸せにするよ」

「そ、んな、こと……」

「ああ、そうだな。いきなりそうしろと言われても難しい。だが心配は無用。甘えられぬと言うなら私が無理やり暴いて甘えさせてやろう」

「あ、暴くって……どの、ように、だ……？」

「さぁ？　どのようにだろうな。そこはジルベール様の好みを探っていくことにしよう」

レティシアの親指がジルベールの唇をなぞる。すると彼の瞳からじんわりと理性が蕩けだした。

この相手ならば情けない姿を見せようが、重たい感情を向けようが、離れていかない。幻滅しない。すべて受け止めてくれる。――ジルベールはようやく婚約者の度量の広さを理解し、うっすらと微笑んだ。

曲がらない強靱な精神とすべてを受け止める包容力。それでいて、自分の思い通りに動かそうとする傲慢さと、絶対的な自信。彼は「たまらないな」と熱っぽい声で呟いた。

これは無理やり暴かなくともすぐ周囲の目など気にせず甘えてくるようになるだろう——と、レティシアは嬉しそうに目を細める。

「あ、あのー、そういうのは後で——」

「悪いが、旦那様を口説いている最中だ。お口はチャックでお待ち願おうか。それとも絶対零度の氷で強制停止がお好みかい？」

「うっ……」

顔面まで凍らされてはたまらないと、男は一瞬で口をつぐんだ。ついでに店内にいるジルベール以外の者も全員、物音一つ立てないでおこうと誓った。

人の恋路を邪魔する奴は馬に蹴られてなんとやら、どころの騒ぎではない。

氷竜にぱくっと食われて氷の標本にされてしまいそうな、妙な威圧感が今の彼女の周りには漂っていた。知らぬは当人ばかりなり、である。もちろん、当人とはジルベールのことだ。

彼の瞳には真っ直ぐにレティシアだけが映りこんでいる。周囲の凍えるような緊張感など気付くはずもない。

レティシアの思惑通り、完全なる二人きりの世界が構築された瞬間だった。

「さて、話の続きだよ、旦那様。さしあたって私に願うことはあるか？」

何があろうと絶対にこの男を手放す気はない。

レティシアは最後の一押しと言わんばかりに、ジルベールの顎をくすぐるように優しく撫でる。

「なんでもよい。あなたが欲しいもの、してほしいこと、包み隠さず私に伝えてほしい。私はそのすべてに応えよう」

「す、べて……」

うっとりと熱に浮かされた表情。

羞恥に拒む理性などとっくに溶けて消えてしまっていた。人の目があることすら、今のジルベールは忘れてしまっているかもしれない。

それほどまでにただレティシアだけを映す紅色の瞳。

彼は「……て、ほしい」とか細い声で呟いた。

「うん？」

「あ、たま、を、撫でてほしい……んだ」

レティシアの手を取り頬に寄せた。

「ずっと、褒めて、ほしかったんだ。一度でいいから、良い子だって……頭を、撫でて……、ここにいて良いと、生きていて良いと、言ってほしかった……」

ぞくり、と背筋が震える気がした。

長年の溜めこんできた感情を、決死の思いで吐露するように。苦しげに寄せられた眉。潤んだ瞳。レティシアの手を握る腕は、かすかに震えていた。

生まれた瞬間から、その瞳の色ゆえ恐れられ、爪弾きにされ、誰からも愛情を注がれなかった呪われた皇子。

そんな彼が望むのは「愛してくれ」ではなく「頭を撫でてほしい」とは。

(ああ、たまらないのはこちらの方だ)

「……実にいじらしくて、可愛らしいお願いだな」

愛らしいベル・プペー、可憐な君を守ってあげたい、そんな口説き文句を投げかけてきた男どもなら何人もいた。彼女の返事は決まって微笑んでのスルーだったが。

何重にも猫を被り続けた虚像まみれの人形姫。

本当は可愛らしさの欠片もなければ、守ってほしいなどと思ったこともない。むしろ守ってやりたいほど愛らしい男の方が好みである。しかし、ベル・プペーの名前が一人歩きしている中、すべてを剝ぎ取った中身ごと好意を向けてくれる旦那様に出会えるとは到底思えなかった。

ならば誰であろうと一緒。

少しずつ溶かして堕としてやろうと考えていたが、まさかこんな逸材と巡り合えるとは。

甘えるのではなく、むしろ縋るようなジルベールの表情に、庇護欲が天井を突き抜けて空の果てまで達しそうである。

（何だこの感覚は。これがトキメキと言うのならば……ああ、そうだ、私はたまらなく彼が愛おしい！）

レティシアはジルベールの頭を掻き抱くと、彼の望むがままに頭を撫でた。

「良い子だよ、あなたは。とっても良い子だ。今までよく頑張ってきた。これからその辛さも、苦しさも、ちゃんと私に分けてくれ。それが夫婦というものだろう？」

「レティ、シア……」

「だからもう、婚約破棄などと軽々しく口にしないでくれよ。私はもう、生涯あなたを守り通すと決めたのだからね」

「……し、ない。絶対に、しない、から……俺を、ずっと、キミの傍に置いてくれ」

「ああ、もちろんだとも、旦那様。これからは蕩けるほど私の愛に溺れてくれ」

耳元で囁けば、ささやかに後ろへ回されていた手が抱きしめ返すようにぎゅっと力強くなる。そのように縋りついてこなくとも、離れていく気など毛頭ないのだが。

よしよしと旦那様を愛でながら、レティシアは無頼漢の一人に微笑みかけた。

ヒィ、と短い悲鳴があちらこちらから聞こえたが、気にする彼女ではない。

「というわけだ。私はこれより旦那様を可愛がってやるという使命がある。無駄なことに時間を浪費するわけにはいかないのでね、ちゃっちゃと終わらせよう」

「ま、待ってくれ！　俺たちはもう抵抗できん！　これ以上何をするつもりだ!?」

「案ずるな。オルレシアン家に送るだけだ。今回の件については父の追及があるだろうが、素直に吐くことをオススメするよ。父は私よりは寛大だ。もちろん、良い子に限るがね」

このまま帝国の警備隊に連れ去られ、上からの圧力でうやむやにされてはかなわない。ならば父、アドルフに任せるのが一番であろう。黒幕に辿り着けるとは思えないが、数滴の情報くらいは搾り取れるはずだ。

火のないところに煙は立たない。オルレシアン家が国を裏から牛耳《ぎゅうじ》っているという噂は根拠あってのもの。

最近水面下できな臭い動きを感じる、どう情報を仕入れるか、と思案していたアドルフだ。よろこんで食いついてくるだろう。

ジルベールと引き合わせてくれた恩人に、感謝くらいは返そう——レティシアはパチン、と指を鳴らした。すると人数分の氷竜が地面から生えてきた。それらは男たちの前まで首を伸ばすと、飲み込まんばかりに大きな口を開く。

「ああ、あの、レティシア様、我々をどのようにお送りいただく、のでしょう……？」

「ははは！　わかりきった質問だな！　正に愚問！」

氷の竜がもう一匹。レティシアの背後に姿を現した。

彼には連絡係になってもらうとしよう。

記録を魔力に変換して氷竜に書き込む、とでも言えばいいのだろうか。対象者が氷竜に触れると術が発動し、伝聞内容が直接脳へと流れる仕組みになっている。

さて、準備は整った。

レティシアはまるで天使のような微笑みを携えて、彼らに告げる。

「直接、だよ」

氷竜たちは男たちにかぶりつき、彼らを咥えたまま順序良く外へ飛び出していく。

遠ざかっていく悲鳴。

店内にはレティシアの高笑いが響き渡った。


「さて、行こうか。旦那様」

魔力で筋力をアップさせたレティシアは、悠々とジルベールを横抱きにする。

目的地は店の奥にある部屋だ。店の利用者同士でも使用して良いかとアリーシャに尋ねたところ、無言でこくりと頷かれたので許可は得たと思っている。

別に取って食おうとしているわけではない。

キャパシティオーバーの愛情に腰が抜けてしまったジルベールを休ませてやりたいだけだ。だけだというのに、何を勘違いしているのか、ジルベール本人は発熱しているのではと疑うほど顔を赤くして照れに照れている。

「そう怯えなくていい」

「お、怯えているわけではない！　ただ、その……俺は確かにこの店に入り浸ってはいるが、け、経験は、なくて、だな。……優しくしてもらえると、嬉しい……というか、その……」

ふい、と顔を逸らされる。

可愛い。可愛すぎるぞ。

あまりの愛おしさに感情のバロメーターが一瞬で振り切れそうになる。

しかし感情が高ぶるとつい真顔になってしまうのがレティシア・オルレシアン。はた目からは穏やかに微笑みかけている風にしか見えない。実は頭の中では理性と欲望が壮絶な殴り合いをしているのだが、誰一人として気付いた者はいないだろう。

当然ジルベールも含めて、である。

「レ、レティシア……？」

「そんな顔をされると困ってしまうな。今はただ、あなたをたんまり甘やかしたいだけなのだ。それには個室の方が都合がいいだろう？」

「……何もしない、のか？」

「ああ。甘やかすだけだよ。期待に満ちた顔をしてもらえるのは嬉しいがね」

「――ッ！　い、いや、これは！」

「本当に可愛らしいな、旦那様。ではすまないが少し部屋を借りるよ」

僅差で理性に軍配が上がったらしい。

お人形のような可憐な佇まいで、大の男を軽々と抱えて歩き出すベル・プペー。

その表情は慈愛に満ちあふれていた。


「ジルベール様の婚約者があのベル・プペー様だと知って最初は本当に驚きましたが、まったくもって問題なさそうですね。羨ましいわ。……ジルベール様が」

「アリ姉に完全同意なんだけど」

奥の部屋に消えていった二人を、アリーシャとラウラはただ茫然と見守った。

二　愛らしい旦那様

美しい蒼穹と、目も眩むばかりの太陽が照らす庭園。

ジルベールがレティシアと二人きりの時間を楽しむためにと城内に造らせた特別製だ。植えられている草木も、花も、大体が「愛」や「永遠」に絡めた意味をもつ。植物の歴史や神話、花言葉などに詳しい者がこの庭園を訪れたら言葉を失うだろう。

それほどまでに重たい感情が大量に詰まった場所なのである。

もっとも、当のレティシアは草花の意味をすべて説明されても「ははは！　愛いな」で済ませてしまったので、ジルベールの愛が深まったのは言うまでもない。

レティシアを伴侶として迎え入れてからのジルベールは実に活き活きとしており、呪われた赤目の力――聡明さを存分に発揮していた。

目立てば面倒事に巻き込まれるゆえ、ジルベールが関わっていると知る者は彼の父であるロスマン皇帝やオルレシアン家の者他数名に留まっているが、歴代当主の中でも優秀な部類の父アドルフですら「凄まじいな」と手放しで褒めるほどの活躍ぶりであった。

その甲斐あって、こうしてレティシアとの甘々空間を手に入れたのだ。

「レティ、待たせたね。今日のティータイムはクッキーを焼いたんだ。全部キミ好みに仕上げたつもりなんだが、どれが一番美味しいか教えてくれ。参考にするよ」

「ん？　ああ、いつもありがとう、ジルベール様。楽しみだ」

「何かあったのか？」

「いや、家から手紙が来ていてね」

庭園の真ん中に設置されているテーブルセットで手紙を広げていたレティシアだったが、ジルベールの姿を目に入れると折りたたんで封筒に入れた。

少々面倒事が書かれていたものの、今は彼との逢瀬を楽しむ時間だ。

「また後で相談するよ。今はこちらの方が重要だからね」

「……それは、嬉しいな。俺が一番？」

「もちろんだとも」

覆い被さってきたジルベールの頰に手を置き、愛おしさを込めて撫でる。すると、すぐに彼の瞳は蕩けだした。まるでぐずぐずに煮込んだ苺ジャムだ。

実に美味しそうである。

レティシアはジルベールの襟首を摑んで引き寄せ、瞼にキスを落とした。

「レ、レティ……」

「まだ恥ずかしがるか。そういうところが本当に可愛いよ、私の旦那様」

「それ、慣れたら嫌いになったりとか……」

「まさか。慣れてくれたらもっと積極的にいける。それはそれでありだ」

「これ以上だって!?」

真っ赤になって狼狽えるジルベールに、レティシアは目を細めて微笑んだ。

レティシアとジルベール。

二人はもう婚約者という立場ではない。

とんとん拍子に事が運び、あれよあれよという間に夫婦になっていたのだ。

恐らくは建国記念式典の数日後、事件の詳細を説明するためアドルフと城に出向いた日が一番の後押しになったと思われる。

ジルベールは公務に出ていたため、中盤からの参加であった。

しかし部屋の戸が開きレティシアがいることを確認した途端、彼女の元まで一目散に駆け寄り、可愛がられることがさも当然のように「頑張ってきたよ、レティ」と甘えるジルベール。――の姿に呆然とするアドルフ。

そしてそんなジルベールを抱きかかえてソファの端に追い詰め「うむ。よく頑張ったな、ジルベール様。良い子だ。ああ、本当に愛い」と全力で甘やかすレティシア。――に目を白黒させるロスマン皇帝。という混沌とした空間が一瞬で作り上げられた。

「そ、聡明で気難しく、女性問題に難ありと聞いていたのですが……？」

「……べ、ベル・プペー？　あの漢前《おとこまえ》がか？　どこが人形姫なんだ？」

二人は顔を見合わせると頷きあい、がっつりと握手を交わした。

「レティシアがああも自然体でいられるなんて！　父として嬉しく思います、陛下！　娘をどうかよろしくお願いいたします！」

「いやいや、それはこちらの台詞だオルレシアン卿！　ジルベールのすべてをあれほど寛容に受け止めきれる人間がいようとは！　さて式はいつにする？」

――といった具合で、婚約からわずか数週間で夫婦となったのだった。

内情を知る者以外から皇帝の権力で無理やり、などという噂が流れたが、仲睦まじい二人の様子にそんなものはすぐに掻き消えた。

「これがサクッと美味しいフロランタン、こっちがほろほろのスノーボールクッキー、このハートはイチゴジャムを真ん中に入れたクッキーで、こっちはチョコチップだ。レティはチョコ好きだろう？　上からチョコがけしたのもあるぞ。どれからいく？」

「ふふ」

「……レティ？　俺、何か変なこと言ったか？」

クッキーが載った皿を両手で持ちながら小首をかしげるジルベール。

彼の健気《けなげ》さについ笑みがこぼれてしまう。

「いや、ただな。もっと大人で綺麗な女性が好きではなかったのか？」

「……言ったな。確かに言った。だが、キミを前にしたらすべてが過去になる。……だから、その、

……悪かった」

「よいよい、気にするな。私も猫を被っていたしな」

「猫ってレベルじゃなかった気がするけどな」

ベル・プペーの仮面を被っていた頃のレティシアを思い出し「うーん」と眉間に皺を寄せる彼の手から、フロランタンを一ついただく。

アーモンドの香ばしさとサクッとした食感がたまらない。

「あ。俺が食べさせてあげようと思ったのに」

「甘やかすな。彼女だって一人で食べられるはずだ、とも言っていたな」

「……う。今日のレティィは意地悪だ」

「はは、たまには苛めたい日もあるのだよ」

「キミが楽しいなら、別にいいんだが」

拗ねたように唇を尖らせるジルベールから、ひょいひょいとクッキーを頂戴していく。

どれもこれもあまりにレティシアの口に合っている。

どれか一つなんて選びようがない。

皇子としての立場がなければ、小さな店を開いて平和に暮らす選択肢もあったのだが。何事もま

ままならぬものだ。

「ところでジルベール様に少々お願いがある。ちょっと面倒事が起きてな。あなたの傍を離れなければならない日がしばらく続くやもしれん。ご無理をせず、できれば引きこもっていてほしい」

「ああ、情報は耳にしている。随分狡猾に罠を張られていたみたいだな。あのオルレシアン卿が失脚騒動とは。でも問題はない。そろそろ解決するはずだ」

「……なんだって？」

訝しげに眉を寄せた瞬間、レティシア専属の侍女が走り寄ってきた。手にはオルレシアン家の封蠟が押された手紙を携えている。

レティシアはそれを受け取ると、すぐに彼女を下がらせた。

ジルベールは二人きりの時間を邪魔されるのが嫌いだ。それをわかってなお届けに来てくれたと言うことは急務のはず。

急いで中身を取り出すと、内容に目を通す。

「で、手紙には何だって？」

「問題ない、と」

「ふふ。だろう？」

椅子を持ち出しわざわざレティシアの隣に設置すると軽く腰掛け、だらりとテーブルに身体を投げ出した。その顔には不敵な笑みが浮かんでいる。

「俺自体はあんまり信用がないから、おおっぴらに動いたところで意味はない。——が、盤上遊戯は得意でね。相手に気付かれないよう一手一手着実に打ち込んでいけばチェックメイトなんて容易《たやす》いさ。誰も彼も踊らされていると意識せずに、俺の手の平で踊ってくれる。平和的解決だろう？」

「さすがはジルベール様だ。頭が良いのは知っていたが、想像以上だ」

「一分、一秒だって、キミとの時間を邪魔されたくない。そのためなら何だってするさ。もっと褒めてくれてもいいいんだぞ？」

「偉い偉い。良い子だな、ジルベール様は！」

ジルベールとレティシアが仲睦まじい夫婦になったことで、ジルベールを呪いの子と危惧する者たちからオルレシアン家も敵として認定されてしまったらしい。

レティシアの父たちも馬鹿ではない。

にもかかわらず、有能な人材が揃っているはずのオルレシアン家ですら、ほんの小さな綻びから失脚騒動にまで発展してしまった。

当人たちも正に寝耳に水だっただろう。

当初貰った手紙には動揺の跡が見て取れた。

相手方は頭が切れる。——が、しかし、ジルベールの方が一枚も二枚も上手《うわて》だったようだ。まったく、末恐ろしい旦那様であるよ、とレティシアは彼の頭を望まれるがままに撫でてやる。

「あー……幸せで溶けそう」

「こらこら、私を未亡人にするつもりか」

「……なぁ、レティ。キミはこれからもずっと俺と一緒にいてくれるかい？　嫌になったりとか、してない？」

「私以外に誰があなたを幸せにしてやれる。それに、あなたの作る料理はめっぽう美味い。もうあなた以外で満足はできん。身体も心も離れられんよ」

「胃袋を摑んだってやつか。妥協せずに腕を磨いて良かったよ」

ジルベールはレティシアの手を摑んで頰に寄せ、すり、と愛おしそうに甘えた。

「よければこれからもキミの食べるものを俺だけに作らせてほしい。人の身体は毎日少しずつ生まれ変わる。皮膚も、血液も、筋肉も、骨も、俺の作ったものでキミが構成されるくらいに。ずっと、キミの傍で」

「ハハッ、本当に可愛らしいな私の旦那様は。言うことを聞いてやれるかは状況によるが、鋭意努力しよう。私も、あなたのためならば持ちうる力、すべてを振るう覚悟がある」

レティシアがパチンと指を鳴らすと地面から氷竜が生えた。そして遠方から飛んできた光弾をぱくりと飲み込む。

どうやらかなりの魔力が圧縮されていたらしい。

氷竜は腹が膨らんだと満足げに笑い、氷が爆ぜるかのようにその場から消え去った。

まったく。搦め手が失敗したからといって実力行使に出るとは。良い魔術師を雇ったものだ。

氷竜の腹に消えた光弾は、丁度この庭園すべてが吹き飛ぶくらいの魔力量だった。ここまで緻密な魔力操作ができる者は限られてくる。

レティシアはくつくつと喉を鳴らして笑った。

「私が傍にいるのだ。この程度の児戯で襲撃しようなどと生ぬるい！　誓おう、ジルベール様。この命ある限りあなたを守り続けると！」

「レティ……」

「だから案ずるな。怖がるな。ずっと、傍にいる」

レティシアの言葉に、ジルベールは頬を染めて「うん」と頷いた。

頭が良い分、余計なことを考えて不安定になりがちな彼だが、それらすべてを抱いて包んで愛してやると決めていた。

愛されたい離れたくないと怯えるのならば、想定以上の愛を注いでやればいいだけのこと。

レティシアの愛は無尽蔵だ。底なしの愛に溺れるといい。

「妻としてあなたの願い、あなたの思い、すべて受け止め、叶えよう。王として君臨したいのなら王座にもつかせてやる。――が、あなたはそんなもの願いそうにないな」

「そうだな。俺は、小さな一軒家でキミとのんびり暮らせることの方が理想かな」

「ふふ、それは王座につかせるより苦労しそうだ。……が、悪くない」

未来を思い描くように目を細める。

「死ぬまで傍にいてくれよ？」

「……死んでも傍にいたいけれどね」

「ハハハ！　重いな旦那様！　そういうところも実に愛い！」

傍から見れば彼らの前途には問題が山積みに見えるだろう。

しかしレティシアの武力とジルベールの頭脳の前には、すべてが些事になる。真逆だからうまくいっている夫婦だと思われがちだが、彼らには一つ共通点があった。

敵には一切容赦はしない。

お互いがお互いの不得手を補いながら、すべての妨害を蹴散らして幸せに暮らす。これはそんな未来に行きつくために全力を尽くす、新米夫婦の物語である――。

chapter 2

二章

赤目の呪いと嘘と真実

spadari fiançailles de belle poupée

一　それは密談から始まった

『おはよう、ジルベール』

『おやすみ、ジルベール』

『元気か、ジルベール』

そんなたわいのない挨拶で、どれだけ救われたことか。

俺を、ただの人間として接してくれた唯一の人。

あなたがいたから、俺はまだ前を向いていられた。あなたがいたから、俺はまだ自分を保っていられた。あなたがいたから、俺はまだ世界を呪わずに済んだ。

そうして今、この手にあふれるほどの幸せを手に入れることができたのだ。

ありがとう。感謝してもしきれない。

ああ、でも。

悲しいけれど、この感謝を、生涯あなたに伝える術はないのだろう。その後悔だけが、チクチク、チクチクと、抜けない棘のように、未だ胸を苛み続けている――。

＊　＊　＊　＊　＊　＊　＊

ランプの炎が、ゆらゆらと怪しげに揺れる薄暗い室内。

ジルベールは皮張りのソファに腰掛け、片肘をついて足を組んでいた。随分とくだけた格好だ。

しかしローテーブルを挟んだ向こう側にいるのは、皇帝陛下その人である。

ここは陛下の執務室。

ジルベールは不機嫌極まりないといった風に、ふんと鼻を鳴らした。

「それで？　俺に話とは何でしょう。こんな輝かしい日にクリストフ皇太子殿下ではなく、俺などの顔を見たいとは正気を疑いますね」

「まぁそう邪険にするな」

「どの口がおっしゃるのか。ご子息の晴れの日だ。さっさと会場へ戻られては？」

クリストフ・ロスマン。

この国の次期皇位継承者であり、ジルベールの異母兄である。今日は彼の輝かしいとある経歴を祝ってのパーティーが華やかに行われている。

本来ならばジルベールも参加しているはずだった。

ところが会場へ辿り着く前に声をかけられ、執務室まで強制連行されたのだ。おかげでパーティーへはレティシアが一人で参加している。

ジルベールが不機嫌な理由はこれだ。

(早くレティに会いたいのだが)

逃れたくて遠回しな皮肉をぶつけてやったのに眉一つ動かさない。それどころか悠然と腕を組み話し込む姿勢をとる始末。ジルベールはこの狸親父め、と心の中で毒づいた。

「はは。毎年、我が妃殿が張り切るからな。煌びやかなパーティーになっているだろうさ」

「ならばさっさと……」

「こんな日だからこそ、とは思わんか?」

——こんな日だからこそ。

彼はその意味を瞬時に理解し、眉をひそめた。

光が眩いほど闇は濃くなる。

クリストフの輝かしい功績に皆の目が惹きつけられている今ならば、後ろ暗い会話も闇に紛れて目立たない。密談をするにはうってつけだ——と、言いたいのだろう。

つまりこれからするのは、人に聞かれてはいけない内緒話。

ジルベールは煩わしげにため息をこぼした。

「面倒事はお断りだ。俺は一刻でも早くレティの傍に帰りたい」

「ま、待ってくれ!」

立ち上がって会場へ向かおうとするが、しかし腕を摑まれ引き戻された。

逃がす気はないらしい。思いのほか必死の形相に少し息を飲む。

ジルベールの頭脳に縋りつかなくてはいけないほど、緊要の案件なのか。

であればこの手を振り払ったとしても、どうせあの手この手で引き摺り込んでくるに決まっている。それくらいの強かさと傲慢さがなければ一国の主など務まらない。

厄介な。

ジルベールは仕方がないとばかりに頭を掻き、もう一度ソファに腰掛けた。

「ったく。陛下への恩義なら、もう十分すぎるほど働いて返したと自負しておりますが？　ちょっと使いやすくなったからって、便利屋みたいに扱われるのは好きじゃない」

「この件は知っているか？」

ジルベールの前に紙の束が置かれた。表題はない。ただ「V」とだけ書かれてある。

どれだけ秘匿にしたいというのか。そもそも人の話はちゃんと最後まで聞け。頼み方がなっていない。口を開けば文句が湯水のようにあふれ出そうだった。

興味なさ気に手に取り、ぱらぱらと中身を確認する。

「ヴァイス共和国と魔石の件、ね」

「ふむ、知っておったか」

「別に秘匿にするほどのものでもないだろう、こんなの」

ジルベールは表紙をピンと人差し指で弾いた。

魔石とは、その名の通り魔力のこもった石である。

通常は人々の暮らしを豊かにするため利用されているが、戦の道具もまた、これによって造られていた。

使い方によって、天使にも悪魔にもなりうる。

まさにこの世界に生きる人々にとって要のような存在。それが魔石なのだ。

ちなみにレティシアの指にはまっている『反転の魔導具』だが、これも魔石の亜種である。

火を出したり水を出したりする簡易的なものではなく、特殊な能力が秘められたものを、その希少性から区別して『魔導具』と呼ぶのだ。判別方法は簡単で、魔石の中に魔法陣の形をとった魔術紋様が描かれていれば、それは特別な力を有した『魔導具』となる。

話を戻すが、ロスマン帝国は魔石の産地としてトップクラスの産出量を誇り、それがこの国の確固たる地位に結びついていた。

そして前述したヴァイス共和国は近く隣国へ戦を仕掛けるという噂が立っており、国際会議で魔石を輸出してはならぬと決められたばかりだ。

その条約を破れば一転して世界の敵へと成り下がる。

しかし、ヴァイス共和国がその取決め後も平静を貫いていることから、どこかの国が条約を破り、かの国へ秘密裏に輸出しようとしているのではないかと問題になっていた。

その槍玉にあげられている国の一つがロスマン帝国。

証拠は出てきていないが、他国へばら撒けるほど魔石に余裕のある国ということで候補に挙がっているらしい。

その程度の情報くらい、ジルベールの耳にも入っていた。

「つまり、不名誉な噂を否定するための案を俺に出せと？　やっていないは悪魔の証明。そんな小手先の善人証明を示したところで何が得られる。無駄な労力を割かせるより、ご自身が各国から揺るぎない信頼を勝ち取れれば済む話だ。信頼ほど良い目眩しはない。尻拭いは御免だよ」

「そんな簡単な話ではないのだ、ジルベール」

陰鬱といった表情で頭を抱える皇帝陛下。

ここまで弱った彼を見たのは初めてかもしれない。

ジルベールはそのただならぬ様子に慌てて資料を開き直し、最後までじっくり目を通した。そして読み終わると同時にテーブルの上に投げ捨て、何度か目を瞬かせた。

「……おいおい、正気かこれ」

「残念ながら。報告が上がってきた時、私も心臓が止まりそうになった」

資料の最後には調査結果が添付されており、そこにはヴァイス共和国へ魔石の密輸を企んでいる者が、我がロスマン帝国内に存在している可能性が高いと、綿密な証拠とともに記されていた。

これを作った者は実に優秀な人物らしい。よくぞ目立たず、勘付かれず、ここまで調べ上げたものだと感心する細やかさだった。

しかし報告書の最後は『怪しい人物を十数人にまで絞り込めたものの、これ以上の調査は実質不可能』と悔しげな筆致で締めくくられていた。まだ計画の段階で、実際にヴァイス共和国へ魔石が渡ったわけではないが、もし阻止できなければ大変な事態になる。

陛下は力なく息を吐いた。

酷く心労が溜まっているように見える。無理もない。

「大々的に捜査網を敷くわけにもいかず、正直手詰まりなのだ。方々にかけ合っているが、この件を明かせるほど信頼できる人物は限られてくる。頼む、ジルベール。力を貸してくれんか」

「ハハ、信頼？　どの口が言う。呪われた皇子である俺に、こんな重要案件を頼んでいいのか？

国を傾ける可能性の一番高い男だぞ」

「レティシア殿との新婚生活を満喫しているお前がか？　もしそんな可能性があるとすれば、彼女がお前を唆《そそのか》している以外は考えられんな」

なんだと。彼女がそんな馬鹿げたことを企むわけがない。

むっと顔をしかめるジルベール。

「だが、彼女の気質からいってあり得ない。もし国に何か不満があるのならば、こんな回りくどい方法を取らず、正々堂々真正面からぶつかってくるはずだ。お前が選んだ伴侶は、直往邁進《ちょくおうまいしん》で実に気持ちのいい快活な女性だろう？」

そうだ。レティシアは世界一格好良くて、素晴らしい女性だ。

うん、うん、と満足そうに頷くジルベール。

「ちなみにこれなんだが」

「そうだな。そこまで言うのなら考えてあげても――」

手渡された資料をぺらぺらとめくる。

しかし、とあるページで手が止まり目を凝らした。

「これは」

「こちらで独自で調べた容疑者候補たちだ。この中に絶対いるとは言い切れんのが難点だが。気になる輩がいるのか？」

「いや、ちょっとね。……ふふ、ならば調べてみようか。気が向いたら首に縄をつけてプレゼントしてあげるさ」

「そうか。助かる」

「まぁ、期待せずに待っててくれ」

楽しげに目を細める。

その表情はまるで面白い悪戯《いたずら》を思いついた子供のようだった。

彼は資料を置くと、テーブルの上に身体を乗り出して、ぞっとするほど艶っぽい笑みを浮かべた。

腕を伸ばし、手の甲を陛下の頬に軽く押し当てる。

「それじゃあね。お、と、う、さ、ま」

そして言葉に合わせてぺちぺちと数回叩いたのち、気分よく部屋を出ていった。


テーブルの上に残された資料たち。

持ち帰らずとも一読すればすべて頭の中に入っているのだろう。さすがは呪われた赤目の力。類稀なる頭脳を持つ男である。これは後で燃やすなりして破棄せねば。外に漏れたら一大事だ。

現皇帝は紙の束を集め、テーブルの上でとんとんと角を整える。

いっそ不気味なほど機嫌がよくなったジルベール。

嫌な予感がしないでもないが、彼の頭脳はいわば最後の砦、一筋の光明。レティシアという安定剤を得た今の彼ほど頼りになる人物もおるまい。

しかし――。

「変わったな、ジルベールは。実の息子に抱く感情でないが……」

薄暗い室内。

かすかな光源を取り込んで煌々と輝く赤い瞳は、背筋が凍るほど美しかった。

清廉な人形姫の魅力とはまた違う、強制的に視線が縫いつけられてしまうあれは、まさに魔性と言い表すのが適当かもしれない。

あんな表情をする男ではなかったはずだ。

「レティシア殿はあいつに普段どのような……いや、考えるのはよそう」

彼は様々な思惑をため息に変え、忘れるように吐き出した。

＊　＊　＊　＊　＊　＊　＊

煌びやかながら、どこか落ち着いた雰囲気のパーティー会場。

カプセルに閉じ込めたら、シャラシャラと繊細で美しい音色を奏でるかもしれない。

レティシアは壁に背を預けながらジルベールの帰りを待っていた。周囲から声をかけたそうにしている気配を感じるが、気付かぬふりをして視線を落とす。

今日はモルガーヌ皇妃主催、クリストフ皇太子殿下の不死身を記念したパーティーである。

そう、『不死身』。

理由は単純。クリストフ皇太子殿下は一度死んだとされたからだ。

その衝撃を、国中の嘆きを、未だ鮮烈に覚えている。あの日は朝から雨が降り続いていた。彼は会合の帰り道、険しい山道を馬で走り抜ける途中に崩れた地面ごと滑落したのだ。

誰もが生存は絶望的だとわかっていた。その後の調査でも遺体すら見つからず、捜索はモルガーヌたっての願いで早々に打ち切られたと聞く。その期間、わずか二週間。

生きていると希望を持ち続けるのは苦しい。心に区切りをつけたかった。それはわかる。非道だと責めることはできない。

ところがその半年後、クリストフは帰還した。

最初は別人かと疑われたが、顔も声も、仕草すら彼そのもの。とどめにモルガーヌが息子で間違いないと断言して、疑う者はいなくなった。

事故の影響で皮膚が引き攣れ、時折表情が強張る点以外はまったくの健康体。

ゆえに不死身のクリストフ。

今日は彼の帰還記念日なのだ。

昼間は市民向けに大々的なパレードなどの催しがあったらしいが、夜のパーティーは皇族に連なる者たちや、力を持った一部の貴族など、参加者の限られたごく小規模なものであった。とはいえ手が抜かれているわけではない。

上澄みをすくい取った何もかもが一級品のパーティーなのである。

レティシアはジルベールの妻として参加を要請された。ただ、いくら煌びやかなパーティーであろうと、ジルベールがいないのであれば楽しむものは何もない。

顔を上げれば、クリストフのスピーチが始まっており、皆の視線がそちらへ引き寄せられていた。

砂糖飴を思わせる輝く金髪に、澄んだライムグリーンの瞳。服の上からでもわかる鍛え抜かれた体躯は、ジルベールとは違い先頭に立って皆を導くタイプなのだと見受けられる。

真面目で高潔な人物に見え――しかし、ふわりと微笑む姿はご令嬢たちの噂通り童話から抜け出てきた王子様のようにも見える。もはや怪我の後遺症など微塵も感じられない。

(殿下がお戻りになったことは、この国にとっても……ジルベール様にとっても幸運だっただろう。祝う心くらいは持ち合わせておこうか)

レティシアは遠くから彼を見つめた。

現皇帝陛下の息子は、クリストフとジルベールの二人しかいない。クリストフがいなくなれば、継承権は必然的にジルベールへ移る。

しかし、誰もがジルベールの立太子を望んでいなかった。

呪われた皇子が皇帝とは、この国は終わりだ。そんな忍び声を小耳に挟んだこともある。

さりとて、彼を廃嫡するに足る理由を用意できた者もいなかった。女性にだらしない程度、血縁の前には小さな瑕疵にしかならない。

ジルベール毒殺未遂事件が起こったのも、丁度この頃だったと記憶している。

(聡い旦那様のことだ。笑顔をはりつけた皮の下、隠し切れない敵意を常日頃から感じ取っていたに違いない)

あなたが必要だとうそぶくその口で、お前が消えれば良かったのにと願われる。ジルベールの妻になって初めて、彼の置かれていた状況が痛いほどよくわかった。

彼の心が壊れてしまわなかったことが、もはや奇跡のように思える。

（殿下がお戻りにならなければ、ジルベール様は潰れていたかもしれない。いや、それだけではない。彼の頭脳をもってすれば、あるいは――）

水面が虫の羽ばたきで震えるよりも微かに、夜空に煌めく星が人知れず燃え尽きてゆくよりも幽《かす》かに、内側からぐずぐずと蝕《むしば》むことなど容易だっただろう。

敵に回せば、なにより恐ろしい人だと知っている。

自覚なく進行していく病と同じだ。後戻りが許されなくなって初めて、自分たちの乗っていた船は泥船だったと気付かされる。

彼が国の癌に成り果てていたら、対峙する未来も存在しただろう。

レティシアを熱っぽく見つめる瞳が、道端の雑草を見るような凍えたものに変わる姿を想像し、慌てて頭を振った。

（そのような目を向けられたら、胸が痛いどころの騒ぎではないぞ。……だが、もうそんな未来は存在しない。ジルベール様は私の手を取り、妻にと選んでくださったのだ。必ず幸せにしてみせる。誰よりもな！）

一人思いを強くするレティシア。

その瞬間、ふと影が落ちてきた。

ジルベールの気配ではない。いったい誰だ。ぱっと顔を上げれば、男が彼女を見下ろしていた。

「ご機嫌いかがでしょう、レティシア様」

くすんだ茶髪に、ヘーゼル色の瞳。特にこれと言って特徴のない顔立ちだが、見覚えはあった。

魔石の加工分野に明るいオズウェル伯爵家の長子、ローランだ。

昔から好意を隠しきれていない熱い視線を送ってきていたことくらい気付いていたが、まさか人妻になった今になって話しかけてくるとは思わなかった。

なにがあったのか。気弱そうだった以前とは違い、今は妙な自信に満ちあふれている。

(イメチェン、というやつか?)

「ベル・プペーと名高いあなたが壁の花とは。ジルベール皇子はどうされたのですか?」

「ご予定があって。すぐお戻りになります」

淡々と、抑揚のない声で告げる。

「で、では、私がそれまでお話し相手を――」

レティシアは小さく首を振って一礼し、脇をすり抜けて彼の傍から離れた。

名残惜しそうな視線が背中に突き刺さるが、相手にするつもりはない。彼が見ているのはレティシアではなく、か弱く美しい人形姫。この世のどこにも存在しない幻想だ。

自分はジルベール様の妻。さっさと割り切って忘れてもらいたい。

レティシアはそっとため息をこぼした。

(しかし、未だベル・プペーの演技をせねばならんとは。面倒ではあるが……)

娼館で大立ち回りをしたあの日、竜帝の正体はすぐ世間に知れ渡るものと思っていた。

けれど店の従業員や居合わせた客に対し、ジルベールとアドルフが手を尽くして口止めしたことにより、一切広まらなかったと後で知った。

一部、口止めが間に合わなかった者や、面白がった傭兵騎士が外に漏らそうとしたようだが、すべて一笑に付されたらしい。

おかげで氷の竜帝がレティシアだと知る者は少ない。

ようやくベル・プペーの仮面ともおさらばできると晴れ晴れした気分であったのに、実に残念である。しかし頭脳派二人の意見が『レティシアと竜帝をイコールで結んでしまうより、別人扱いの方が切り札として強力』だったので、頷くより他はなかった。

父からの依頼は時と場合によるが、愛らしい旦那様のお願いとあらば二つ返事で引き受けるのがレティシアである。最近の——特に策謀を巡らせている時の活き活きとしたあの笑顔。その糧となれるのならば、人形姫を演じ続けることくらいわけもない。

(それに、悪い点ばかりではないしな)

皇妃モルガーヌはジルベールを快く思っていないのでは、と感じる節が度々あった。

レティシアを妻に迎えてからというもの、ジルベールは自らの能力を最大限発揮し、皇帝陛下にもいたく重宝されている。

クリストフの母親としては面白くないのだろう。

何度か挨拶に伺った時も、まるで品定めでもするかのように瞳の奥が凍えていたのを覚えている。少しでも隙を見せたら喉を食い破られそうだった。本日のパーティーは体調不良で欠席だと聞かされた時は、「よし！」と拳を天に突き上げたものだ。

一人では何もできない美しいお飾りの人形姫でいる方が、余計な腹の探り合いをせずに済む。レティシアは基本直情型だ。ジルベールとは違い相手の裏を読みながら牽制し合うのは苦手であった。

(真正面からのぶつかり合いの方が得意なのだが……はぁ)

オルレシアン家、それもアドルフから直接仕込まれているので平均点以上の振る舞いはできるものの、それはそれ。また別問題だ。

やらなくて良いのならやらないに越したことはない。

「あの、レティシア様」

「……はい。なにか？」

振り向くとローランがいた。まさか追ってきたのか。

不快感に顔をしかめそうになるが、微笑みで乗り切る。

「いえ、少し気になって。先ほどから何も口にされていませんよね？」

「それは……」

ジルベールのためだ。

妻の口に入るものは全部自分が作りたい、という可愛らしいお願いを快く引き受けているレティシア。彼女自身もジルベールの手料理がなによりの好物だった。

隣で嬉しそうに微笑む可愛らしい旦那様を肴に、美味しい手料理が食べられる。

これ以上の贅沢などあるものか。

「今は、胸がいっぱいで」

さすがに本音を口にはできないので、用意していた建前を告げる。

レティシアは身体が小さく、ベル・プペーの演技を崩さないよう少食を装ってきた。ゆえに、そう言っておけば大抵の者は納得し話題は移る。

しかしローランは諦めなかった。

訝しげに目を細めて「やはり」と呟く。

「ジルベール皇子に何も口にするなと命じられているのでは？　自分が食べられぬからと言って、奥方にこのような仕打ち。あまりに酷い」

「いいえ。そのようなことは、決して」

「気を遣わなくとも良いのですよ、麗しのベル・プペー。ジルベール皇子との成婚後から、あなたは社交場で一切物を口にしなくなった。可憐なあなたに毒を盛る人間などいやしないのに。……こんなもの愛ではなく、ただの束縛だ」

勝手に決めつけ納得しているローラン。

聞く耳を持たぬとはこのことか。

言葉の端々から、なぜジルベールなどの妻に、か弱いレティシアを守らなくては、といった空気がひしひしと感じられる。

「ですから」

「ご安心ください、レティシア様」

(……心配なのは君の頭なのだが)

話を聞いてくれ。思い込みが激しすぎる。

何度否定しても、彼の中に存在する『夫に虐げられている可憐なベル・プペー』の像が揺るがない。さすがの彼女も、堂々巡りを続ける会話に辟易してきた。

なにより、愛する旦那様の悪口をこれ以上聞きたくはなかった。

不愉快極まりない。少しだけ圧をかけてみるか——レティシアの足元に冷気が漂い始めたその瞬間、カツン、と地面を叩く靴音が、雑踏を抜けて耳に滑り込んできた。

「オズウェル伯爵家は随分と自由な躾《しつけ》を是とするのだな。盛りのついた犬でももう少し慎みがあるものだぞ。はしたない」

苛立ちがこもった声。ジルベールだ。ようやく帰ってきてくれた。彼が傍にいるとわかっただけで、ふっと肩の力が抜ける気がした。

彼はレティシアとローランの間に割って入ると、牽制するように睨みつける。

「な、何をおっしゃっているのか。私はただ、お一人で寂しそうに見えたので――」

「へぇ？　本当に？」

すべてを見透かすような赤い瞳にねめつけられ、ローランは耐え切れず視線を逸らした。

レティシアに邪《よこしま》な思いを抱いていなければ堂々としていればいい。だが逸らしたということは、そういうことなのだろう。

ジルベールは逃げるなとばかりに、ローランの顎に指を置いて正面を向かせた。

「自覚がないのかい？　ならば鏡を携帯するといい。キミの顔が、表情が、目が、他人からどのように映っているのか、把握しておいて損はない。涎を垂らす前に気付けるぞ」

「――わ、たしの顔、の、どこが」

「おっと、一から十まで説明しないと伝わらないのか？　欲しがりめ。誰の妻に色目を使っているのかと聞いている。それ相応の覚悟があってのことだろうな？」

「ぐ」

煽る煽る。火種に油をぶちまけ、枯れ木を投げ入れ、天を貫くような焚火《たきび》の前で更に風を送り込み焚きつけているレベルだ。

（キャンプファイヤーでもする気か旦那様）

少し胸がすいたのは秘密だ。

ただ、クリストフを祝うパーティーでこの状況は些《いささ》かまずいかもしれない。

羞恥に顔を赤くしてジルベールを睨みつけるローランと、それを受けても賤《いや》しむ表情を崩さないジルベール。二人を中心に剣呑な空気が漂い始める。

元を正せばレティシアがうまくあしらえなかったせいだ。これがジルベールの悪評に繋がりでもしたら、妻としてあまりに不甲斐ない。

ここは一つ、手を打つべきか。

(私とジルベール様がいかに相思相愛で仲睦まじいかを見せつければ、いくら彼とて納得し諦めるだろう。うむ。それならば大得意だ！)

レティシアはジルベールの手を取ろうと手を伸ばす。しかしその時、突如として一人の男性が割り込んできた。

「祝宴の場で揉め事とは。いただけませんな」

秩序然とした堅苦しい声。規律が服を着ているような佇まい。

少し白髪の混じった黒髪を後ろで撫でつけた紳士は、ジルベールとローランに鋭い視線を投げた後、こほんと咳払いをこぼした。

アイヴィス公爵だ。

品行方正、謹厳実直《きんげんじっちょく》、絵に描いたような真面目なお家柄で、代々この国の司法制度に深く関わりをもっている。ゆえに後ろ暗い噂の絶えないオルレシアン家——特に父アドルフとは、あまり仲がよろしくなかった。顔を合わせるや否や、婉曲的な言い回しを駆使した舌戦が繰り広げられ、周囲にはブリザードが吹き荒れるとかなんとか。

「ふん、人の妻に色目を使われたのだ。釘を刺して当然だろう。分を弁《わきま》えろ、とな。この男が彼女に軽々しく近づかぬのであれば、後は好きにするといい」

「では、これにてお開きでよろしいですかな？」

ジルベールがレティシアを引き寄せ、話はこれで終わりといった空気が流れる。クリストフの顔に泥を塗らぬよう、実に寛大で平和的な幕引きだ。

しかし、それに待ったをかける者がいた。

「お、お待ちください、アイヴィス公！」

ローランである。

「お耳汚し失礼いたしました。なれど、真偽をはっきりさせておかなければならぬことがございましょう。どうか、お許しくださいませ」

「真偽を？」

「ええ、レティシア様のお身体の件です」

ローランは勝ち誇った表情で、そう進言した。

ジルベールは不快そうに「レティの？」と眉を寄せる。

「ふむ？　仔細を」

「皇子と成婚されてから、レティシア様が社交場で一切物を口にしなくなった、というお噂はご存じでしょうか。ジルベール様が命じておられるのなら、今すぐ撤回していただきたく存じます。このようにか弱いお身体では、倒れてしまわれるかもしれません」

まるで姫を守る騎士のように、自分が正しいと信じて疑わない声。彼の瞳には何の迷いも映っていなかった。いっそ偏執的なほどに。

（一食抜いた程度で倒れるほどか弱く見えるのか。侮《あなど》られたものだ）

オルレシアン家に連なる者がこの場にいたら、堪えきれず笑いを漏らしていたかもしれない。残念ながら今回は所用で全員欠席である。

良かったのか、悪かったのか。

竜帝として様々な依頼をこなしてきたレティシアにとって、食事を抜く程度まったく問題ない。なんなら一日何も口にできぬ時もあったほどだ。

儚い見た目とは裏腹に、並みの男では太刀打ちできぬほど堅牢な肉体をしている。か弱いとは真逆の存在だ。見た目のイメージだけでよくそこまで突っ走れるものだと、呆れる他ない。

「そ、れは……」

しかしジルベールはその件について多少なりとも引け目があるらしく、苦しげに目を伏せた。

「やはりそうでしたか。一方的な愛の押しつけは醜《みにく》いと言わざるを得ません。皇子、どうかご再考を」

「勝手に、決めつけるな。俺とレティは」

「あなたのその呪いに、今度はレティシア様まで巻き込むおつもりですか」

「――……ッ！」

ジルベールの目が見開かれた。驚愕――ではない、怒りでもない。

あれはきっと、痛みに耐える顔だ。

（今度？　いったい何の話だ？）

周りからザワザワと「レティシア様はお優しいから」「やはりあのお噂は」「なんと酷い」との声が聞こえてくる。

ジルベールは反論しようと口を開いたが、しかし結局唇を噛んで口をつぐんでしまった。

出会った当初と同じ。

無自覚の悪意に、彼はいつも歯を食いしばって耐えていた。

普段のジルベールを遣り込められる相手などそういない。「呪い」の言葉は、それこそ呪いのように未だ彼の心を深く蝕み続けている。

（……醜いのはどちらだ。夫婦の色事に首を突っ込むなど無粋にもほどがあろう。全員の口を氷竜で塞いでやりたいくらいだ！　もう我慢ならん！）

ようやく閉じかけていた傷跡をほじくり返し、塩を塗りたくる行為に、怒りを通り越した何かが腹の中で暴れまわる。しかし、事を荒立てるのはジルベールの望むところではない。

そんなことくらい、わかっている。

レティシアは、こぼれそうな怒りに蓋をするよう空気を吸った。

アイヴィス公爵は何も言わず、二人の様子をじっと観察している。法は公明正大。必要なのは噂話などではなく真実を語る口だ。彼は見極めているのだろう。

（ならばお望み通り真実を見せつけてやるさ。ベル・プペーなりの戦い方でな！）

もう、独り歯を食いしばって我慢などさせない。

愛おしい旦那様のためならば、剣にも盾にもなろう。彼の隣には妻である自分がいる。それを知らしめる気持ちを込めてジルベールの前に立つ。

「申し訳ございません、アイヴィス公」

レティシアはスカートを持ち上げて頭を下げた。

見目美しいだけがベル・プペーではない。指先の動きから髪の揺らぎ、表情に至るまですべて、どうすれば人の目に一番美しく映るのか身体に深く刻み込まれている。

本気になったレティシアにとって、会場中の視線を一手に引き受けることなど、肩に止まった蠅を払うよりも容易かった。

「わたくしが、悪いのです。ちゃんと、ご説明、できなかったから」

「そんな！　レティシア様のせいでは！」

焦りながらフォローを入れてくるローラン。だがレティシアは彼に一瞥もくれず、ジルベールにそっと寄り添った。

「これは、わたくしが望んでのこと。ご心配には、およびません。わたくしはもう、旦那様の手料理でないと、満足できぬ身体になってしまいました」

「……レティ」

縋るような視線に応じ、レティシアは彼に手を伸ばす。

ジルベールは彼女を抱き上げ、ぎゅっと抱きしめた。ようやく愛おしい旦那様の体温に触れられて、自然と笑みがこぼれる。

レティシアは彼の首に手を回すと、耳元に唇を寄せた。

「すまんな、ジルベール様。迷惑をかけた」

「この程度、まったく迷惑にならない。そんなことよりも……」

不安げに顔を寄せてくるジルベール。こつりと額がくっついた。

心配せずとも、このような些末事で嫌になったりはしない。苦とも思わない。それをしっかりわかってもらうため、レティシアは彼の頬に手を置いて瞳の中を覗き込んだ。

「愛しの旦那様が愛情込めて作った手料理を、あなたの顔を見ながら食する。これ以上の幸福があるなら教えてほしいよ。多少の空腹などただのスパイスだ」

「本当に?」

「当たり前だ」

「レティ、だいすきだ」

「私もだよ、旦那様。抜けられる口実はできた。早々に退散するか」

「……ああ」

人形のようにうっすらとした笑みを浮かべ、何があろうと感情を表に出さないベル・プペー。しかしジルベールを前にした彼女は慈愛の微笑みにあふれており、参加者たちは皆ほうとため息を吐いた。ジルベールの方も、レティシアに向ける瞳には蕩けるような熱が込められており、彼の色気にあてられた女性陣から熱い視線が寄せられる。

パーティー参加者のみならず、ローランやアイヴィス公爵すら置き去りにした二人だけの世界。

（図らずとも、だな）

レティシアとしては、自分がどれだけ旦那様を愛しているか、大切に思っているかを切々と語り、皆を納得させようと考えていたのだが、どうやら必要なくなってしまったらしい。

言葉など最初から不要だったのだ。

表情が、仕草が、何よりも雄弁に語っている。

この二人の姿を見れば、レティシアの言葉が嘘だと疑う者などいやしない。

誰もが見惚れる相思相愛の夫婦。ローランだけが悔しそうに歯を食いしばっていた。

「無粋な真似をいたしましたな。申し訳ございません、レティシア様」

「わかってくだされば、よいのです。アイヴィス公」

「身に沁みましたとも。仲が良きことで」

「ふふ」

これでようやく、この下らない騒ぎもお開きだ。

ジルベールはレティシアを抱きかかえたまま、軽く胸に手を置き礼の姿勢をとる。

「騒がせてしまったゆえ、我々は退室いたします。皆様は引き続き、ごゆるりとお楽しみくださいませ。クリストフ皇太子殿下におかれましても、益々のご活躍をお祈り申し上げます」

顔を上げ、クリストフの方を見る。

壇上の彼はただ静かに騒動の顛末を見守っていたが、ジルベールからの視線を受け取ると、パンと手を鳴らした。それが終了の合図。残響のように燻っていたざわめきすらピタリとやみ、野次馬たちは元通りパーティーを楽しみだした。

たったワンモーションで会場を掌握する。これがクリストフ皇太子殿下か。

ジルベールがこの茶番を終わらせるに相応しい人物だと合図を送るはずだ。

(しかし、今まで静観を貫いていた点が引っかかるな。主催者側であるのに、騒ぎを治めるそぶりも見せなかった。アイヴィス公に一任するつもりだったのか?)

「レティ?」

「……いいえ。なんでも」

考えたところで詮無きこと。なぜだと詰め寄るわけにもいくまい。

今はただ、旦那様と二人きりのディナーに胸を躍らせていればいいだけだ。

「では帰ろうか。今日の夕飯はいつも以上にキミへの愛情をたっぷり込めよう。俺のすべてを、隅から隅まで味わい尽くしてくれ」

「――ンッ、……ふふ。楽しみ、です」

（蕩けた表情でこの言葉のチョイスはいかがかと思うぞ旦那様！）

ジルベールの無自覚の誘惑に、うっかりベル・プペーの仮面が剝がれそうになる。

持てる技術をすべて込めて美味しい夕食を作る、と言いたかったのだろうが、これでは別の意味に捉えられかねない。レティシアとしてはどちらの意味でもどんと来いなのだが、それはそれ。

かろうじて残った理性をかき集め、必死で取り繕ったレティシアは、ジルベールに抱きついて抗議の声を漏らした。

「周りの目を気にすべきではなかったのか？」

「妻への愛を語るのに、他人の目など気にする必要があるのか？　それとも、俺がキミ以外の女性に現を抜かすとでも？」

「……その返しはずるいぞ」

「キミほどじゃないさ」

レティシアの髪をすくい取り、唇を寄せて悪戯に微笑む。囁くような掠れた声は、どんな淑女や乙女であろうと搦め捕り、ずるりと沼に沈めてしまえそうな色香を纏わせていた。

本当に、美しい旦那様だ。

クリストフの端然とした魅力とはまた違う、人の心を惑わす妖《あや》しい魅力にあふれている。これが無自覚というのだから恐ろしい。

「下ごしらえは済んでいる。すぐに用意しよう」

「期待しているよ、旦那様」

引かれる後ろ髪などなく部屋を出る二人。ジルベール渾身の料理を想像するとつい破顔してしまう。もうベル・プペーの演技は必要ないだろう。

（楽しみしかないな！　……ん？）

扉が閉まる瞬間。

チリリと焼けるような殺気を背中に感じ、レティシアは振り向いた。落ち着いた音楽が流れ、優雅なダンスが繰り広げられるその奥から差しこまれる視線。

壇上に立つクリストフの瞳が、やけに冷ややかに二人を見ていた。

（あれはいったい）

その視線を遮るように、ぱたりと扉は閉じられた。

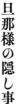

二　旦那様の隠し事

ふわりとレースのカーテンが舞う。

ここは城内にあるレティシアとジルベールの寝室。

肌触りのいいシルクのシーツの上に、男性にしては少し長めの黒髪が散らばっていた。

最近随分と忙しそうにしており、無理が祟《たた》ったのだろう。昨晩は頬を撫でただけで、とろとろに蕩けて眠りに落ちてしまった。

薄いシャツを一枚羽織った状態で、無防備な姿を晒すジルベール。大変に愛らしい。

レティシアは彼の前髪を掻き上げて寝顔を堪能する。

烏《からす》の濡れ羽のような黒髪。長い睫毛が白蠟を思わせる肌に艶やかな影を落としている。薄く開いた唇からは浅い寝息が漏れていた。

ベル・プペーと名高いレティシアの隣にいるせいでほんの少し霞むが、それでも十分すぎるほど整った造形だ。

しかし、恋は視野を煌めかせる。瞳に愛おしさというバイアスがかかったレティシアにとっては、世界で最も愛らしく美しい旦那様であった。

だからこそ本当は妻として、あまり無理をしないでくれと身体を慮《おもんぱか》ってあげるべきだったのだが。

丸三日、誰にも邪魔されずレティシアと二人だけの時間を確保するためだから、とお願いされてしまっては、駄目だと首を横に振るなど無粋というもの。

「さて、どうしたものか」

髪を梳き、熱い視線を送っても彼が起きる気配はない。

水面下できな臭い動きがあると父アドルフが手紙で漏らしていた。

頭の良い旦那様のことだ。駆り出されている可能性は非常に高い。

通常業務に加え、気取られぬよう陰に潜り、色々仕込んでいるとなると相当疲労はたまっているはず。存分に身体を休めてほしいという想いもあるが、二人きりの時間を確保したいと頑張ったジルベールのためにも起こしてあげるべきなのか。

「私としては、このまま寝顔を見つめているのも吝《やぶさ》かではないのだが……ふふ。早くあなたのその綺麗な瞳に私を映してほしくもある。なぁ？　ジルベール様」

手の甲でさらりと頬を撫でる。

するとピクリと瞼が震え、唇から「んん」と鼻に抜けるような甘ったるい声が漏れた。

「レティ……シア……？」

「おはよう、ジルベール様。まだ眠っていなくて大丈夫か？」

「……ん。ゆっくり、ねむれたからな、からだは……かるいよ」

覚醒しきっていないのか、何度も瞼を瞬かせている。

受け答えもぽやぽやと地に足がついていないぼんやりとした様子だ。

「いま、なんじ……」

「そうだな。大体昼頃だ」

「ひ、る……――昼!?」

ジルベールは勢いよく飛び起きて、窓の外を見た。

雲一つない輝かんばかりの蒼穹。照りつける太陽。丁度その時、二羽の白い鳥が仲睦まじそうに寄り添いあって横切っていった。なんとものどかな光景だ。

遠くの方に見える城下街は、きっと活気に満ちあふれている頃だろう。

彼はもう一度布団の上に身体を投げ出すと、恨めしそうにレティシアを見上げた。

「俺の寝顔をずっと見ていたのか？　……レティのえっち」

少しだけ拗ねた素振りを見せた後、挑発するように細められる瞳。

愛されることを知らなかった昔と違い、溺れるほどの愛を注がれた今のジルベールには自信の色が見てとれた。どんな自分でも愛してもらえる。それが彼の自信に繋がり、ひいては妙な色っぽさを身につけるまでになったのだ。

生来持ち合わせていた退廃的な色香に加え、レティシアの前では身を焦がすような色香を纏いだした旦那様。社交界でも注目度は上がっている。

妻としての色眼鏡もあるかもしれないが――いや、最近ジルベールが甘えるように「レティ」と呼ぶ時、常に周囲の女性陣から熱のこもった視線を感じるのだ。クリストフのパーティーでもそうだった。絶対に気のせいではないはず。

もっとも、原因はレティシアにもあるのだが。

持ち前の明晰な頭脳から、どうすればレティシアを揺さぶれるか理解できてしまう。ゆえに愛されたがりの旦那様はそれを実行に移してしまうのだ。

周りからどのように映っているかなど考えずに。

ただ、レティシアに愛されたいという一心で。

「まったく、困った旦那様だ」

「でも好きだろう？　こういうの」

レティシアの手を取って、すり、と頬を寄せてくる。

（ああ、大好きだとも！）

理性を蕩かすように甘く挑発されると、どうにも胸の昂ぶりが抑えられなくなる。ジルベールにしか抱いたことのない感情だ。その余裕ぶった表情を全部引っぺがし、勘弁してくれと羞恥に泣いて懇願するまで丁寧に、じっくりと、甘やかし続けたい。

レティシアに鋼の精神が備わっていなければ、起床したての彼を即ベッドに沈める結果となっていたかもしれない。

私の忍耐力に感謝してほしいくらいだ――と、レティシアは眉を寄せる。

うっかり理性の糸が切れてしまったら、大変なことになるのは自分だとわかっているのだろうか。わかっていない気がする。本当に困った旦那様だ。

しかし、彼は一つだけ思い違いをしていた。

レティシアにとっては、色っぽく煽ってくる彼も、愛らしく照れる彼も、健気に甘えてくる彼も、全部。それがジルベールであるならばすべてが愛おしい。

つまるところ存在自体がウィークポイント。

ただ傍にいて息をしてくれているだけで満足なのだが――伝えたところで同じだろう。何事も飄々《ひょうひょう》とこなしているように見えて、その実、努力と研鑽を怠らない頑張り屋だ。レティシアが喜ぶとわかれば、嬉々として実行してくるに決まっている。

「……あなたの前では隠し事などできんな」

レティシアは笑うと、ジルベールの顔の横に手をついてじっと見下ろした。銀糸のような美しい髪がぱさりと上に落ちる。

片方の手で彼の胸板に触れた時、ふとあることに気が付いた。

「そういえば、大分厚くなっているような」

「ただ甘やかされるままにレティの愛を貪るのでは伴侶失格だろう？　キミに末永く愛されるために、俺もできることをしようと思ってね」

ジルベールはよくぞ気付いてくれたとばかりに微笑んだ。

「もともと食べ物には気を遣っていたので無駄な脂肪はなかったんだが、それだけだ。美しいかと問われたら頷くことはできなかった。身体を動かすのは好きではなかったしね。でもそれじゃあ、キミの寵愛には相応しくないだろう？　だから少し頑張ってみたんだ」

「最近妙に鍛えていると思っていたら、そんなことを考えていたのか。まったく、あなたという人は本当に……」

「戦うためではなく魅せるためさ。ほら、レティのために絞った身体だ。どこもかしこも余すとこなくキミのもの。全部、好きにしてくれていいんだぞ？」

見せつけるように胸元近くの服を摘まんで下へ引っ張る。

待て。誰が彼にこのようなことを教えた。まさか独学か。末恐ろしすぎるぞ旦那様。

頭の中では欲望の先制パンチが入ったが、鋼の理性がそれを抑えつけなんとか辛勝した。

レティシアだから耐えられた。

レティシアでなければ耐えられなかったかもしれない。

「……ジルベール様は私の理性を試しているのか？」

「ふふ、いつも真っ直ぐなキミの瞳を揺らめかせることができたのなら上々だ」

「く……据え膳のままおあずけとは」

生殺しにもほどがある。レティシアはぐったりと項垂れた。

この国では十五から婚姻を結べるが、それ以上は十七になってからと法律で決まっていた。なんでも母体の安全を考慮して、らしい。ジルベールへ輿入れしたことで皇族の一員になったのだ。率先して破るわけにはいくまい。

「しかし、キミがまだ十七にもなっていないなんて、最初は何かの間違いかと思ったよ。まぁ、だからこそこうやって身体を造る時間があったんだが。誕生日までにもっともっとキミ好みになってみせるから、待っていてくれ」

レティシアの髪を弄ぶようにくるくると人差し指に巻きつけ、愛おしげに唇を寄せる。

これを他意なくやってのけるのだから本当に恐ろしい。レティシアは喉の奥からギリギリと絞り出すように「ジルベール様」と呼んだ。

「ん？　どうした、レティ。顔が怖いぞ？」

「わかっていて尋ねるとは趣味が悪いな、旦那様」

「ふふ、たまにはこういうのも悪くないと思ってね。年上の俺がリードされてばかりでは情けない。どうだい？　ドキドキしてくれた？　今日は俺の勝ち？」

「そうだな。私の負け。完敗だ。認めよう。ただし――」

レティシアは唇を弧に歪めて笑った。

「試合には負けたが勝負には勝たせてもらおうと思う」

「勝負？　いったいなんの……ッ」

さすがに我慢の限界だった。

ジルベールの顎をくいと持ち上げ、親指で唇をなぞる。

すると途端に彼の瞳は甘えるように蕩けだし、恥ずかしいのか耳まで赤く染めながら「待って、くれ」と目を伏せた。

「頭の良いあなたのことだ。既にわかっているのだろう？　その期待に満ちた表情に報いよう。すまないが、先の言葉は撤回する。据え膳をいただかなければ女がすたるとは思わんか、ジルベール様？」

海の底を思わせる深い青の瞳。

しかし彼女の瞳の奥底には暗闇ではなく、煌々とした欲望が灯っていた。ベル・プペーと呼ばれ、表情の変わらぬ人形姫などと揶揄されていた面影は一切ない。

まるで獣のような覇気に、ジルベールは思わずレティシアの肩を摑んで押し戻した。

「レティ、俺が悪かった。調子に乗りすぎた。だからちょっと待――ッ、ン！」

「どうした、ジルベール様？」

「ふ、……っ、く、くすぐ、ったい……」

服の上から腹筋をなぞり、脇腹の辺りをさわさわと優しく撫でる。するど大袈裟なほどジルベールの身体が跳ねた。

「れ、てぃ……」

「どこもかしこも私のもの。好きに触れてよいのだろう？」

「確かに言った、が……」

「触れるだけならば問題ない。あなたの誘いに気付けなかった浅慮な妻を許してくれ。さぁ、今日はいつも以上に甘やかしてやろう。たっぷり、その身で受け止めてくれ」

「そ、そういう、つもりで言ったん、じゃ……あ！」

慌てて口を塞ぐジルベール。

羞恥によって涙の膜が張り、細められた真っ赤な瞳がこちらを覗く。

娼館に足繁く通っていたくせに、ただ純粋にスタッフの指導をしていただけの男だ。色事には慣れていないとわかっていたが、あまりにも純朴すぎて笑ってしまいそうになる。と同時にほんの少し、ほの暗い欲望が顔を出す。

彼の泣き顔を、もっと見ていたい。

まったく馬鹿げている。たっぷり甘やかして幸福の海で蕩かせてあげたいはずなのに。ジルベールを相手にすると庇護欲と嗜虐心で心がぐちゃぐちゃになってしまう。

（可愛くて可愛くていじめたいなど、まるで子供ではないか。自分にこの様な感情が存在していたとは）

潤んだ瞳。上気した頬。乱れた呼吸。白い肌に差す朱色は、とても綺麗に映った。

レティシアの右手一本、指先一つでこうも容易く乱されてしまう愛らしい旦那様。

(これ以上はマズイな)

そろそろやめておかなければ一線を踏み越えそうだと、理性がブレーキをかける。仕方がない。名残惜しげに彼の前髪を掻き上げ額に唇を落とした。

次の瞬間――。

「――ッ!」

腕を摑んで引き寄せられ、思い切り抱きすくめられた。

「ジルベール、さま？　嫌だったか？　すまない。やりすぎたな」

「違う」

「違う？」

顔を上げる。

すると、めっと注意するかのようにレティシアの唇に人差し指をあてがわれた。

「これ以上は、俺が、我慢できなくなる、から……ダメだ」

最後のダメだは蚊の鳴くようなか細い声だった。

熟したイチゴほどに顔を赤く染め、切なげに寄せられた眉が限界だと告げていた。どうやら耐えられないと感じていたのは、レティシアだけではなかったらしい。

しかし。しかしである。

（私の旦那様、可愛いがすぎるのでは？）

洪水のような愛らしさの濁流に思考が一瞬で漂白される。理性や欲望すら押し流された。頭が真っ白になる、とはまさにこのことだろう。

何も言えずに呆然と固まるレティシア。

その姿に何を思ったのか、「嫌ではない！　まったくもって嫌ではないんだ！　ただ、本当に、これ以上は……」とジルベールは必死に弁解を始めた。

「違う。そうではなく、あまりに愛らしすぎてだな……」

「あい……？　誰がだ？」

「私の目の前にはジルベール様しかいないだろう？」

「情けないではなく？」

「万が一にもそれはあり得な――わぷ！」

レティシアの回答に安堵したらしいジルベールは、更にぐいぐいと彼女を抱く腕に力を込めた。おかげで発展途上の胸筋に顔を埋める結果となってしまう。

普段はジルベールを甘やかす一環としてレティシアの方が抱きしめる側なのだが、こうやって愛おしい人の体温に包まれるというのも悪くない。

むしろ良い。良すぎる。

レティシアは頬ずりするなどして旦那様の腕の中を堪能したのち、ぱっと顔を上げた。

「だが、私が十七になったら覚悟しておいてほしい。散々煽ってくれたお礼に、たっぷり溶かして可愛がってあげよう。待て、だなんて無粋な逃げ方はしないでくれよ？」

「そ、それは……もちろん。……だが、お手柔らかに、していただけると、嬉しいというか……えと……」

顔を逸らして照れに照れているジルベールの様子に「無理だな！」と理性が声高に叫んだ気がしたが、聞こえないふりをした。

早々に負けを認め不安がらせては妻失格だ。恥ずかしいというのなら、待てをかける隙すら与えず理性を溶かしてやれば問題ない。

大人の余裕が徐々に剝がれていくジルベールは実に蠱惑的だろう。楽しみだ。

「わたくしの理性に乞うご期待、です」

レティシアは人形を思わせる清廉な顔で微笑んだ。

その作り込まれた表情と声色に、賢い旦那様は己の運命を悟ったのだった。


さて本日の予定はない。

このまま寝所で二人、ごろごろと怠けながら旦那様を優しく甘やかし続けるのもまた一興。たまの休日なのだ。こういう日があってもいいだろう。

レティシアは膝の上にあるジルベールの頭を撫でながら今日の予定を思案する。

しかしその時、寝室に張り巡らせていたレティシア特製の防壁がドン、と音を立てて揺れた。

この防壁の異常を感知できるのは術者であるレティシアのみ。

ひそかに眉を寄せた彼女にジルベールは「どうかしたか？」と首をかしげる。

「いや、なに、随分と忘れっぽい小鳥が壁に衝突したらしい」

「小鳥？　……待ってくれ。確かに頼んではいたが、最悪のタイミングじゃないか」

ジルベールは両手をクロスさせて顔の前に持ってくると「はあぁぁぁ……」と長い溜息を吐いた。

今の揺れ方は人が直接ぶつかった時のものだ。

防壁と言っても外に張り巡らせているわけではなく、目立たないよう壁の中を通している。この状態で直接ぶつかれるのはレティシアが知る限り一人しかいない。

彼女はすまないとジルベールの頬を撫でてから、自らの耳に手を置いて念話を繋げた。

念話とは魔法を使える者限定の無線通話魔法である。事前に魔力交換をし通信を繋げた者同士であれば、脳に直接響くような形で会話ができる。

「レティシアだ。いつも言っているだろう。寝室には防壁を張っていると。いい加減学習してくれ、フォコン」

『痛《い》ったたたぁ……。姫様ぁ、そろそろ寝室にこんな強固な防壁張るのやめません？　もう一段階下げてくれたら、俺普通に通り抜けられるんですけど。機密文書保管庫より厳重ですよここ』

「何を言っている。お前のために張っているんだぞ」

『何で俺!?　ちゃんと味方ですよ!?』

彼――フォコンは抗議の声を上げた。

フォコンは元々オルレシアン家に仕えており、レティシアがジルベールへ輿入れした後しばらくしてから父アドルフにより送り込まれてきた密偵である。

彼の使用する魔法はかなり特殊で、壁や柱、木々への侵入はもちろんのこと気配遮断能力にも優れており、至るところが彼の目となり耳となり得る。

ゆえにフォコンの手にかかれば、機密情報ですら赤子の手を捻るかのように手に入れることが可能なのだ。

様々な情報源を抱えるオルレシアン家でも、その能力の高さから特に重宝されていた彼をどうしてレティシアに寄越したのか。皇帝一族を探らせる意図でもあるのか。

不思議に思ったレティシアだったが、アドルフからの返事はなんとも明瞭だった。

「ジルベール皇子の役に立つと思ってね！」

その言葉に彼女は「私の旦那様を酷使しようとしないでくれ」と呆れた声を漏らしたものだ。

どうやらオルレシアン家失脚騒動の折、裏で動いていたジルベールの活躍を知ったアドルフは彼と彼の頭脳をいたく気に入ってしまったらしい。

もっと早くジルベールへ情報が渡っていれば、失脚騒動すら起こさずに事件は沈静化したはず。

ならば表立って情報を得にくい彼のためにオルレシアン家が誇る最高峰の密偵をお傍に——と。

つまりレティシアのためではなく、ジルベールの手足となるべくフォコンを送り込んできたのである。

これにはさすがのレティシアもため息をつかざるを得なかった。

当人が「凄く助かるな！」と乗り気だったので「ならば良し！」となったが。

「レティ？　フォコンだろう？　わざわざ俺たちの時間を邪魔しに来るような奴ではないから頼んでいた件だと思う。どうして姿を現さないんだ？　何かあったのか？」

「いや、彼は元気だよ。いつも通りだ。すぐに防壁を解除するが、その前に」

ジルベールの腕を引いてベッドの縁に座らせ身だしなみを整える。

癖のついた髪は軽く手で梳かし、レティシアを動揺させるためにと乱されたシャツは首元までしっかりとボタンを留めた。

寝起きの戯れで潤んだ瞳と甘えモードから抜けきっていない表情は——さて、どうすべきか。

レティシアが目を細めた瞬間、ジルベールは自らの頬をパチンと叩いた。

「大丈夫だ。もう目は覚めた。いくらフォコンが相手とはいえ、乱れた格好では主として威厳に欠ける。……ありがとう、レティ。いつもすまない」

「気にしないでくれ。私のためでもある」

「レティの？」

「ああ、そうだ。では急ぎ防壁を解除しよう。待たせたな、フォコン」

レティシアの魔法が解かれるやいなや、近くの壁からフォコンが転がり込んできた。

耳の上までしかないアッシュグレーのツーブロックに、猛禽類のようなどこか愛らしくも力強い金の瞳が印象的な好青年だ。上下とも身体にピッタリとフィットした黒い服を着用しており、その上からハーネスを身につけている。

鷹の名を冠するフォコンをレティシアが「小鳥」と呼ぶのは、彼が使役する魔法生物と本人の人懐っこい性格ゆえである。

しかしどうやら今は機嫌が悪いらしい。

形式上跪いてこそいるが、彼の瞳には不服の色が見てとれた。

「ちょっと姫様ぁ？　どういうことですか。何で俺のための防壁」

「そう怒るなフォコン。お前を信頼していないわけではない。ただ、ジルベール様の愛らしい姿を私以外に見せる気はないのでな。常日頃から許可取りをする謙虚な部下であったならば問題ないのだが、お前は気を抜くと細やかな点が疎かになるからなぁ？」

ベル・プペーよろしくたおやかな笑みであるというのに、その瞳には一切の戯れはなかった。

フォコンの口から「ヒッ」と短い悲鳴が漏れる。

「で、ででででも、急務案件だったらどうするんですか！」

「急務ならば、こちらへ向かう途中に一報を入れるのがお前だ。密偵としての仕事ぶりは信を置いている。私の可愛い小鳥はそのような愚かなミスはおかさない」

「うぅ。……きゅ、急にお邪魔して、すみませんでした。防壁、張っといていただいて結構です。はい。……姫様の人たらし」

「はは、きっちり学習してもらえると助かる。淡泊な方だと自負していたのだが、どうやら私も人の子だったらしい。ジルベール様への独占欲は人並み以上だ」

「脳に刻んでおきます！　絶対、まかり間違ってもそんな愚行おかしません！」

防壁にぶつかる痛みよりも、うっかり夫婦のイチャコラ現場に突入する方が恐ろしいと判断したらしい。実に賢明だ。

レティシアにとっては帝国の機密文書なぞよりジルベールの寝姿やあんな顔、そんな顔の方が重要機密である。

彼女は近づいてフォコンの肩に手を置き、耳元に唇を寄せた。

そしてトーンを落とした声色で「お前が良い子で助かるよ」と囁く。瞬間、フォコンはもの凄い速さで壁まで後ずさると、両手でバツ印を作りながら首を横に振り始めた。

その耳は赤く染まっている。

ジルベールほどではないにせよ、彼もまた素直で可愛い男だ。

だからこそからかい甲斐があるというものだが――ほどほどにしておかなければ旦那様が拗ねて

しまうかもしれない。

後ろで「レティが、俺に、独占欲……」と嬉しそうにはにかむ彼を見て、レティシアは愛おしそうに微笑んだ。

「もお、勘弁してくださいよ姫様。竜帝様状態じゃなくても破壊力ヤバいんですから。マジで！」

「ははは！　ただの戯れだ。本気にするな」

「わかってますよ！　もちろん！」

彼はパンパンと服の埃を払って立ち上がった。

「あの姫様にそんな感情があったとは驚きですけどね。でも、ほどほどにしておいた方がいいですよ。あんまり重いと嫌がられますって。ねぇ、ジルベール様」

「え？　あれくらいで重いのか？　軽いの間違いではなく？　俺としてはもっともっと束縛して雁字搦めにして私以外目に入れるなと言ってほしいくらいなんだが。なんなら軟禁されても嬉しい」

「え？」

「え？」

奇怪な生き物を見るかのようにジルベールを凝視するフォコン。そんなフォコンを穢れ一つない真っ直ぐな瞳で見つめ返すジルベール。

二人、未知との邂逅を果たした瞬間であった。

「良かったらその素晴らしさを語ろうか？」

「いや、いいですいいです！　そういうのは間に合っています！　俺自分の世界観大事にしたいタイプなので！」

両手を前に出して壁を作る。

このままジルベールの勢いに飲まれてしまってはまずいとの判断だろうが、一介の密偵が皇子に対する反応としてあまりに気安い。

元々孤児の出で、オルレシアン家では持ち前の明るさから父アドルフに散々甘やかされてきたフォコン。

密偵という立場から表舞台に躍り出ることもなく、陰の者として技術にばかり磨きをかけてきたせいで少々——というか、かなり行儀作法には疎いのだ。

しかし、それが嘘と欺瞞が蔓延《はびこ》る貴族社会に慣れ切っていたジルベールには新鮮に映ったようで、「フォコンって嘘が下手すぎて可愛いな」とかえって好感を呼んだらしい。

今ではまるで友人同士のような付き合いに落ち着いている。

絶対に皇子はフォコンを気に入る、と言い切ったアドルフはさすが現オルレシアン家の家長と言えるだろう。

楽しそうにじゃれ合っている二人を見て、レティシアはそっと笑みをこぼした。

「ってか、そんなことよりご報告が！」

「例の件か。動きがあったんだな？」

「はい。三日間、絶対にお邪魔するつもりはなかったのですが、急ぎだとお聞きしていたので仕方なく。ほんっとに仕方なく！」

「そうだな。レティと四六時中一緒にいたくてもぎ取ったこの休暇。キミ以外だったら即追い返していたところだ。それどころじゃすまなかったかもだが。……なんてな」

「や、やだなぁ、目がマジですよ。怖い怖い。それじゃあいでよ、俺の伝書雀《すずめ》ちゃん！」

　フォコンが腕を伸ばす。

　すると手の平の真ん中がピカリと光って小さな雀が姿を現した。雀は「チュ」と小さく鳴いた後ジルベールの肩まで飛んで行き、バサリと片翼を広げて彼の耳にくちばしを近づける。

　ジルベールも首を少し傾けて話を聞く体勢を取った。

　まるで雀と会話しているような光景だ。

　傍から見れば「チュ、チュ、チュン！」と囁く雀と「うん、うん、なるほど」と頷くジルベールの姿にしか見えない。

「相変わらずお前の魔法は素晴らしいな。なんと愛らしい」

「へへへ、お褒めにあずかり恐悦至極！　でも内容はあんまり可愛くないと思いますよ。俺頭良くないですし、嚙み砕いてまとめちゃうと重要な部分が抜け落ちちゃう可能性があるから、ぜーんぶまとめて録音してきたんで」

「つまりあの愛らしい雀の声は」

「おっさん同士の会話ですね」

なんてことだ。

一気に可愛らしさの欠片もなくなってしまった。

あの雀はフォコンの魔力によって造られた魔法生物の一種。レティシアの氷竜と同じような存在だ。ただ氷竜と違って戦闘能力は持ち合わせておらず、記録媒体としての能力に特化している。

レティシアも記録を魔力に変換して氷竜に書き込むという方法をとれば伝達の真似事くらいはできるのだが、フォコンの雀はただ見聞きしただけで会話が丸ごと記録できる優れものだ。

しかも耳を寄せている本人以外はすべて「チュン」に聞こえるため、人目を気にせず情報を受け取れる。

さすがはアドルフが重宝していた密偵と言えよう。

「ホントは映像も記録したかったんですけど、壁から雀が生えていたらさすがに怪しまれますからねぇ」

「ははは！　それはまた愛らしいハンティング・トロフィーだな！　だがまぁ、安心するといい。声のトーンや震え、喉の強張り方などである程度腹の内はわかる。私ですらそうなのだ。舌に乗せた言葉が本心であるかどうか程度、ジルベール様ならば容易く見抜くことができるさ」

「わぁ、さすが姫様の旦那様。人間やめてるぅ――っと！」

雀が飛んできてフォコンの肩に乗った。どうやら再生が終わったらしい。

彼、もしくは彼女はやりきったとばかりに胸を張り、光の流砂になって空気へ溶けて消えた。実に可愛らしい子だ。

一方のジルベールはというと、ベッドの縁に腰掛けたまま考え込むように顎に手を当てている。

「レティ、色々考えたんだが、この三日間ただ惰眠を貪っているわけにはいかなくなった。できる限りキミとの時間を確保するよう努めるが、最低でも一日は潰れる……と思う。はぁ、最悪だよ。ずっとキミの傍にいられると思っていたのに、どうしてこのタイミングなんだ」

「私のことは気にしなくていい。だが、ジルベール様の方はどうなんだ？　ご無理をされては困るぞ。無理やりにベッドへ縛りつけておきたくなる」

ジルベールの手を、労わるようにぎゅっと握る。

「大丈夫さ、レティ。ありがとう。……俺のせいで色々迷惑をかけたから、しっかりけじめはつけないと。それに――」

「それに？」

「いや、ちょっとね。さて、フォコン。雀を三匹こっちに寄越してくれ」

「はいはい、いつもの通り伝言ですね。どいつを誰に届けます？」

「チュンが陛下、チュチュンがアドルフ殿、チュンさんがアリーシャだ」

フォコンの指先が光り、ジルベールの拡げられた両手に雀が三匹ころんと転がり落ちた。

まさか名前があったのか。

レティシアも近づいて雀たちをよくよく観察する。言われてみれば表情や模様に少しだけ違いがあるような気がしなくもない。

「フォコンにしては随分可愛らしい名を付けたものだな」

「いや、俺じゃなくて全部ジルベール様です」

「ほう？」

ジルベールを見上げると、雀たちは揃って翼をくの字に折り曲げ、敬礼のポーズをとった。手の平の上で。

なんと愛らしい。可愛いの上に可愛いが乗っている。

「最初は雀一号、二号、三号だったんだ。それじゃあ少し可哀想だろう。なぁ？」

「チュン！」

「チュチュン！」

「チュチュチュン！」

恐らく右から元一号、二号、三号だろう。

誇らしげに胸を張る姿はジルベールへの感謝ともとれる。

困ったな。氷竜たちにも個別の名前を付けてやるべきだろうか。

ジルベールの肩に移動し、嬉しそうに頬を擦りつける雀たちを見ていたら、アン、ドゥ、トロワ、カートル、サンク、シス……と名付けているレティシアも似たようなものだと少し頭を抱えた。

「やだ。俺より懐かれてる？」

「……安心しろ。私も同類だ」

雀たちに伝言を吹き込んでいるジルベールを見て、竜帝と密偵は揃ってため息をこぼすのだった。


「さて、こんなものか。次はと」

伝言を記録し終わった雀たちはフォコンの肩に止まり、チュンチュンとさえずっている。傍から見れば大道芸人のようにも見えて面白い。お調子者で凝り性なフォコンのことだ。声に出したが最後、本気で雀たちに芸を仕込みそうなので黙っているが。

ロスマン皇帝、オルレシアン公爵、そして事件のあと娼館の女主人となったアリーシャ。雀たちが向かう先は一癖も二癖もある者たちばかりだ。

彼らを使って何を仕込むつもりなのか。

机に向かってペンを走らせているジルベールを見ながら思う。

ジルベール自身が動かせる駒は意外と少ない。しかし、その駒たちの影響力は絶大だ。彼の頭脳と合わされれば、できないことの方が少ないだろう。

「陛下や父上も動かすとなると、なかなか大がかりだな」

「いや、今挙げた三人はあくまで軽いサポートさ。ほんのちょっと手を貸してもらうだけ。メインはこっち」

振り返って封筒に入れた手紙をひらひらと振る。

封蠟には、昨今ジルベールが個人的に使用しているスタンプが用いられていた。

氷の薔薇を模《かたど》ったその紋章が誰のものかは、ロスマン皇帝やオルレシアン家の一部などごく限られた者たち以外、知られていない。

「フォコン、最後にこれを。国家調査部隊長レオン・オルレシアン殿に」

「レオン？」

あまりに聞き知った名前が降って湧いたので、ぱちりと目を瞬かせる。

国家調査部隊とは外の攻撃から国を守る騎士とは逆に、内なる癌となり得る事件を調査・立件する部隊のことである。

公明正大を主とし、皇帝陛下直属でありながらその陛下すら調査対象の一人として、外道に落ちる気配があれば進言、やむを得ない場合は裁く権利さえ与えられていた。

表に出せない事件も数多く担当し、秘密裏に処理をすることもあるという。

ただし、あまりに力が集中しすぎると危険なので、国家調査部隊は皇帝一族を長とする皇族派と有力貴族を長とする貴族派の二部隊に分かれている。

その貴族派の部隊長がレオン・オルレシアン。レティシアの実兄である。

性格は真面目で実直。

諸貴族たちだけでなく国民からの支持も厚い優秀な男だ。

しかし彼もまたオルレシアン家に属する人物。先日の失脚騒動の煽りを受け、その求心力にほんの少し陰りが見えているらしい。

まさかとは思うが――レティシアは無言でジルベールに視線を投げた。すると楽しげにウィンクが返ってきたのでそういうことなのだろう。

「ええ！　レオン様まで引っ張ってくるんですか!?　いったい何考えてるんです？　それの中身って」

「うーん、端的に言えば密告書、だろうか？」

「はぁ!?」

「ははは！　楽しいことになるぞ？」

「うわ、良い顔してらっしゃる」

ジルベールから手紙を受け取ったフォコンは「それじゃ、巻きで行ってきます」とさも当然のように壁を抜けて出ていった。もちろん、雀たちも一緒だ。

「さぁて、仕込みは終わりだ。今はゆっくりしようか、レティ」

「よいのか？」

「ああ。せっかくもぎ取った休みだ。時が来るまで楽しまなくては損だろう？　だからさ」

立ち上がってベッドの縁に腰掛けると、レティシアの頬に手を添えた。

人々を惑わすような紅の瞳がゆらりと怪しく揺れる。

レティシアはその美しさに吸い込まれそうになりながら、じぃと彼を覗き込んだ。

「私に手伝えることは？」

「うん？　もしかして心配してくれるのか？　嬉しいよ。確かにキミが傍にいてくれたら百人力だ。精神面でも、戦力面でもね。……けれど、今回ばかりは俺に任せてほしい」

「そう、か……」

「不満そうだな」

「当たり前だ。旦那様に頼ってもらえる方が妻としては嬉しいものだぞ。フォコンやアリーシャ嬢、父上には頼って、私にはなにもなしか」

年相応に拗ねた顔をするレティシア。

ジルベールは嬉しそうに笑みをこぼしたが、うんとは頷いてくれなかった。こうと決めた旦那様は実に頑固である。口説き落とすのは至難の業だ。

（……むう。なんだこのモヤモヤは）

悲しい――わけではない。悔しいともまた違う。

形容しがたい気持ちに苛まれたレティシアは、頬に添えられたジルベールの手をぎゅっと握った。

彼女の手は小さい。子供ほどの大きさだ。

しかしその手で摑みとれるものは、誰よりも多いつもりだった。

「……わかった、と今は頷こう。今はな。だがいつも通り氷竜を護衛につける。それは譲れない。何か問題が起きたら必ず呼んでくれ」

「ありがとう、レティ。キミが俺をいつも守ってくれるから、最近は本当に安心して眠れるんだ。現状の手札では心もとないと思ったら、必ずキミを頼るよ。無理はしない。絶対。だから今回はゆっくり待っていてくれ」

ジルベールはレティシアの手をくるりとひっくり返して、その平に唇を寄せると「それじゃあ何か軽食を作ってくる。さすがにお腹が空いているだろう？」と言って軽やかに部屋を出ていった。

甘えたがりな旦那様は意外と秘密主義で、時折けむに巻くようにレティシアを翻弄する。普段ならばそれすら心地よいと感じるのだが、今回だけは何故か胸のざわめきが治まらなかった。

「頼るのなら、私にしてほしい。……はぁ、これも我が儘なのだろうな。夫婦なのだから、もっと私を使ってくれればよいのに」

ジルベールが言う「迷惑をかけた」で思い当たるのは一つ。

彼を呪いの子と危惧する者たちからオルレシアン家が敵と認識され、攻撃された件だ。そう考えると、わざわざ兄レオンを巻き込んだ理由も納得できる。

失脚騒動でほんの少し陰りが見えたオルレシアン家を、レオンの功績によって元通り——いや、それ以上に復権させる計画。

恐らくはそれだ。

しかし、手柄を渡すのがレオン以外ならばそれほど問題ではないが、なにせ彼は国家調査部隊長。背後に控えているのは国を揺るがす一大事件の可能性が高い。

竜帝の力は、大いに役立つはずだ。

なのに――。

「私を頼らぬ理由はなんだ？　ジルベール様」

レティシアはぱたりと後ろ向きにベッドへ倒れ込んだ。

絹の如き美しい銀髪がシーツの上に散らばる。

(信頼されていないわけではない、と思う。夫婦生活はうまくいっている。愛されてもいる。だが彼の心にあと一歩届かない。クリストフ殿下の祝賀パーティー後からより顕著に感じるようになった。……近づきたいのに、近づけない)

「ままならんものだな」

珍しく吐いた弱音は、誰にも聞こえることなく空気に溶けて消えていった。

＊　＊　＊　＊　＊　＊

ゆっくりできないとの言葉通り、三日間のんびりするはずだった計画は崩れ去り、一日目は一日中、二日目は午前中のみ、三日目は食事と就寝の時間を除いてほぼジルベールの顔を見ることはなかった。

その後は言わずもがなだ。ここ数日は顔を見る時間の方が少ない。

レティシアはアドルフから送られてきた手紙に目を通し、窓の外へ突き出した。風を受けてひらひらと身体を躍らせる便箋。

(竜帝へ討伐依頼を予定していた魔獣の一群が、一夜にして突如姿を消した、か)

マッチを擦って火をつけ手紙に近づける。

じりじりと焼け焦げ、灰となったそれは風に乗って飛んで行った。

本日、竜帝への依頼はない。というかたった今消えた。そもそも竜帝への連絡手段は限られており、頻繁に出動要請がかかるわけではない。

つまりレティシアは今、暇を持て余していた。

(気になる内容ではあるが……、父上が調べると言うのなら無理に手を出す必要もあるまい。うーむ。何をしようか)

竜帝として活躍する一方、ベル・プペーと呼ばれるだけあってレティシアの淑女としてのマナーは完璧だ。社交場での礼儀作法、ダンスや芸術、語学を中心とした学問、皇族の一員としての心得までオルレシアン家――もとい母親から叩きこまれている。

第二皇子の妻だからと、今更学ぶことなど一つもない。

ゆえに城内でレティシアが何をしようと、まるっきり自由であった。

しかしジルベールから全幅の信頼を勝ち取るためには、更に勉学に励み、ありとあらゆる情報に触れることも必要だろう。

戦闘能力のみならず、頭脳も磨いてこそ彼の妻に相応しい。

(もっともっと信頼され、頼っていただけるようにならねばな！)

というわけでレティシアは今日、書庫まで足を延ばすことにした。

さすがは国の中枢、ロスマン城。目にしたことのない書物がたくさんある。レティシアは興味をそそられたタイトルを片っ端から集めてテーブルの上に積み上げ、ひたすら読みふけった。

それから、どれほど時間が経っただろうか。

随分と長い間同じ姿勢でいたため、身体が凝り固まってきた。ぐるりと肩を回し、首を左右に傾ける。するとそこへモルガーヌ皇妃お付の侍女が部屋に入ってきた。

彼女は何冊か手に取った後、不思議そうにきょろきょろと辺りを見回している。もしかしてレティシアが積み上げたものの中に目当ての本があるのだろうか。

「なにか、お探しでしょうか？　こちらにあるものなら、お渡しいたします」

「レティシア様？　……失礼いたしました。では、そちらの上から三番目の本を」

「はい。独占してしまって、ごめんなさい」

「いえ、ありがとうございます」

侍女は本を受け取り、礼の姿勢をとった。しかしその瞳は訝しげに細められている。

「わたくしが、なにか」

「いえ、感心していただけです。ジルベール皇子にあのようなお噂が流れております時に読書とは。さすがはベル・プペーと名高いレティシア様。優雅でいらっしゃいます」

「お噂？　いったい、どのような？」

「私の口からはとてもとても。不敬罪で罰せられたら困りますもの」

モルガーヌからよく思われていないがゆえ、彼女からも言葉の端々に棘を感じる。

レティシアは心の中で盛大なため息を吐き出した。

最低限のマナーすらできていないのであれば嫌味の一つくらいチクリと刺してやるが、この程度で目くじらを立てるほど狭量ではない。

(だがジルベール様の噂と言われては気になってしまうな。わざわざ妻である私に忠言すべきほどの内容なのか？)

フォコンに探らせるか――本を戻すため立ち上がる。すると侍女が危険ですので自分が、と申し出てくれた。腐っても皇妃の侍女。感情で仕事を疎かにはしないらしい。

侍女が来るまで書庫の利用者はレティシア一人であった。

背の低いレティシアでは、高い場所にある本は取れない。そこで踏み台を取りに行くのが面倒くさかった彼女は、竜帝に反転して身長を盛っていた。竜帝状態の彼女は一八〇センチオーバー。最上段ですら手が届く。しかし今はその方法を使うわけにもいかない。

ありがたい提案に、レティシアは笑顔で本を差し出した。

「ええと、これは歴史の棚ですね。こちらは？」

「奥の文学の棚、です」

「かしこまりました」

侍女は書庫の奥から古びた木製の踏み台を持ってきて、レティシアの指示通りに本を戻していく。

手際は良い。淀みのない動きだ。しかし体重がかかるたび、ぎしぎしと台が不安な音を響かせる。

今にも壊れてしまいそうで、なんとも恐怖心をかき立てられる音だ。

心臓に悪い。これならば自分でやった方が良かったかもしれない。

「お気を付け、くださいませ」

「ご心配には及びません。少し古いだけでしょう」

侍女の指が背表紙を押し込み、最後の一冊が棚に収まった。

これで終わり。無事に耐え切ったらしい。

犠牲者が出ないうちに、新しいものを用意するよう担当にかけ合っておくか。そう安堵した矢先、
バキッと嫌な音を立てて踏み台が崩れた。

「きゃ！」

目の前で、侍女の身体がぐらりと揺れる。

「危ない！」

咄嗟に身体が動いていた。

一瞬のうちに魔力を全身へ纏わせる。

既《すんで》のところ。伸ばした手は、地面につくギリギリで彼女を受け止めていた。

衝撃を和らげるため、キャッチした瞬間に腰を落としたせいでもあるが、それにしても間一髪であった。

「ふぅ、間に合った。怪我はないか？」

彼女を横抱きにしたまま立ち上がる。いわゆるお姫様抱っこというやつだ。

レティシアの問いかけに、侍女は心ここに非《あら》ずといった様子でぼんやりと天井を――いや、レティシアを見つめている。ほんの少し頬が赤く色づいているのは安心感からだろうか。

「どうした？　どこか痛むのか？」

「ひゃい!?　い、いえ、どこも！」

「そうか。良かった。私のせいで怪我をされては寝ざめが――ンン。申し訳が、立ちませんもの」

うっかり素が出ていた。慌ててベル・プペーの仮面を被り直す。

(誤魔化せたか？　いや、さすがに厳しいか……)

お姫様を相手にするように、ゆっくりと足先から下ろす。

地面についても痛がる素振りはないので、足首を捻ったとかもなさそうだ。

(大丈夫そうだな)

片膝をつき、彼女の足首にそっと触れてから立ち上がる。

「あ、えっと、レ、レティシア、さま？　ありがとう、ございます」

「お怪我がなくて、なによりです。わたくしこそ、助かりました。ありがとうございます。こちらの台は、残念ですがもう」

「こ、これは後ほどわたくしが処理を！　ご報告も！」

「では、お任せいたします」

「は、はい！」

どうやら先ほどまでの敵対心は霧散したようだ。

驚くほど好意的な応対に、少々面食らってしまう。だが今のうちだ。追及される前にとっとと退散しよう。これ以上ボロを出してモルガーヌの耳に入ったら面倒だ。

レティシアは一礼をしてから踵《きびす》を返した。

「あ、あの、どちらへ？　もしかしてお噂を……」

「ええ。愛しい旦那様のことは、気になりますので」

「あの、でしたら、わたくしとお話を……ではなく！　先ほどはああ言ってしまいましたが、わたくしで良ければお答えいたします！　ぜひ、わたくしをお使いくださいませ！」

目を輝かせて、ぐいぐいと詰め寄ってくる侍女。

「……よろしいの？」

「ええ、もちろんです！　なんなりとお聞きくださいませ！」

（なんだかオルレシアン家《うち》の侍女たちと同じ目になってきている気はするが……この様子、皇妃のための情報収集ではなさそうだ。きっと礼節を重んじる良い子なのだろう）

正直、ジルベールに関する情報ならば一刻でも早く仕入れたかった。何かを隠しているだろう今は特にだ。彼の性格からして、本当にギリギリの状況にならない限り頼ってこない可能性が高い。

手遅れになっては困る。

いくら優秀な密偵フォコンと言えど、彼女に聞く方が圧倒的に早いだろう。

「嬉しい、ですわ」

「いえ、レティシア様のお役に立てるのならば何よりです！　と言っても本当に噂程度で、真偽は不明なのですが……」

侍女は一呼吸置いたのち、内緒話をするように口元に手を置いた。

「ジルベール様が、国を揺るがす一大事件を引き起こそうとしているとかで」

「なんだ……ですって？」

驚きで再度ベル・プペーの仮面が剝がれそうになる。危ない危ない。

しかし、いったいどういうことだ。ジルベールの動きを見る限り、彼が追う側だ。なぜ首謀者に祭り上げられようとしているのか。

（もしや、ジルベール様が捜査に加わっているとは露ほども考えず、罪を被せやすいからとスケープゴートに仕立て上げるつもりか？　未だ呪われた皇子とあだ名されている彼ならば、噂を流すだけで皆それに引っ張られるとでも？）

だとしたらあまりに杜撰《ずさん》な作戦に、頭が痛くなってくる。

今のジルベールは皇帝からの信頼も厚く、バックにはオルレシアン公爵家がついている。そんな下らぬ噂話程度で彼を糾弾できるはずもない。

仮に捏造した証拠を用意していたとしても、裏で動いているのはその本人。しかもとびきり頭の切れる男だ。

下らぬと即握り潰すか、それすら手玉にとって追い詰める策に使っているに違いない。

その証拠に、噂が大きな力を持つならば密偵であるフォコンや裏事情に目ざといオルレシアン家の耳にも入っているはず。しかし、未だそんな報告は受けていない。

つまり炎はボヤ程度。既に鎮火の兆しがあると見た。

ただ――、ジルベールを呪いの皇子だと嫌悪する派閥があるのもまた事実。

燻る種火まで消すには時間がかかるだろう。厄介な。

レティシアは彼女を探るように目を細めた。

「出所は？」

「申し訳ございません。わたくしも他の侍女から聞いただけですから。けれど、レティシア様とご一緒になられてからのジルベール様は、以前のような張りつめたご様子もありませんので、皆懐疑的ではありません。もっとも、一様にとはいきませんが……」

「赤目の呪いが、未だ巣食っていると？」

「ええ。やはりお年を召している方ほど信じる傾向にありますね。そう簡単に切り離せるほど歴史は浅くない、ということでしょうか」

困ったように眉をひそめる。

百聞は一見にしかず、というが、流言にも当てはまるらしい。

レティシアによって心が溶かされたジルベールを見て、呪いを疑わしく思う人々も現れ始めているのだろう。喜ばしい限りだ。

それがモルガーヌ付きの侍女ならば尚更である。

彼女たちも一枚岩ではないことが知れて、レティシアはほっと安堵した。

とはいえ、モルガーヌの態度にはどうにも違和感がつきまとう。

クリストフの立太子は既に済み、立場は安定しているというのに、何故ジルベールをあれほど敵視するのかがまるでわからない。おかげで皇妃付きの侍女たちも、基本こちらの陣営に敵意むき出しときたものだ。

まったくもって遺憾である。

それに――。

「もう一点だけ、よろしいでしょうか？」

「わたくしでわかることでしたら！」

「ジルベール様と、クリストフ殿下のこと、なのですが」

「お二人の？」

「あまり、親しいようには、見えなくて」

ついでにもう一点、モルガーヌの侍女ならば詳しいかと思い聞いてみる。

クリストフの祝賀パーティー後から気になっていたことだ。

レティシアの知る範囲では、仲が悪いといった様子は確認できなかった。しかし、どうしても最後に見た彼の目が脳裏に焼き付いて離れない。

あれは嫌悪でも憂惧でもなく、ただ目の端に映る邪魔な虫を見るような――そんな冷めた瞳だった。

「うーん、確かに親しいとは言い切れないかもしれませんが、特別に仲が悪いようには……。普通のご兄弟の距離感ではないでしょうか？　お二人がご一緒の時、穏やかに話されている姿を何度もお見かけいたしましたし。ただ――……」

侍女、首をかしげる。

「なんと申しますか。殿下のご帰還後から、お二人の会話にほんの少し違和感が混じるようになった気がいたします」

「それは、殿下の方が？」

「いえ、ジルベール様の方です。何がとは申し上げにくいのですが、ずっと喉に小骨が刺さったような引っかかりがつきまとっていて――」

「おやおや。私と弟のことが気になるのですか？　人形姫殿」

本棚の陰からぬるりと人影が現れた。

金の髪に、優しげなライムグリーンの瞳。女性が憧れる王子様――クリストフ皇太子殿下だ。

人が近づいてくるのは気付いていたが、まさか彼だとは予想外であった。

最悪のタイミングである。

驚いて固まっている侍女とは反対に、レティシアは感情の乱れを一切表情に出さず、彼女を守るようにすっと前に出た。

「わたくしが、お喋りに付き合わせてしまったのです。お仕事の邪魔をして、ごめんなさい。もう大丈夫です」

「で、ですが」

「本を借りてきてくれと、頼まれて、こちらまで参ったのでしょう？　お急ぎくださいませ」

「あ……は、はい！　では、お先に失礼いたします！」

ここは私に任せて離脱しろ。――侍女はレティシアの思惑を正確に読み取り、テーブルの上に積んでおいた本を抱えると小走りで書庫を出ていった。

「はは、怖がらせてしまったかな。楽しいお喋りの時間を邪魔してしまって申し訳ない。お詫びにここからは私がお付き合いいたしましょう」

「いいえ、それには及びません」

バッサリと切って捨てる。

クリストフとはジルベールの妻である以上何度か接点はあったが、こうして二人きりで会話をするのは初めてだった。

だからだろうか。どうにも胸が落ち着かない。

(これがクリストフ皇太子殿下、か?)

人前に立ち、皇太子として振る舞う彼は、まさに絵に描いた王子様然としていた。

パーティー会場で見た時も、次期皇帝に相応しい威厳と貫禄を備えていたと記憶している。——だというのに、今は何故だかその面影はない。

この場で対峙する彼を一言で言い表すとすれば『胡散臭い』だ。

何がとは言い切れない。ただ、彼の表情や声、動き、そのどれもが舞台に立つ役者のような、作りものめいた仕草に思えた。

きっと彼は何一つ本心を語らない。

薄ら寒い芝居に付き合ってやれるほど、レティシアは暇ではなかった。

失礼いたします、と声をかけて彼の横を通りすぎようとする。しかし、それよりも早くクリストフの腕が伸びてきて行く手を遮った。

棚に手をつき、レティシアの表情を伺うように身体を屈めてくる。

「貴女が気にするようなことではありませんよ。私の事故に関しての戯言を気にしているだけでしょう」

「殿下の、事故？」

「ええ。あれがジルベールの呪いのせいだと、根も葉もない空言をさえずっている者が存在するだけです。ね？　気にする必要はないでしょう？」

「……ありがとう、ございます」

「ところで、詫びというのは建前でしてね。少しだけお時間を拝借しても？」

やられた。レティシアは内心舌打ちをする。

先手必勝とはよく言ったもの。

彼の言葉が真実であれ嘘であれ、こちらが一方的に情報を受け取った形になっている。ここで素っ気なく断ってしまうのはあまりに不作法だ。

「かしこまりました」

結果、彼に付き合わざるを得なくなってしまった。

「なに、私も気になる噂があるだけですよ。かのご高名な竜帝様がオルレシアン家と繋がりがある、というね」

にこりと笑ったその瞳の奥には、隠しきれない敵対心のようなものが感じられた。

娼館でラウラに問いかけられた時とは違う。明らかにそうだと確信している声色。何をヒントにそこへ至ったかはわからないが、なんとも面倒だ。

「しかも貴女の伝手を使って、ジルベールを庇護しているとか」

「存じ、あげません」

「まぁ」

「竜帝様は基本、国が募る大規模な魔獣討伐依頼や、市民の依頼を稀《まれ》に受けるのみと聞きます。彼に直接、個人的な依頼を持ちかけることは不可能。しかしその前提が覆《くつがえ》るのならば――」

唇に人差し指を当てる。

「私も、ご依頼したい件がありましてね」

囁きかけるような声だった。

あまりに胡散臭くて鼻で笑ってしまいそうになる。

ベル・プペーの演技を剥がそうとしているのならば、及第点まであと一歩だ。惜しい惜しい惜しい。

(依頼したいは嘘。竜帝の情報を探っていると見るべきか？)

傭兵騎士が依頼を受ける方法は二パターンある。

一つは斡旋所と呼ばれるところで自分のランクに応じた依頼を受ける方法。もう一つは依頼者と直接契約を交わす方法である。

名の売れた傭兵騎士は基本後者の依頼しか受けない。実入りが良いからだ。

しかし竜帝はその逆で、個人的な依頼は一切受けていなかった。そもそも彼へのコネクションの取り方から不明ゆえ、依頼しようがないというのが正しい。

「礼ならば、何なりとご用意いたしましょう。いかかです？」

（ふむ。やはり彼はオルレシアン家と竜帝の繋がりに確証を持っているな。噂話の領域を出ない情報で、ここまでの自信は持てまい。竜帝を引きずり出して何をしようと企んでいるのやら）

——たとえば、である。

ジルベールには常に守護特化の氷竜【トロワ】を護衛としてつけている。

氷竜は竜帝が使役する魔法生物としてあまりに有名だ。もしジルベールを守る彼を目撃したのであれば、オルレシアン家と竜帝の結びつきを確信するのに十分な理由となるだろう。

なにせ氷竜がジルベールを守り出したのはレティシアとの婚約後。よほど鈍い人間でもない限り、その関係性に思い当たるはずだ。

しかし、氷竜は能力を使う時以外、姿は見えぬよう透過させている。

その姿を見たならば、それ即ち氷竜が能力を使った——つまり、ジルベールを守護するため顕現する場面に遭遇したということに繋がる。あるいはそれを見た何者かが、ジルベールが氷竜に守られているとの報告をクリストフに上げたか。

馬鹿でもない限り、人目のあるところで皇子を襲撃したりはしない。必ず一人か、レティシアと二人きりの場面を狙うはずだ。ではなぜ彼がジルベールと氷竜の関係を知り得たか。

その意味を考えれば、クリストフがジルベールを排除しようとしている者たちと繋がっている可能性も浮上してくる。

(食えぬ男だ)

レティシアは懐疑心を悟られぬよう、たおやかに微笑んで見せた。

「金銭や権力で動くならば、とっくに個人の依頼をお受けしているのでは」

「はは！　確かにそうだ。違いない。レディ、お手間を取らせました」

「いえ」

レティシアが崩れないと理解して早々に諦めたらしい。快活な笑い方だった。

ほのかに漂っていた敵意はもうない。綺麗さっぱり消え去った。

(やれやれ、腹の探り合いは苦手だ)

ようやく解放されると肩の力を抜いたその時、クリストフの手がレティシアの顎に触れた。くいと顔を持ち上げられ、見つめ合うような形になる。

「しかしさすがは人形姫。顔色一つ変わらないとは。本当に、人間と話しているのか疑わしくなる。いや、感情がないからこそジルベールも安心して傍に置け――」

瞬間、パァンと何かが爆ぜたような音が響いた。

弾き飛ばされるクリストフの腕。

「え」

「わたくしは、ジルベール様の妻です」

声色も表情も、変わらずベル・プペーのまま。しかしその場を制圧するほどの威圧感は、竜帝が敵と対峙する時よりもはるかに重たかった。もはや殺気だけで人を射殺せそうなレベルだ。

気安く触るな、不愉快だ、という心の声が漏れ出ている。

今まで余裕の笑みを崩さなかったクリストフですら、弾かれた手を擦りながら一歩、二歩と後ずさった。

「部屋に戻ります」

「……し、失礼、いたしました」

「いえ」

さっと道を譲るクリストフ。

王者の風格漂うライオンが一瞬で子猫になったようなもの。幼子をいじめる趣味はない。

レティシアは彼の横を優雅に抜けて書庫を後にした。


誰もいなくなった書庫。

クリストフは手で顔を覆いながらその場にへたり込んだ。すでに王子様の仮面は剥がれ落ち、自堕落に胡坐《あぐら》をかくその姿は、どこにでもいそうな青年のものだった。

「あれがベル・プペー？　猛獣の間違いだろう？　何だあの威圧感は。魔獣の方がまだ可愛げがあるってもんだ。俺の手には負えない。……くそっ、まったく面倒な」

盛大なため息とともに吐き出した言葉は、ただ静かに床へ落ちていった。

＊　＊　＊　＊　＊　＊　＊

「フォコン」

レティシアは周囲に誰もいないことを確認してからそっと自室のドアを閉め、フォコンを呼びだした。近くの柱に潜んでいたらしい彼は「はいはぁい、お呼びですか姫様ぁ？」と気の抜けた返事とともにぬるりと姿を現す。

眠いのか目は半開きだ。どうやら仮眠を取っていたらしい。

つくづく狭い場所が好きな男である。鳥ではなく猫みたいだ。

ふぁとあくびをこぼすフォコンの姿を確認するや否や、レティシアは無言で距離を詰め、顔を寄せろと指で合図を送った。

彼に聞きたいことがある。吐くかどうかはわからないが「吐かぬなら吐かせてみせよう」がレティシア流だ。何も問題はない。

「え、なに？　お仕事です？」

「ジルベール様が現在関わっている件、お前の知っている情報をすべて吐け」

恐る恐るといった風に近づいてきたフォコンの襟首を摑み、じろりと睨みあげる。

「めっちゃ機嫌悪い！　どうしたんすか!?」

「問題ない。少し不愉快な目に遭っただけだ。気にするな。それよりも、なんだか胸騒ぎがする。

悠長に構えていたら手遅れになりそうでな」

「いやぁ、でも俺、ジルベール様から姫様には関わらせないようにって言われてて」

「フォコン」

後ろめたそうに顔を逸らされたので、両手を頬に添えてぐいと正面に戻す。

逃がしてなどやるものか。吐かせる算段はすでについている。フォコンは竜帝を含むレティシアの顔にめっぽう弱い。懐に入った時点で詰みなのだ。潔く諦めろ。

問答無用で顔を近づけていくと、計算通り早々に白旗が上がった。

「姫様近い！　近いですって！」

「不快か？」

「ご褒美ですぅ！　――じゃなくて！　あっぶねぇ！　流されるとこだった！　つか、急にどうしたんですか。姫様らしくない」

「確かに、無理やり口を割らせるのは趣味じゃない。ジルベール様が妻の私を信頼し、頼ってくれるのを待つ方が良いとわかってはいる。……だが、胸騒ぎがするのだ」

ぱっとフォコンから手を離し、考え込むように顎に手を置くレティシア。

書庫から部屋へ戻る途中。

先ほどあった出来事や、得られた情報などを頭の中で整理していると、突如背中を羽毛で撫でられるような、ぞわりとした悪寒が走った。

レティシアの勘はよく当たる。もはや第六感と言っていいほどに。

急ぎ手を打たねば面倒事に発展する。

証拠はないが確証はあった。旦那様のためならば無理も意地で押し通す。余計なことをするなと嫌がられようが関係ない。

チクリと胸が痛んだ気がしたが、見ないふりをしてぎゅっと手を握りしめる。

「……フォコン」

「んー、でも俺も詳しくは聞いてないんですよね。調査先もてんでバラバラ。劇場のスケジュールを確認してこいと命じられたかと思ったら、酒場で飯食ってその時の映像を撮ってこいだとか、おっさんたちのよくわからない日常会話を録音してこいだとか。正直、寝室にお邪魔した時のご依頼もこいつらの会話が録音できたらすぐ知らせろ、だったので内容についてはマジさっぱりなんですよね。天気がどうのとか、ペットがどうのとか、ホントにただの日常会話でしたし」

「……は？」

なんだそれは。調査内容がシュールすぎる。

ジルベールの中では推測に基づいた意味のある行為なのだろうが、見えている世界が違いすぎてヒントにすらならないとは。誤算だった。

「陛下や父、アリーシャ嬢に送った伝言はわからないのか？」

「無理ですねぇ。俺の雀ちゃんたちって、伝言として吹き込まれた音声は一回伝えたら忘れちゃいますし、俺自身は何を吹き込まれたかわかりませんもん。ま、だからこそ俺が敵側に捕まっても安心安全、拷問なんて意味なし、むしろ吐きたくても吐けない、超有能密偵フォコン君なんですけどね！　あっはっは！」

「安心しろ。拷問など受けさせる前に助ける。私の可愛い小鳥を非道な目には遭わせせんよ」

「ジジッ、姫様しゅき」

「ありがとう」

とりあえず礼を返すが、さっそく行き詰まってしまった。

さすがはオルレシアン家が誇る有能密偵。何が起ころうと情報を漏洩させない能力は素晴らしい。

「しかし、そうなると頼むしかないな」

レティシアは口の端を吊り上げた。

「まさかと思いますが」

「ああ。私の小鳥に命ずる。ジルベール様の計画を探っておいで」

「あは。悪い顔」

陽だまりのように暖かだった金の瞳が、するりと細められる。

獲物を射貫く狩人――猛禽類の目だ。これを見ると、鷹の名を冠するに相応しい男だと納得せざるを得ない。

「ま、仕方ないですね。名目上、俺は姫様のものですし。夫婦の仲を取り持つのも密偵の務め……じゃないかもしれませんけど置いといて」

膝をつき、レティシアの手を取って額に当てる。

「姫様の小鳥として、そのお役目、完璧に遂行して見せましょう」

いつもの軽口など微塵も感じさせない信のこもった声。

小鳥の皮を被った肉食獣のくせに、よく言ったものだ。とはいえレティシアにとっては愛らしい小鳥に変わりはない。

彼女は彼の頭を撫でて「頼んだぞ」と微笑んだ。

三　ずっと一緒にいよう

『元気か、ジルベール』


懐かしい声にハッとして顔を上げる。

その瞬間、これは夢だとジルベールは気付いた。

白亜の壁。壁にかけられた歴代皇帝の肖像画。真っ赤なカーペット。そのどれもが水彩画のように輪郭がぼやけている。

長く長く続く廊下は、城の中だということはわかるのに、まるで行き止まりが存在しないかのように、終わりが見えなかった。

輝かしい金色の髪に、慈愛のこもった若葉色の瞳。労わるような微笑みを湛え、目の前に立っている兄は五年前に見たそのままで。自身の身体も心なしか少し幼い気がした。

夢だ。夢に違いない。

だとすれば、この兄は――。

『元気ならばいいんだ。邪魔をしたな』

『……ッ、待ってください！』

こんな場所で足掻《あが》いたとしても、現実ではなにも変わらない。

それでも思わず手が伸び、クリストフの上着の裾を摑んだ。

『ジルベール？』

『やはりこの件は俺が——』

『おや、私では力不足だとでも言うのかな？』

『……いいえ』

『魔獣の討伐でも、戦でもない。ただの会合だ。何をそんなに不安そうな顔をしている？』

優しい声に、ぎゅっと手に力がこもる。

『最初は俺が、出向くはずでした……から』

『先方の希望だ。お前が気にすることはないよ』

元々はジルベールが行くはずだった隣国との会合。しかし呪いの皇子だという噂が広まっていたため、不吉だということで代わりにクリストフが出向くことになったのだ。

もしかすると呪いではなく「赤目の聡明さ」に揚げ足を取られまいと、ジルベールを遠ざけた可能性もあるが、今更気付いたところでもう遅い。

真相は闇の中だ。

自国内でのジルベールの立場も逆風して、気付けば大人しく留守番を命じられた。

『元気を出せ、ジルベール』

『……兄様はどうして、俺などを気にかけるのですか。母は俺を産んだ後に自死した。父は腫れ物を触るように、何があってもただ遠くから見ているだけ。他の者も、皆同じだ。だけど兄様は……兄様だけはいつも声をかけてくれる。なぜ、なのですか』

こんな呪われた俺に。

言葉に出さずとも瞳が語っていた。

母親はジルベールを産んだ後、その瞳を見るなり錯乱し、自らの首を掻き切った。

鮮血が降りしきる中、母の血に塗《まみ》れながら産声を上げ続けていた赤子。その光景は異様であり、呪いの信憑性を押し上げるには十分すぎた。

呪われた皇子、ジルベール。

生まれた瞬間から、母親の手によって彼の運命は決定づけられたのだ。

それでも最初の頃は健気に努力を重ねた。

勉学も作法も振る舞いも何もかも。

愛されたくて、必要とされたくて、寝る間も惜しんで身につけた。けれど誰も見向きもしなかった。「呪いの子」の前にはすべて意味を成さない。

頭の良さなど、畏怖を増長させる結果にしかならなかった。

良い子でいるだけ無駄だと気付いたのは、いったい何歳の頃だっただろうか。

誰も、ジルベールを愛してくれなかった。

誰も、ジルベールの存在を必要としてくれなかった。

クリストフはそれを察したのだろう。ジルベールの肩を優しく叩いた。

『私とて、呪いを鼻で笑い飛ばせるほど豪胆ではないさ。ロスマン帝国において、その悪夢は歴史に深く根付いてしまっている。偶然だと一笑するには、あまりに人が死にすぎた』

『では、なぜ……』

『決まっているだろう？』

愛おしげに目を細める。

『だって僕はお前の兄だからね』

ジルベールの頭をぽんと撫でてから背を向けて去っていくクリストフ。

この時、無理やりにでも手を掴んで引き止めていたら、何かが変わっただろうか。

遠ざかっていく兄。ジルベールは走り出す。

絶えぬ愛を注いでくれたわけではない。庇護してくれたわけではない。ただ、怖がらず、一人の弟として接してくれた人。

『兄様ッ！』

伸ばした手は――しかし虚空を掴んだだけであった。

世界が滲み、城も、兄も、ぐにゃりと歪む。

そうして、夢は終わりを告げた。

＊　＊　＊　＊　＊　＊

目覚めた瞬間、目に映ったのは天井と伸ばした自身の腕だった。

ぐっと拳を握りしめる。

夢でも現実でも、結局のところこの手は何も摑めなかった。

『あなたのその呪いに、今度はレティシア様まで巻き込むおつもりですか』

パーティー会場で、男から投げつけられた言葉が脳裏に焼き付いて離れない。

最初は胸に巣食ったほんの小さな種だった。それは日に日に芽吹いてゆき、今では大輪の花を咲かせるまでになった。

こんな夢まで見るとは。自覚はなかったが想像以上に堪えているらしい。不安の花など早々に刈り取ってしまいたいのに、その根は深く深く、心の奥まで浸潤している。

なんて、忌々しい。

(兄様の滑落事故は、俺のせい。そう信じている者も少なからずいる)

赤目の呪いは直接他人を傷つけるものではない。

孤独に苛まれた人間が、その頭脳と口先で人々を惑わし、国をゆっくりと蝕んでいくもの。本人が他人を巻き込むことはあっても、呪いが勝手に他人を害するなんてことはあり得ない。あり得ないはずなのだ。

わかっていても、拭えない不安がつきまとう。

呪われた皇族の周囲に理解者はなく、ただ孤独を抱えて、世界を呪うしかなかった。果たして、本当にそうだったのだろうか。彼らの周りには、初めからただの一人も理解者はいなかったのだろうか。

もし。もしも。それら全員が消え去り、いつしか孤独を深めるようになっていったとしたら。誰にも望まれずとも脈々と受け継がれていくこの赤目が、人知を超えたものの仕業だとしたら。――この呪いが、赤目を持つ者を強制的に孤独へと至らしめるものだとしたら。

(俺の心の拠りどころはレティだ。狙われるならば――)

じわじわと不安が心を侵食していく。

隣に眠っているレティシアの方へ顔を向けると、彼女の瞼が薄く開いた。

「じるベーる、さま?」

眠さを堪えきれない声で、小さな手を伸ばしてくる。

ジルベールは縋るようにその手を握った。

「どうした。こわいゆめでも、みたのか?」

「……ああ。とても怖い夢を、みたんだ」

もっと体温を感じたくて、レティシアの手を頬に押し当てる。するとその不安を感じ取ったのか、彼女はジルベールの頭を胸まで引き寄せた。

「こわいなら、朝がくるまでぎゅっと抱きしめていよう。よしよし。だいじょうぶだ。わたしがそばにいる。よしよし……ん」

その言葉を最後に、再度夢の中に旅立ってしまったらしい。

感情の揺らぎがないベル・プペーとも、歴戦の戦士を思わせる力強い表情とも違う。あどけない少女の寝顔。どれだけ強くとも彼女は人間で、十六歳の少女なのだ。

もぞもぞと身体を動かして守るようにレティシアの身体を抱きしめる。

「レティ。キミは……キミだけは、絶対にどこにもいかないでくれ」

愛おしげに髪を梳き、頬を撫でる。

私が信じられないのか、と彼女は怒るかもしれない。

信じていないわけではないのだ。ただ、ほんの少しでも可能性があるのなら徹底的に潰しておきたかった。

危険なものすべてから遠ざけたい。

彼女がずっと傍にいてくれるためならば、なんだってする。

「できることなら誰にも見つからない場所にキミを隠して、ずっと俺だけを見ていてほしい。誰にも渡さない。どこにも連れていかせはしない。もし、世界が俺からキミを奪うと言うのなら、すべて壊して踏みつけてやる」

月が照らす薄暗い室内で、ゆらりと鮮血色の瞳が揺れる。

「だから絶対に、俺を残していかないで」

レティシアの額にキスを落とし、ジルベールはもう一度眠りについた。


次の日。

まだ夜の帳《とばり》が空を覆っている時間帯にジルベールは目を覚ました。今日は忙しい日になる。本当ならばずっと彼女の傍で惰眠を貪っていたいが、そんなわけにはいかなかった。

「おはよう、レティ。……行ってくるよ」

布団をかけ直し、眠っているレティシアの頭を撫でてから部屋を後にする。

計画実行日まであと三日。

正直、手駒の戦力に不安は残るが、満点回答を目指さなければいくらでもやりようはある。何点か取りこぼしたとしても、大本を叩くのに支障はないはずだ。

(今度こそ逃がしはしない)

犯人の目星は早々についていた。

元々はとある事件の関係者。その時はうまく尻尾を隠され証拠が摑めなかったので、良い機会だと陛下の頼みに頷いたのである。

幸いなことに、今回は一部感情的に動いており、隙を突けるチャンスは十分存在していた。特に、犯行をジルベールに擦りつける噂を流し始めた時は、馬鹿馬鹿しくて笑い死ぬかと思ったほどだ。

誰がそんな稚拙な嘘を真に受けるというのか。信じるのは愚か者だけだ。その程度の奴ら、軽く頭を踏みつけて口を塞ぐくらいの能力と権力がこちらにはある。

問題にすらならない。

ただ、奴の目的が金ではないとしたら――。

（不愉快極まりない。あいつだけは必ず牢にぶちこんでやる）

日中は色々と面倒な雑務をこなし、日が落ちる頃、営業時間前の娼館を訪れたジルベール。彼は裏口から入り、待機しているはずのアリーシャを探した。

しかし彼女の姿はどこにもない。

待ち合わせの時間は伝えてある。遅刻するような女性《ひと》ではないはずだが。

娼館のスタッフルームは、荷物置きを兼ねた化粧部屋が二部屋とキッチン、休憩室、物置部屋が一部屋ずつあるくらいだ。

不思議に思いつつすべての扉を開けたが、どこにもアリーシャの姿はなかった。

どういうことだ。急な用事が入って店に出ているのだろうか。

胸騒ぎがして「アリーシャ！」と強く呼ぶ。すると、店内に繋がる扉からアリーシャが慌てて出てきた。

「申し訳ございません、ジルベール様！　少々、色々ありまして」

そう言って快活な笑みを浮かべるアリーシャ。申し訳なさが微塵も感じられない。

何なのだ、いったい。

ほっと一息つくと同時に、嫌な予感が首筋を伝った。

「……店で何かあったのか？」

「いえ、そういうわけでは」

「では、いったい何が――」

不審そうに眉を寄せた瞬間、先ほどアリーシャが出てきた扉が勢いよく開け放たれた。続いてコツリ、と優雅ながら力強い足音が聞こえてくる。

アリーシャは道を譲るようにそっと端に移動し、片手でスカートを持ち上げた。

現れたのは、輝かんばかりの銀髪をふわりと揺らし、人形のような慈愛を湛えた少女。

誰もが見惚れるその美しい姿は、紛れもなくジルベールの妻レティシアだった。後ろにはフォコンの姿もある。

ジルベールはひゅ、と息を飲んだ。そしてすべてを悟り、視線を逸らせながら一歩、二歩と下がる。逃げたところで逃げ場などないとわかっているが、それでも本能が「退避」を命じていた。

あの笑顔は駄目だ。凄く駄目なやつだ。きっと作戦を知られたのだ。

怒っているなんて表現すら生ぬるい。冷や汗が止まらない。魔獣の群れに放り込まれた方がまだましだとさえ思える。

「さて、ジルベール様に質問だ。私はアリーシャ嬢に『この泥棒猫』とでも言わなければならないのかな？」

「絶対にお断りですわ」

笑顔を崩さないレティシアに、真顔で断固拒否姿勢を見せるアリーシャ、そんな女性陣の後ろから「俺が功労者！」とばかりにピースサインを向けてくるフォコン。カオスである。

(情報は完全に遮断していた。彼女が気にかける要素はなかったはずなのに)

まさかフォコンを使ってまで探らせるとは想定外だった。彼が有能な密偵で、レティシアに忠実な小鳥だということを考慮に入れていなかったこちらのミスだ。

ジルベールは壁にもたれかかると、ずるずる床まで落ちてゆき——。

「……言い訳は、聞いてもらえるだろうか？」

と、諦めたようにため息を吐き出した。

＊　＊　＊　＊　＊　＊　＊

さかのぼること、十数時間前。

フォコンにジルベールの調査をお願いしてから数日後のことだ。フォコンの雀からもたらされた情報にレティシアは自室で顔をしかめた。

「確かに、ジルベール様とアリーシャ嬢の声だな」

「はい、その二人だと思いますよ。なぁ、チュン子」

「チュン！」

フォコンの手の平の上で、えっへんと胸を張る雀――チュン子。

どうやらチュン、チュチュン、チュンさん以外にも雀はいるらしい。よく見ると目の下のマークが他の雀たちと違ってハートになっている気がする。

新メンバー突然の紹介に少々面食らったが、チュン子が得てきた情報はとても有益だった。

「ありがとう、チュン子殿。助かったよ」

「チュ！」

つぶらな瞳に見上げられる。黒曜石のような目の奥には、己の能力に対する自信が輝いていた。

本当にフォコンの雀たちは健気で愛らしい。

レティシアはチュン子の頭を優しく撫でた。

「ふふ、良い子だな」

「……チュ」

目をぱちぱちと瞬かせたチュン子は、真顔でぽてりと横に倒れ込んだ。

「チュ、チュン子？　チュン子――――!?」

「ヂュ、ヂュン……」

こくりと頷き、さらさらと砂になって消えていくチュン子。

「なんか俺でも聞いたことのない鳴き声発して消えたんですけど!?　めちゃくちゃ満足そうに!!」

「満足ならばいいだろう」

「そうですけどぉ！」

「それよりも、彼女？が得てきた情報の方が重要だ」

「あ、いや、オスです」

「オスか」

チュン子はオス。脳に刻んでおこう。

「ンン！　話を戻すぞ。チュン子が得てきた情報なのだが、どうやらジルベール様はアリーシャ嬢と、とあるパーティーに参加する計画を立てているらしいのだ」

「とあるパーティー？　含みのある言い方ですね」

「ああ。それが一番の問題だからな」

頭が痛いとばかりにレティシアは深々と嘆息して、腕を組んだ。

「貴族間――特に裏事情に足を突っ込んでいる家にとっては、ある種有名な仮面舞踏会だよ。なにせその趣旨が『真実の愛を求める者たちの社交場』なのだからな」

「し、真実の、愛……？」

さしものフォコンも顔が青くなる。

貴族にとっての結婚とは家名と結ばれるようなもの。

レティシアとジルベールも元を正せばそうである。しかし二人のように愛し愛される関係に落ち着く夫婦もいれば、日々の会話もままならない夫婦も存在する。

そこでどこかの高位貴族が一夜の愛の夢を提供する場として作り上げたのが、件《くだん》の仮面舞踏会なのだそうだ。唯一、大手を振って表を歩けぬ恋人、という縛りさえクリアすれば、市民の参加も認められている。

明け透けに言うならば「愛人と大手を振って参加できる社交場」だろうか。

ただし特殊なパーティーであるため、招待状を手にするのは非常に困難だ。

（となると、やはり……）

恐らく父アドルフへの伝言は、この舞踏会への招待状を手に入れること。

アドルフがというよりかは、彼の弟――レティシアにとっては叔父にあたるダヴィド伯爵が「愛は女性の数だけ存在する！」と豪語する有名人だったため、彼経由でジルベールに渡ったと推測される。

「で、でも、ジルベール様ですから、なにかお考えがあってのことだと思いますよ？」

「ああ、それくらいはわかっている。ただ、私に内緒というのがな」

ジルベールのことだ。

仮面舞踏会への参加も、今任されている案件絡みだろう。

(さすがにここで手詰まりか。内容さえわかれば動きようもあるのだが)

最近の不穏な動きでレティシアが把握しているものといえば、国境近くに巣食っていた一個小隊規模の魔獣が一夜にして忽然と姿を消した件くらいだ。

しかしこれは確実に騎士団や傭兵騎士案件。

レオン率いる国家調査部隊とは関わりがないはず。

(別件、だろうな)

いったい、どのような事件を任されているのか。

なぜ、世をはばかる仮面舞踏会にアリーシャとともに参加するのか。

わからないことだらけだ。

レティシアはしばらく目を瞑った。

(後手後手に回ったというのもあるが、さすがはジルベール様だ。フォコンを使ってもこれだけしか情報を得られんとは。とくれば——)

レティシアは目をパッと開いて、足元から巨大な氷竜を出現させた。移動用の氷竜【ドゥ】だ。

それは甘えるように彼女の身体にゆるりと巻きついた。

「悩んでいても仕方あるまい」

「と、言いますと？」

「決まっている。娼館に乗り込むぞ、フォコン！」

「俺もですか⁉」

うじうじ悩んでいるなどレティシアらしくない。

ジルベールとアリーシャが本日、娼館にて打ち合わせをする予定なのはチュン子から得ている。

とりあえずはアリーシャに直接話を聞こう。それが一番手っ取り早い。

レティシアは諦め顔のフォコンを引っ掴むと、氷竜に乗ってバルコニーから飛び立った。

——そして現在に至る。


レティシアは腕を組んでジルベールを見下ろした。

「心変わりを心配しているわけではないのだ。わかるな？　旦那様」

「……このタイミングでここにいるんだ、下手な言い訳など無駄だとわかっているさ。その前に情報の摺り合わせを行いたい。レティはどこまで把握しているんだ？」

「そうだな——」

フォコンに探らせた情報だけでなく、モルガーヌ皇妃の侍女やクリストフと話した内容も伝えておく。レティシアにとっては頭の片隅にしか残らないものでも、ジルベールにとっては何かを見出す欠片に変貌する可能性もあるからだ。

ジルベールは一切口を挟まず、地面に腰をつけたまま真剣な表情で聞き終わると、最後に盛大なため息をこぼした。

「対象者になって初めてわかることもあるな。調べられているとまったく気付かなかったぞ、フォコン」

「姫様レベルじゃないと俺の目からは逃れられませんよ。フォコン君優秀なので！」

えっへんと胸を張るフォコン。

雀たちがこぞってこのポーズをする理由が、たった今理解できた気がする。

「しかし、舞踏会の件を知られるとはな……」

「得ているのはアリーシャ嬢と一緒に参加する点のみだ。何故このようなことをしようとしているかは皆目見当がついていないない」

皇帝陛下から、風紀を乱すこの集まりを潰せと言われた――わけではないだろう。

舞踏会自体はうまく法の目を掻い潜り、違法性はない。確かに一部淫靡的な集まりではあるものの、一夜の儚い夢だと割り切ってささやかに楽しんでいるだけだと聞いている。

レティシアとしては納得も理解もできない集まりではあるが、突いたら飛び出すのは大蛇だ。

気に入らないから潰してやろうと画策した伯爵だかが、手酷いしっぺ返しにあったのは記憶に新しい。

むやみやたらに首を突っ込むことはタブー視されている。

オルレシアン公爵家当主のアドルフですら「私も不快に思っているが、あれは執念とか執着を飛び越えて怨念の域だ。手を出せば深手は避けられん」と口にするレベルだ。

ジルベールが知らないはずはないと思うのだが。

「不貞が真実の愛とはお笑い草だが、目を瞑るのが暗黙の了解なのだろう？　まぁ、ジルベール様が潰したいと言うのなら全力で手伝うが、皇子の仕事ではあるまい。もちろん、国家調査部隊の仕事でもない。レオン兄上まで引っ張り出して何を考えているんだ？」

「ちなみに、手を引く気は？」

「ない」

「……だろうな」

ジルベールは立ち上がって、ぱんぱんと埃を払った。

「パーティーを潰せとは言われていない。そんなものは当人の自由だ。好きにすればいい。まぁ俺は、いくら愛という大義名分を掲げていても、伴侶を大事にしないのは好きではないけれどな」

「知っているとも。私はとても大事にされている。だからこそ気になるのだ。その意味、わかってくれるだろう、旦那様？」

「そう、だな。確かにキミに伝えないのは不誠実だった。……ごめん、レティ」

じっとレティシアを見つめ返すジルベール。

どうやら覚悟が決まったらしい。

彼は懐に手を入れながら真相を語り始めた。

「木の葉を隠すには森の中って言うだろう？　そのタブー視されている点が、良い隠れ蓑《みの》になってしまったわけだ。なにせ上の捜査が入ることはない。参加者も自分のことに手いっぱいで周りに無関心。怪しい——と言っては語弊があるが、捜査の対象外である人知れぬ集まりというのは、後ろ暗い取引にピッタリだったというわけさ」

はい、と手渡されたのは国際新聞の切り抜きであった。

「ヴァイス共和国と魔石の件か」

「そう。父上も大分頭を悩ませていてね」

「……ジルベール様、まさかと思うが」

「そのまさかだ。なんと密輸を企んでいるのがうちの国の者みたいでね。困ったものだ」

「困ったどころではすまん問題だぞ！　なるほど、だからレオン兄上か」

「ああ、国家調査部隊長様にお誂《あつら》え向きの案件だろう？　さすがにこんな醜聞、内密に、そして魔石が向こうへ渡らないうちに処理してしまわないと」

まさかここまでの面倒事とは想像していなかった。

さすがのレティシアも驚きを隠せない。

下手を打てば国際問題に発展しかねない案件だ。レオンに送る手紙を「密告書」と称していた意味がようやくわかった気がする。

二人の方に目をやると、フォコンは目を丸くして口を押さえ、アリーシャは胃が痛いとばかりにお腹を押さえていた。そういう反応になるのもやむなしであろう。

「密輸犯の目星はついているが、彼は非常に臆病で神経質。ゆえに目立った証拠は一切残さない。会話は基本暗号が使われており、フォコンの雀たちが録音した音声はただの日常会話でしかなく、証拠の手紙などはすぐに燃やして頭の中。ないない尽くしというわけだ」

「フォコンでもお手上げというわけか」

「ああ。だから現行犯で捕まえるしかないんだ」

「では皇帝陛下への伝言にはなんと？　お力を借りるのか？」

「まさか！　三日後の観劇はリュンヌ劇場ではなく、ソレイユ・オペラハウスにしてくれという可愛いおねだりをしただけさ」

そう言ってため息をつく。

実はロスマン皇帝は観劇を月一の楽しみとするくらいの舞台マニアで、演者が緊張してはいけないからといつも身分を明かさずふらりと観に行くのだ。

「月一でお忍びの護衛。しかも大抵は夕刻から。いつもいつも従者の皆様におかれましてはまことにご苦労様でございますと思っていたんだが、今回は役に立ったよ。いやぁ、偶然予定が被っていて良かった良かった」

「なるほど。リュンヌ劇場も、ソレイユ・オペラハウスも、地下に大きなパーティー会場が併設されている。皇帝陛下の真下では落ち着けないというわけか」

「そういうこと。さすがはレティだ」

ジルベールは満足そうに笑った。

「俺が独自に分析した結果、仮面舞踏会の主催者はどうも完璧主義のきらいがあり、参加者が最大限心の枷を外して楽しむことをよしとしている。わざわざ陛下のいらっしゃる真下で開催しようとは思わないだろう――と考えたのだが、どうやら当たりを引けたようだ」

彼は懐から招待状を取り出して、ひらひらと振る。

リュンヌ劇場は建物の構造上、兵を潜ませやすく、逃走ルートも絞りやすい。

館長も陛下と懇意にしているという噂だ。ジルベールのお願いならば、深く追及せずに聞き入れてくれる可能性が高い。

リュンヌ劇場は捕り物帳において都合のいい条件が揃いすぎているのだ。これを逃す手はない。

――つまり、敵を罠へ誘い出すために陛下を利用した、と。

なんとも贅沢な策である。

(陛下にとっては、まったく可愛くないおねだりだっただろうがな……)

観劇が唯一の息抜きらしく、これを邪魔されることを蛇蝎《だかつ》のごとく嫌っている。だが、今回ばかりはそうも言っていられなかったのだろう。

今月のリュンヌ劇場の演目は大層評判がいい。興味の薄いレティシアの耳にも入ってくるほどだ。ジルベールのおねだりがなければ、確実にそちらへ足を運んでいたはず。

ジルベールの後ろに、苦虫を噛み潰したかのような陛下の顔が浮かんできて、レティシアは思わず失笑した。

「この程度で丸く収まるんだから、陛下も嬉しくて滂沱《ぼうだ》の涙を流しているだろうさ」

鼻で笑うように吐き捨てるジルベール。

今までの恨み辛みが透けて見える。それを考えたら確かに安いものだ。陛下には甘んじて受け入れていただきたい。

「……なるほど。最近お忙しそうにしていた理由はわかった。だが、ジルベール様の顔を知る者は多く、瞳の色を隠すのは至難の業だ。うまく変装できたとしても、相手がアリーシャ嬢ではあなたと勘づく者も出てくるだろう。それについては？」

「多少の穢れは受け止めるつもりだ。そもそも呪いの皇子と呼ばれている身、今更一つや二つ汚名がくっついたところで支障はない。それにほとんどの者は俺たちの態度とその後の事件の顚末を知って計略の一種だと気付くだろう。くだらない噂など短期間で――」

「私は、私以外の者が、あなたと浮き名を流す行為を看過できるほど心が広くないぞ。旦那様」

凛と、凍えた声だった。

普段はサファイアにたとえられる澄んだ瞳も、今だけは永久に溶けぬ氷を閉じ込めたかのように寒々しい。体感、部屋の温度が五度くらい下がった気がする。

しかし、それで心折られるようならば彼女の旦那は務まらない。

ジルベールは毅然とした態度を崩さなかった。

「俺と彼女が参加する。これが一番潜り込みやすく、合理的だ」

「ならばジルベール様は私たち夫婦の不仲説が広まっても良いと言うのか。少しでも隙があればそこを突かれる。あなただってご存じのはずだ。私は、あのパーティーで不仲だと思われたことが酷く腹立たしくて……嫌だったぞ」

レティシアはジルベールの服の裾をぎゅっと握った。

「嫌だった」

「……レティ。……確かに、俺も嫌だった、けれど……」

レティシアの中から怒りが消える。

彼女とてジルベールの考えがわからないほど子供ではない。わかっていながら許せぬものもあるのだ。子供の我が儘だと思われたとしても、これだけは譲れなかった。

人の口に戸は立てられぬもの。見て見ぬふりをするのがマナーだと、しっかり理解している者たちの集まりであっても絶対はない。

溺愛中の妻がいる呪われた皇子が、別の女性とともに「真実の愛」を語る集まりに参加していた。

実にセンセーショナルな話題だ。好奇心からうっかりこぼしてしまう可能性がないとは言い切れない。そのような俗言、広めるわけにはいかないのだ。

ジルベールの妻はレティシア。ジルベールに愛されているのもレティシア。

二人の仲は何一つ疑いようがなく、蟻の子一匹入り込む余地はない。付け入る隙があると思われることすら不愉快である。

（ジルベール様のすべては私のものだ）

「だから考え直した方が良いと言ったのです」

「アリーシャ……」

「わたくしはこのような仕事をしておりますし、皇子との浮き名はむしろ箔がついて客寄せになるのでまったく問題はありません。――が、それをレティシア様が許されるとは思いませんと、お伝えしましたでしょう？」

手を腰に当て、子供に言い聞かせるように説く。

さすがのジルベールも後ろめたげに顔を逸らすしかなかった。

「だからと言って、即俺を裏切るのはどうかと思うのだが」

「あら。ジルベール様はいつも自分を悪者に仕立て上げようとするので、お二人が話を聞きに来られた時、速攻吐いてしまいましたわ。ごめんなさい」

「いやぁ、お願いするまでもなく嬉々として話してくれましたね！」

「肩の荷が下りた気分でしたもの！」

「えへへ、そりゃあよかったです！」

アリーシャとフォコンは両手を上げて、ぱちんとハイタッチを決めた。

さすがコミュニケーション能力が上限をぶち抜いている二人である。一瞬で打ち解けたらしい。

彼らの周囲にだけメルヘンチックな花畑が見えそうなくらい、ほのぼのとした空気が漂っている。

なんだか、真面目に言い争っているのが馬鹿馬鹿しく思えてきた。

レティシアの手元にはまだ切り札が残っている。

ジルベールの合理主義をねじ伏せ、アリーシャではなくレティシアと舞踏会に参加した方が有益だと言わざるを得ない切り札が。

(問題は、あれだけが本音とは限らない、というところだな)

どう考えてもアリーシャを連れて参加するより、レティシアを相手に選ぶ方が戦力的に有利だ。

普段のジルベールならば、様々な手法を用いてその方法を取るはず。

(どうしても私を連れて行きたくないわけでもあるのか？)

「ともかく、摺り合わせはこの程度で十分だな。他に私に言わねばならぬことはあるか？　旦那様」

ジルベールの前に立ち、下からねめつける。

逃げ場はないと観念したらしい彼は、愛おしげにレティシアの髪を梳き、屈んで唇を寄せた。

「……巻き込みたく、なかったんだ」

「この私をか？　なぜ？」

「アリーシャなら自分の身最優先で行動してくれる。けれど、キミは違うだろう？　レティは俺を守るためならなんでもする、から……」

「当たり前だ。世界で最も愛おしい旦那様だぞ。あなたを守るためなら私のすべてをなげうつ覚悟だ。たとえ敵が神であろうと怯むことはない」

ジルベールは何かを言いたげに口を開くが、しかしすぐさま閉じて視線を床に落とした。いつもは回りすぎるほど口が達者なのに、肝心な時に限って心に鍵をかけて閉じこもってしまう。

きっと、彼の生まれと境遇がそうさせてしまったのだろう。

(惚れた弱みとはよく言ったもの。そういうところも可愛く見えてしまうのだから重症だな。まぁ、甘えられぬと言うのなら、無理やり暴いて甘えさせてやるとあの日に誓った。鍵など見当たらなくとも、私の愛で粉砕してやるさ)

レティシアはジルベールの頬に手を置いて優しく撫でた。

「私は油断も慢心もしない。相手が格下であろうと、最大戦力で一気に押し潰す。その方が安全であるし、効率も良い。私は、誰であろうと負けるつもりはないよ」

竜帝として立ちはだかるものすべてを蹴散らしてきた実績と、愛おしい旦那様を守りたいと願う強固な意志からくる自信。

有言実行はレティシアにとって座右の銘みたいなものだ。

彼女が「負けない」と言うのならば「負け」はない。絶対に。

ジルベールの腕が伸びてきて、彼女の手に触れる。

それはなにか思案しているかのような、苦しげな顔だった。

「籠の鳥など柄ではないことくらい、知っておいでだろう？　もし私に危機が迫っているとしても、そんな運命すべてねじ伏せて御覧に入れよう。私は強い。だから——どうかあなたの妻の手を、もっと頼りにしてほしい。私はきっと役に立つ」

「運命すらねじ伏せる、か。そう、だな。……ああ、そうだ」

彼の纏っていた空気がふわりと柔らかくなる。

「そういう人だな、キミは」

子供の我が儘を仕方がないと窘めるような、けれど泣くことを許されない子供が必死で縋りついてくるような、どちらとも取れる表情だった。

きっとどちらも正解なのだろう。

彼の心の枷を完全に破壊できたわけではない。それでも、レティシアを頼る方向にほんの少しでも傾いたのならば上出来だ。

まだ何かを隠しているのはわかっている。

しかし、ここにはフォコンもアリーシャもいる。すべて暴く場所として適切ではない。お互い、一枚の薄っぺらい仮面を被り、この場ではよしと収めるのが妥当だろう。

「納得してくれたか？　旦那様」

「そこまで言うなら、何か考えがあるのだろう？　キミと俺が普通に参加したのでは、即つまみ出されてしまう。なにせ二人のラブラブ夫婦っぷりは広く知れ渡っているからな」

「ははは！　それは良いことだ！　変な虫があなたに寄りつかずに済む」

「それは俺の台詞だ、レティ。キミは誰よりも強く美しく、可愛いからね」

「私の中身を知って、可愛いなどという人はジルベール様くらいのものだよ」

「そうか？　俺の作った料理を美味しそうに食べている姿とか、無防備な寝顔とか、案外嫉妬深いところとか、可愛いところもいっぱいあるだろう？」

「……う、む」

彼の前ではそんな気の抜けた姿を晒していたのか。

ほんの少し羞恥が湧いてくる。「美しい」も「可愛い」も耳にタコができるほど言われ慣れているが、愛しの旦那様からならば格別だ。むず痒さはあるものの悪くはない。

「はぁ、ようやくまとまりましたね。んじゃさっさと次行きましょう次。俺的にはナシだと思うんですよね、姫様の作戦」

「そうかしら？　わたくしは大賛成ですけれど」

ジルベールを口説き落とす切り札を、先に二人には伝えてある。

レティシアとしてはこれ以上ない完璧な作戦を立案したつもりなのだが、フォコンにはすこぶる評判が悪かった。

「評価が真っ二つ？　なんだ？　レティが普段と違う雰囲気の女性になる、とか？　それでも厳しいと思うぞ。キミは存在そのものが目立つから俺よりもリスクが高い」

「ふふ、半分当たりで半分ハズレだ」

「半分？」

「目立つならばいっそ最大まで目立てばよい。ベル・プペーだとバレなければいいのだろう？」

右手にはめている『反転の魔導具』が淡く輝き出す。同時にレティシアの足元に魔法陣が描かれ、目が眩むほどの光の柱が立ち昇った。

光がおさまった時、その中心に立っていたのは当然、氷の竜帝その人である。

レティシアと竜帝が同一人物だと知るのはごく僅か。この姿ならばベル・プペーだとバレる心配はない。

それに仮面舞踏会の参加条件は「大手を振って表を歩けぬ恋人」だ。

たった一人で戦局を覆す、孤高の竜帝様人気を考えれば、相手を連れて仲睦まじく表を歩くことは不可能。下手をするとその場で暴動が起きかねない。

絶叫する者、涙を流して崩れ落ちる者、信じられなくて気を失う者、いっそ拝む者まで出てくるかもしれない。

平穏な街中が、一瞬にして地獄絵図に早変わりだ。

些か変則的ではあるが、参加の趣旨には反していない。

なんと完璧な作戦か。褒めてもいいのだぞ――とレティシアは胸を張る。しかしジルベールは絶望的な表情でよろよろと壁にもたれかかった。

「つ、つまり、アリーシャとキミが一緒に参加するってこと、か……？　言われてみれば確かに、竜帝様と二人では大手を振って歩けない。それに、どちらも演技力は申し分ないので真実のあ、あ……あああ駄目だ！　俺がこんなことを言えた義理ではないのはわかっているんだが無理だ！　他に何か方法を考えるから考え直してくれレティ！」

「はは、ようやく私の気持ちが伝わったようで嬉しいよ。そして残念ながらアリーシャ嬢と参加するつもりはない。いくら万全にしていても危険な場所には違いないからな。わざわざ巻き込むこともあるまい」

「それは、確かに……では誰と？」

「決まっている」

レティシアはジルベールの前に立つと、彼の顎をくいと持ち上げた。

「あなたが私の女になれば良いのだよ、旦那様」

「ああ、なるほど。そうだな、俺が竜帝様の女になれば……――って、ちょ、ちょっと待ってくれ！　お、俺が、竜帝様の、女ぁ!?」

「そうだ」

「いやいや顔が良すぎて思わず納得してしまいそうになったじゃないか！　危ない！」

無茶無謀なお願いですら「わかった」と頷かせてしまう竜帝様の美貌も、旦那様には少々効きが悪かったらしい。既のところで理性を取り戻された。

残念だ。このまま問答無用で押し切ってやろうと思ったのに。

（やはりフォコンのようにはいかないか。ならば誠心誠意、説き伏せるしかあるまい）

顔を真っ赤にして離れていこうとするジルベールを、レティシアは逃すまいと腕を引き、腰を抱いた。

氷の竜帝とあだ名されるゆえ、クールな知略家と勘違いされがちであるが、彼女の戦術は基本『攻撃こそ最大の防御なり』である。つまり、攻めて、攻めて、攻めまくる脳筋タイプだ。「説き伏せる」の頭には「物理的に」と付く。

「レ、レティ!?　ち、近い！　近いから！」

「そうか、ならばもっと近づこう」

「いやなんでそうなるんだ!?」

「私たちは夫婦なのだ。なにも問題はないだろう？　さぁ、うんと言ってくれ、旦那様」

「問題大ありだ！　確かに俺の心も身体も全部レティのもので、好きにしてくれとは思うけれども！　そもそも俺は男だから女ではなく……――いや、待てよ」

急に真顔になったジルベールは、今までの照れが嘘のようにじっとレティシアを見つめた。紅色の瞳の中には不思議そうに首をかしげる竜帝の姿が写っている。

「なるほど、そういうことか。それならば一石二鳥。いや三鳥も……」

「三鳥？」

「い、いや、こちらの話だ！　気にしなくていい！　竜帝様のお力が借りられるのなら、色々楽になると思っただけだ！」

ジルベールは焦りを誤魔化すように姿勢を正し、「つまり、俺が女性として振る舞えばいいのだろう？」と問いかけてきた。その通りだ。

ジルベールは男性にしては線が細く、どちらかと言えば中性寄りの美しい顔立ちをしている。うまく化粧を施せば女性に見せることも可能なはずだ。

男性側がレティシア。女性側がジルベール。性別を変えてしまえば誰も二人だとは気付かない。下卑《げび》た噂を流される心配もなくなるというわけだ。

「話が早くて助かるよ」

「しかしだな、いくら竜帝様が高身長とはいえ俺も低くはない。高さのある靴を履くならなおさらだ。女性に見えるだろうか？　難しいと思うが」

「ええ、問題そこなんですぅ？」

唯一の反対派であるフォコンからツッコミが飛ぶ。

レティシアが作戦を伝えた時、彼は「女性っていうのは優しくて、ふわふわで、良い匂いがするんですよ！　ジルベール様では無理です！」と力説していたので、「ジルベール様は優しくて髪の毛がふわっふわで良い匂いがする。無問題だ」と威圧をもって説き伏せておいたというのに。やはり納得はしていなかったか。

しかし、ジルベールの懸念はもっともである。

正確に測ったことがないので目測になるが、竜帝の身長は一八七センチ前後。対するジルベールは一七六センチだ。その差、約一〇センチ。

それだけを見れば問題はなさそうだが、ジルベール単体で見ると、女性と言い張るには大分高身長である。

「そうだな。一六〇センチ程度のフォコンならば、まだ背の高い女性で押し通せるだろうが」

「……フォコン？」

レティシアの一言に、ジルベールはじろりとフォコンを睨んだ。

「やだ睨まないでくださいよ!!　俺絶対嫌ですよそんな針のむしろみたいな役!!」

「ははは！　冗談だよ、ジルベール様。その点は抜かりない」

レティシアは跪くと、懐からリングケースを取り出した。氷晶の紋様の入った紺色のそれを開けば、小ぶりな石が一つ付いた、シンプルなシルバーリングがキラリと輝く。

深い、海を閉じ込めたような青い石は、レティシアの瞳と同じ色をしていた。

「お手を」

差し出された左手を恭《うやうや》しく掴み、上機嫌でリングをはめる。もちろん、薬指にだ。

「これは、魔石？」

「ああ。体格を変化させる魔石を用意した。十五、六歳くらいの身体になるはずだ」

「……こんなものまで準備しているなんて。最初から俺に選択権なんてなかっただろう？　ずるいぞ」

「あなたの隣を譲る気はなかったからな。許してほしい」

「やっぱりずるい。そんなことを言われたら、何も言えなくなるじゃないか」

ジルベールはリングを一撫でするると、恥ずかしそうに、それでいて嬉しさをにじませた表情で口づけた。左手の薬指は心臓に繋がっていると言われ、その特別な場所を守るためリングをプレゼントする慣習がある。

旦那様の心を守る魔よけのリング。彼の心に入り込む余地は何人たりとも与えない、という意味を込めて指輪にしたのだが、喜んでいただけて何よりである。

(手配をするのに随分と無理を押し通したのだが、甲斐はあったな)

体格を変化させる魔石――通称『変化の魔石』は少々特殊で、採掘量が極端に少ない希少種だ。

一点ものと言っていい魔導具に比べたら大分見劣りはするものの、それでも魔石の中では高価な部類である。

しかしオルレシアン家の力をもってすれば、用意することなど造作もない。もちろん時間があればの話だ。今回は即日手配だったので多少なりとも無茶はした。普段、竜帝としてアドルフの力になっているからこそ、手に入ったと言えよう。

レティシアは彼の指に光る石を見て、満足そうに微笑んだ。

魔法素養のない者でも、それ単体で扱えるものが多い魔石だが、変化の魔石は違う。石に魔力を込めることができる者がいてようやく使用できる代物だ。

ちなみに元来は無色透明。術者の魔力に応じて表情を変える。

ジルベールは類稀なる頭脳を持っているが魔法の素養は皆無なので、石にはレティシアの魔力が込められている。ゆえに彼女の瞳と同じ美しい青色をしているのだ。

（リングの意味とも合わさって、まるで所有印のようだな。うん、いい。とてもいい！）

「さて、アリーシャ嬢、お願いできるだろうか？」

「ええ。お任せくださいませ、竜帝様」

待っていましたとばかりに、ずずいと前に出てくるアリーシャ。

「もう少し時間の余裕があれば特注のドレスでもご用意したのですが、残念です。しかし、竜帝様の頼みとあらば全力でお応えいたしますわ。胸はパッドを詰めましょうね！　ぎゅぎゅっと！」

「楽しみにしているよ」

「ええ、美しい大人の女性に仕上げてみせますわ！」

やる気に満ちあふれているアリーシャは、さっそく化粧部屋の扉を開け「こちらへ」と手で合図をした。特別なお人形を手に入れた少女のように、瞳を爛々と輝かせている。

「ちょっと、ジルベール様。いいんですか？　このままだとホントに着せ替え人形にされちゃいますよ。断るなら今しかないですって！」

「それは……ああ。身体が多少縮んだとしても性別までは変わらない。骨格は男のままだ。男女の差は大きいはず。竜帝様の魅力は仮面をつけていようが健在だろうし、生半可な変装では逆効果だ。もし不釣り合いだと怪しまれ、会場に入れなければ本末転倒」

果たして俺に竜帝様のお相手が務まるのか――と、不安げなジルベール。

まさか背後から撃たれることになるとは思わなかった。フォコンはフォコンなりにジルベールを心配してだとわかるので怒りはないが、邪魔をされるのは困る。

「フォコン、余計なことを言うな。これが最善策だろう」

「いやいやいや！　竜帝様はいいですけど、ジルベール様の方は女装ですよ。女装！　無理がありますって！」

「ジルベール様のお顔立ちは元よりお美しいし、変化の魔石とアリーシャ嬢の技術を使えば何一つ問題はない。やりもせずに無理だと諦めるのは早計すぎるぞ」

「わざわざリスクを取る必要なんてないでしょう？　そもそも俺はジルベール様自ら出向くことも反対ですけどね。危ないじゃないですか。ジルベール様は安全な屋外にいて、俺と雀ちゃんたちが中の様子を伝えるってことにしません？　竜帝様とレオン様への指示も俺が伝えます。潜入は竜帝様だけの方が安全です」

「己の目と耳で捕らえるからこそ得られる情報もあろう。それがジルベール様ならばなおさらだ。彼が参加しないことの方がリスキーとは思わんか。そして不測の事態が陥った時、彼を守るのに一番適しているのは私をおいて他にはいない」

ジルベールの観察眼は唯一無二だ。

いくら言葉を尽くそうが、その場で目にし肌で感じる微細な違和感を、彼並みの着眼点をもって伝えることは不可能。

フォコンもそれはわかっているらしく、不承不承ながら「それはそうですけどぉ」と呻いた。

そもそも常日頃から責任感が強く、無茶をしがちな旦那様だ。危険だから待っていろと言われて大人しく待っていてくれる保証はない。ならば彼の考えを尊重しつつ、一番近くで護衛をするのが安全かつ確実だ。譲る気はないぞ。

レティシアは腕を組んでフォコンを見下ろした。

「ウッ、竜帝様状態だと可愛らしさが消えて迫力の鬼！」

しかし及び腰になりながらも諦めない彼は「それなら！」と人差し指を立てた。

「アドルフ様にお願いしてオルレシアン家所縁の方々に協力してもらうのはどうです？　ほら、二組に分かれて参加すればいいんですよ、二組！　強くて綺麗なお姉さま方ばかりなので、ジルベール様も守れますし、竜帝様の隣でも見劣りしません！　最終アドルフ様の計略ってことにすれば、下手な噂が流れても潰しやすいはずです！」

「フォコン、それは――」

「竜帝様の隣に、きれいな……？」

二人の言い合いにどうしたものかと戸惑っていたジルベールの表情が、急激に曇《くも》った。

背後からは闇夜すら裸足で逃げ出してしまいそうなドス黒いオーラがあふれている――のだが、フォコンが気付いた様子はない。残念ながら勝敗は決した。完全に自滅だった。

とりあえず彼は早く今の失言に気付くべきだと思う。

「ふふん、我ながらナイスアイディアでは？　ねぇ、ジルベール様！」

「……わかった」

覚悟がこもった重々しい声と共にアリーシャを見つめるジルベール。不穏な空気を感じ取ったアリーシャが一歩後ずさった瞬間、彼はカッと目を見開き、力強く胸を叩いた。

「俺を綺麗なお姉さんにしてくれ！　アリーシャ！」

「あれぇ!?」

「竜帝様の隣は譲らない。俺が最高の美女になってみせる!!」

「美女がしちゃ駄目な顔してますけど!?」

レティシアの隣に立つものすべてを射殺さんばかりの眼力。鬼気迫る顔である。

信頼するアリーシャやフォコンですら、「真実の愛」を語る仮面舞踏会の相手として許容できなかった男に、なぜ納得できる相手が存在すると思ったのだろうか。

あれは完全に逆効果だった。

「では、行ってくる」

戦に向かうような面持ちでアリーシャと共に部屋の奥へと消えていくジルベール。

いっそ清々しいまでに彼の地雷を踏み抜き、覚悟とやる気を焚きつけてくれたフォコンには感謝しかない。もはや狙っていたのではと思えるほどだ。

完璧なアシストだった。さすがは私の小鳥――と、ご満悦のレティシアに「どうして……」と最大の功労者は力なく項垂れた。


「さて、ご気分はいかがでしょう？　ジルベール様」

待つこと数時間。

アリーシャに連れられて出てきた美しい女性の姿に、レティシアとフォコンは息を飲んだ。

（……想像以上、すぎる）

竜帝の隣に立つに相応しい、深い青のドレスを纏った妖艶の美女。長い黒髪を後ろで結わえ上げ、うなじを見せる髪形にしているため、色っぽさに拍車がかかっている。

美しさと、高貴さと、妖しさ。そのすべてが高水準で調和し、赤い瞳ですら彼女を彩る宝石のように感じられた。

もはやただ呆然と見つめることしかできない。

最近身体を鍛え始めたと言っても、まだ細身のジルベールだ。男の骨格が出る部分はファー付きのショールなどでうまく誤魔化しており、これが男性だとはにわかに信じられないほどである。

ジルベールは切なげに目を伏せた。

「コルセットの締めつけがきつすぎて内臓口から全部出る……ヒール痛い……重心がわからない。世の女性はこれを身につけているのか？　信じられない。尊敬する」

「本当にジルベール様の声がする!?」

「当たり前だろう。俺なのだからな」

美女から発せられる聞き慣れた男の声に、驚きの声を漏らすフォコン。とはいえ、レティシアも同意見だ。声と見た目のギャップが凄まじい。

フォコンはジルベールの周りをくるくる回り、改めてその完成度の高さに感嘆した。

「はぁ、すげぇしか出てこねぇや」

「こ、こら！　あまりじろじろと見ないでくれ。最高の美女になると豪語はしたが、羞恥くらいはある。それに、レティの美しさには足元にも及ばないし、竜帝様の隣では見劣りする」

「ジルベール様の平均点どこなんです？　十分お綺麗ですけど」

「レティに決まっている」

「それ100点満点中、平均200点みたいなもんですよ!?　目標設定高すぎ！」

ジルベールが扮する美女は、レティシアとはまた方向性が違う。

ただそこに在るだけで視線を集め、手を触れることすら許されない、神が作りしお人形のような
レティシア。逆にジルベールは美しい大人の女性でありながら、どこか哀愁漂い、手を伸ばして支えてあげたくなるような、妖しげな色香に満ちていた。

(人前に出していいのかこれは!?)

とっても駄目な気がする。レティシアは片手で顔を覆った。

策士策に溺れるとはまさにこのことか。下手をすると男から旦那様を守らなければいけない事態になりかねない。どんな状況だそれは。

「レティ？　やはり似合わない、だろうか？」

「大丈夫だ。安心してくれジルベール様。あなたには誰であろうと指一本触れさせません」

「え？　あ、ああ。確かに、触れられると困るからな。助かるよ」

ジルベールは深い溜息を吐いた。

果たして、レティシアの思いはちゃんと伝わっているのだろうか。

「さっきの件、謝ります。ホントすげぇや。男に見えない。何と言いますか、国の一つや二つ滅ぼしてそう」

「どういう意味だ、フォコン」

「傾国の美女、または毒婦？」

「褒めて……いないよな？」

「褒めてます。褒めてますって！」

美女ジルベールにじろりと睨まれ、フォコンは慌ててレティシアの後ろに下がった。ついでに両手を挙げて「俺は無害な小鳥です」のポーズをとる。

さすがだ。レティシアの生態をよくわかっている。

「まったく、何を言っていらっしゃるのです？　この程度で傾国の美女など、片腹痛いですわ。ただ美しいだけで傾くのならば国などほいほい潰れております」

「アリーシャさん言い方ぁ」

完璧に見えるジルベールの女装に、何故か納得がいっていない様子のアリーシャ。

彼女はジルベールの後ろへ移動すると、軽く背中を押した。

ともすれば花の綿毛すら飛ばせそうにない、ささやかな力。しかし、彼の足は限界と言わんばかりにプルプルと震えだした。まるで生まれたての小鹿だ。

確かにこれでは触れられると困るだろう。倒れてしまう。

「このような愛らしい小鹿では竜帝様のお隣に並び立つなど不可能です！　いいですか、ジルベール様。お隣はあの完全無欠の竜帝様なのですよ！」

「……はい」

「美しいは当たり前。その立ち居振る舞い、頭の先から指先に至るまで完璧な淑女でなくてはいけません。女性の嫉妬は恐ろしいものです。少しでも隙を見せれば餌食にされます。ですが大丈夫。ジルベール様ならばできます。己が一番相応しいと、見せつけるのです！」

「アリーシャ……！」

「できなければ困ります！　わたくしが！」

いったい、何のスイッチが入ってしまったのか。

懇々と美について説く姿は娼館の女主人に相応しい貫禄を漂わせている。

ただ、目の前にいるのは店の新人ではなく、この国の第二皇子。

生まれて此の方、女性の振る舞いなどしたことのないお方なのだが。頭の隅からすっぽり抜け落ちているのではと思えるほど、指導に熱が入っていた。

もっとも、「ああ」「確かに」「その通りだ」と素直に聞き入れているジルベールもジルベールであるが。

「アリーシャ嬢は凄いな。うちが雇っていたマナー講師すら舌を巻く知識量だ。しかし、竜帝は正体不明。貴族設定はない。そこまで立ち居振る舞いにうるさくなくとも……」

「そういや言ってませんでしたね。これ、ラウラちゃん情報なんですけど、アリーシャさん竜帝様の大ファンなんですって。あ、俺がバラしたってことは内緒っすよ？」

「はは、それは照れるな」

つまり竜帝のファン目線から、隣に立つなら完璧な美女であってほしいアリーシャと、竜帝レティシアの隣に立つに相応しい相手になりたいジルベール。

二人の意見が合致してしまったがゆえ、見上げるほどの目標設定になってしまった、というわけか。

「ふぅ、さすがはジルベール様です。呑み込みが早い。にわか仕込みではありますが、既に基本的な立ち居振る舞いには文句のつけどころがありません。後はやはり慣れない靴による身体のバランスですね。体幹の問題です。これはもう慣れていただくしか方法は――」

「それならば問題ないさ」

レティシアはジルベールの前に立つと、一礼して手を差し伸べた。

「お手を。旦那様をサポートするのも妻の役目。私がエスコートしよう」

「え？　わ、わ！」

ジルベールの腰に手を置き、できる限り負担がかからぬよう彼の身体を支える。

「どうだろうか、ジルベール様」

「すごく、身体が軽い。これならばなんとか動けそうだ」

「ふふ、よかった」

付け焼き刃ではあるが、様になっているのならば幸いである。

普段から女性のエスコートに慣れている——わけではもちろんなく、戦いの中で培った観察眼で、筋肉の伸縮、体重のかかり具合などを判断し、どこをどう支えれば良いのかわかるのだ。

まさかこんな場面で役立つとは。

何事も極めていて損はないらしい。

「当日は私から離れぬように。私以外にしな垂れかかっては駄目だぞ、旦那様」

「わかった。うっかりふらつかないよう気を付けよう」

「そうではない。頼るのなら、妻である私だけにしてほしいという意味だ」

「レティ……」

ジルベールの足元がふらりと揺れ、レティシアに倒れ込む。普段よりも小さく華奢になっているので受け止めるのは容易だったが、何かに躓いたのだろうか。

顔を覗き込めば「ええと……こ、こんな感じか？」と彼は顔を真っ赤にして答えた。

ぴしり、と身体が固まる。

つまりレティシアが「しな垂れかかるのならば自分に」と言ったので、練習も兼ねて実践してみたとでもいうのか。

真面目か。

いや、根は誰よりも真面目だった。知っているとも。

男を誑かす魔性の姿をしていようが、中身はしっかりジルベールのままである。

レティシアのことを一番に考え、レティシアに好かれようと努力を重ね、レティシアの願いに応えようとしてくれる。

つまるところ――。

（私の旦那様が愛らしすぎて困るのだが！）

並みの自制心ではそのまま抱きかかえてお持ち帰りだったぞ。

レティシアは自身の理性に深く感謝した。

とはいえ、感情が乱れれば乱れるほど真顔に近づくのが彼女である。真剣なまなざしでジルベールの肩を掴むその姿からは、得も言われぬ圧が感じられた。

「ずっと私の傍で他の男だろうが女だろうが視界に入れず私だけを見ていてほしい。色々と危ない気がしてきた」

「む」

「こらこら、顔が怖いぞレティ。それじゃあ仕事にならない」

「ふふ、竜帝様も拗ねた顔をするのだな。可愛い竜帝様は貴重だ。今のうちに堪能しておこうか」

「……ジルベール様」

この一連のやりとりに一切の邪念がないと誰が信じるだろう。まだ誘っていると言われた方が納得もいく。頭が良いくせに、どうしてこういうところだけ鈍感なのだ。

レティシアは腰を落としてジルベールの手を取り、手の平にキスを落とした。必ず守り抜く、という決意を込めて。


「わたくしも支えられたい……ッ！」

「うわっ！　急にどうしたのアリーシャさん！」

「羨ましすぎて全身の穴という穴から血液が吹き出そうです！」

「落ち着いてくれアリーシャさん！」

「ですが竜帝様の少年のような表情など貴重中の貴重！　役得と思えば！」

「全部声に出てるよアリーシャさん！」

店の恩人で、顔も良く、気を許した人には不器用ながらも優しい、この国の皇子様。そんなジルベールの相手に嫉妬するではなく、ジルベール本人が嫉妬される側とは。

「竜帝様、罪づくりすぎでしょ……」

ボソリと呟いたフォコンの言葉は、残念ながら仲睦まじく触れ合う夫婦の耳には届かなかった。

＊　＊　＊　＊　＊　＊　＊

スタッフの出勤時刻が近づいてきたので、レティシアとジルベールはそそくさと本来の姿に戻り、

隠れるように娼館を後にした。

軽い隠匿魔法をかけた氷竜に乗って、寝室のバルコニーに降り立つ。

部屋は静かだった。どうやら侍女に遅くなると伝えておいたことが功を奏したようだ。護衛もつけずに夜まで消息不明だろうと騒ぎにはなっていない。きっと彼女が色々と手を回してくれたのだろう。ありがたいことだ。

フォコンはというと、アリーシャの勧めで一杯飲んでくるそうなので置いてきた。

ただし――。

「お代は頂戴いたしませんので、飲んでいきませんか？」

「それ、俺が接待する側になるのでは!?」

「うちの子たちはもう耳タコって言って聞いてくれないの！　お願い！」

という会話の後、お代は無料に魅かれてうっかり頷いていたので、妖しい雰囲気には一切ならないと断言できる。

オルレシアン家では、母の愚痴という名の惚気も、父の純粋な惚気も、うんうんと律儀に聞き役に徹してきたフォコンならば、アリーシャの話も最後まで付き合えるはずだ。

レティシアは窓際に置いてあったランプに火を灯し、ジルベールに向き直った。

夜の匂いが一層濃くなる。

「さて、ジルベール様。ここにはもう私とあなたしかいない。そろそろ腹を割って話そうか」

「……なんのことだ？」

「共にあった月日はそう長くはないが、傍でずっと見続けてきた妻だぞ。それくらいわかる」

人々が息づく喧騒は遠く、虫の声がチリチリと静かに響き渡る時間帯。

バルコニーに立つジルベールの背後には、満天の星が広がっていた。

遥か先。手も触れられぬ場所で煌めく星たちは、自らの存在を誇るように力強い光を湛えていた。

しかし、そんなものすべては前座だと言わんばかりに、鮮血よりも鮮やかな瞳が闇夜に浮かび上がる。

微動だにしないその赤は、レティシアの出方をうかがっているようだった。

「言ったはずだぞ。心に留め置く感情は不要だと。なにもかも吐き出し甘えてくれ。私はそのすべてを受け入れる。できぬと言うのなら、無理やりにでも。今は、それが最良だと信じている」

慎ましく従順に。そうやってただ待っているだけでは、手遅れになることもあると知っている。

線引きは曖昧だ。けれど戦場で培ってきたすべてが訴えかける。

今すぐ、彼の抱えているものを吐き出させろ——と。

どれほど暗く淀んだ願いだろうが、旦那様の思いならば全身全霊で受け止める。準備はいつだって万全だ。不安の沼に落ちて抜け出せなくなっても、全力で引き上げる。

それがジルベール・ロスマンの妻であるレティシアの矜持だ。

「さぁ、旦那様。己の妻に好きなだけ甘えるといい」

「まったく。敵わないなぁ、キミには」

ジルベールはくすりと笑って手すりにもたれかかった。

夜風が髪を攫う。彼は鬱陶しそうに前髪を掻き上げると、瞳を伏せた。

「キミに愛されるそのために、魅力的な旦那様になればいいと思っていた。しかし、歴代の呪われた皇族の周りには、不自然な決別が散見される。もし強制的に孤独にされる呪いならば――」

すぅ、と息を吸う音が聞こえた。

「心が離れていくように仕向け、離れていかなければ物理的に消す。そんな、馬鹿馬鹿しい不安が、ずっと心から消えない。失う怖さは知っていたつもりだった。でも、幸せが怖いだなんて、キミに出会って初めて知ったんだ」

レティシアを見つめるジルベール。

だがその瞳の奥には、レティシア以外の誰かが映りこんでいる気がした。

幸せであればあるほど、失った時の喪失感は計り知れない。

彼は既に失うことを知っている人だ。

それが誰かはわからない。もしかすると兄クリストフのことかもしれない。件の事故で失う辛さを経験し、その後なにか揉め事があって心までも離れてしまったか。

レティシアは何も知らない。わからない。ただ、その人物がジルベールの心に大きな傷を作ったことだけはわかる。ゆえに、彼は必要以上に恐れるのだ。

怖い。離れていかないで。ずっと傍にいて。

名もなき亡霊に搦め捕られて身動きが取れない。

大丈夫だと、頭でわかっていても抗えない。

失う怖さを、知っているから。

「オルレシアン家に敵意が向いたのは俺のせいだ。けじめはつけたかった。だが同時に、俺の呪いがキミに向かうのが怖かった。だからキミの協力を拒んだ」

「そんなもの――」

「ああ。そんなものはないと、笑い飛ばせるほど俺が強ければ良かったんだ。でも、キミが俺に愛想を尽かして離れていく妄想が、キミの存在が消えてしまう妄想が、頭から離れなくて、怖くて、怖くて、どうしようもなくて……」

ジルベールは屈んで、レティシアの頰に手を添える。

ゆらゆらと揺れる紅色の瞳は、今にも蕩けてこぼれ落ちてきそうだった。

「絶対にいなくならないと思っていた人でも、簡単にいなくなる。レティ。キミを失ったら俺は生きていけない。だから、俺への悪意が凝縮されているこの事件には、関わってほしくなかった」

「……ジルベール様」

（そう、か。そういうことか）

ようやく合点がいった。

犯人の目的は不明。こんなことをしても金以外のメリットは思い浮かばない。むしろデメリットの方が多すぎて、通常の判断ができる人間ならば絶対に手を出さない案件だ。

けれど、他の狙いがあるならば話は別である。

ジルベールがこの事件の捜査に加わっているとは知らず、本気で陥れようとしているのならば。

あんな陳腐な噂だけではなく、彼を犯人とすべく様々な策を弄していたとすれば。

（ジルベール様のことだ。その悉《ことごと》くを潰しているだろうが。追い詰められたネズミほど何をしでかすかわからない。予期せぬアクシデントが起こる可能性もある）

最後の詰めの大舞台。

ジルベールへ向かうはずだった悪意をレティシアがすべて引き受け、そのせいで彼の隣を歩けなくなってしまったら——きっと、彼の心はいとも簡単に壊れてしまうだろう。

赤目の呪いが孤独にさせるものならば、これ以上の晴れ舞台はない。

「キミは強いから、無駄な心配だと笑うだろうけど」

「旦那様からの愛を笑うほど、落ちぶれてはいないつもりだぞ」

「……ありがとう」

赤目の皇族と親しかった者すべてが、不審な離別を遂げているわけではない。こんなもの、呪いではなくただの偶然だ。そう、鼻で笑い飛ばせれば楽だっただろうに。

（呪いの枷は、これほどまでにジルベール様の心を蝕んでいるのか）

傷つけられた心は簡単には修復しない。ふとした瞬間に不安として表面に出てくる。

不安の芽は、栄養を与えずとも勝手に花開くものだ。そのうえ、染みついた畏怖の声が満点の土壌となってしまっている。

幸せが怖いと、彼は言った。

レティシアが注いだ愛は、周囲から刻み付けられた「呪い」の言葉に搦め捕られて、それすら養分とされてしまう。

決して満たされることのない器。

この人をここまで傷つけたすべてを、恨んでしまいそうになる。

(そんなことをしても、何の意味もないとわかっているのに)

「ねぇ、レティ」

ジルベールの手が伸び、レティシアの後頭部に触れる。瞬間、ぐいと力強く引き寄せられた。

まるで自分しか目に入れるなとでも言うように、お互いの吐息が混ざり合うほどの距離。

鼻先が触れ合った。夜闇も、星の瞬きも、何も見えない。

赤い瞳だけが、世界のすべてになる。

「ジルベールさ――」

「本当はキミを隠してしまいたい。誰の目にも届かないところに、俺だけしか目に入らないようにしたい。世界がキミと俺だけになってしまえば、キミはどこにもいかないだろうか。ずっと、俺の傍にいて、俺だけを見続けてくれるだろうか」

どろりと、暗闇を凝縮した声だった。

蜂蜜に炎を移して燃え上がらせたような、甘く揺れる瞳の奥。光すら届かない深淵からあふれ出す何かがレティシアすらも搦め捕って引きずり込もうとしている。

それは不安か、恐怖か。

一度芽吹いたものは、どれだけ目を逸らそうとも、ひたひたと忍び寄り、気付けば心の奥底に棲みついている。四六時中、傍にあって離れない。

この事件が万事つつがなく終わったとしても、心が晴れることはなくじわじわと蝕まれ、いつかは身動きが取れなくなって絞殺《しめころ》される。

彼はその瞬間まで、「大丈夫だ」と誤魔化すつもりだったのだろうか。

それは、絞首台の縄を首に巻きながら平然と笑っているようなものだ。

(まったく気が付かなかったぞ。こんな状態になるまで独りで溜め込んでいたのか。どれだけ感情を隠すのがうまいんだ!)

我慢することが当たり前になりすぎて、甘え方を知らなすぎる。

まさかここまで不器用だったとは。

だが、手遅れではない。その事実にホッとする。

心が囚われているのなら、その蔓《つる》、引きちぎって解放してやればいい。真正面からぶつかるのは大得意だ。根っ子から引き抜いて、綺麗さっぱり燃やし尽くしてやろう。

心の離別も、身体の離別も、生涯あり得ぬものとして彼の心に刻み付けてみせる。

（とはいえ、その前に）

レティシアはジルベールに手を伸ばすと――

「ジルベール様」

「レティ……――ぁ痛っ!!」

渾身の力で頭突きをお見舞いした。

別に、今まで相談すらしなかったことを怒っているわけではない。自らの妻に甘えようとすら考えなかったことを怒っているわけでもない。ただちょっと力が余分に入りすぎただけだ。怒っていないとも。全然。――レティシアはにっこりと、ベル・プペーの微笑みを浮かべた。

「……レティ、痛いぞ。酷い」

じろりと恨めしそうな目で見てくるジルベール。

「酷いのはどちらだ。離れていかないかだと？　それを言うなら、出合い頭にもっと大人の女性が好きなんだと言われた私の方だと思うが？　いつ興味関心が他の女性へ移らぬか、最初はヒヤヒヤものだったぞ」

「そ、それは、もう忘れてくれ！　今の俺はレティしか目に入っていないから！」

「ああ、知っているとも」

レティシアは満足げに笑った。旦那様からの愛を疑ったことはない。

こんなにも愛されているのならば、妻冥利に尽きるというものだ。

「だからな、ジルベール様。私もそうなのだ」

「キミも？」

「今後、私の中身ごと愛する者が現れたとしても、私は決して靡《なび》かない。私が愛するのはこの先ずっとただ一人、あなただけだ。目移りなどするものか」

「……レティ」

「いつもいつも私に好かれようと頑張ってくれているが、そんなことをしなくとも私があなたを嫌いになることはない。私はね、ジルベール様。あなたが私の隣で息を吸って吐いて、呼吸をして、心臓が動いて、そうして生きていてくれるだけで幸せなのだ」

役に立たなくてもいい。頑張らなくてもいい。愛されようとしなくてもいい。ただ生きているだけでいい。

まるで母が子に向けるような無償の愛。

生まれた瞬間、彼が授かったのは祝福ではなく呪詛だった。その身体を満たすはずだった母親の愛情は呪いの言葉に。優しく触れられるはずだった手は鮮血の雨に変わった。

ならば一人くらい、それを与える者がいても良いはずだ。

レティシアはジルベールの頬に手を添える。彼の目が見開かれ、身体がビクリと震えた。

わかっている。これだけでは救いにならない。

彼は幸せが怖いと言ったのだ。

永続の愛を約束しても、しょせんはただの言葉だ。

人の心は覗けないし、永遠なんてものは存在しない。伝えるという行為は、かくも難しい。

いっそ、この心臓をくり貫いて口に押し込めばこの愛は伝わるのだろうか。なんて馬鹿なことを考えて――やめた。

できないことを考えても仕方がない。

「レティ、俺は……」

「わかっているとも。どれだけ言葉を尽くしたとしても不安は尽きぬものだ。この場ですべてを取り除いてやることができぬ不甲斐なさを許してほしい」

だから、とレティシアは目いっぱいの愛情をこめて微笑んだ。

「これから何年、何十年かけて愛を囁こう。ジルベール様は気兼ねなく不安を口にしてほしい。そのたびに、私はあなたに愛していると伝える。あなたの心が、私の愛で満たされるように。満たされた後も、ずっと伝え続けよう」

永遠がないのなら、作ればいい。

継ぎはぎだらけのパッチワークでも、振り返れば彩り鮮やかな愛の形になろう。

「時には無理やり口を割らせるかもしれんがな。今日のように」

「……本当に、キミって子は」

頬に添えられたレティシアの手に、ジルベールの手が重なる。

彼の瞳の奥に巣食っていた暗闇は綺麗さっぱり消え失せた。

けれどこれはただの応急処置。不安の芽を根元から絶やしたわけではない。

彼が本当に恐れているのはもう一つの方だ。そちらをどうにかしない限り、この先ずっと同じことの繰り返しになる。いや、あるいはもっと――。

(きっかけは、恐らくクリストフ皇太子殿下の滑落事故だろう)

どうして、不運な事故がジルベールのせいになるのか。気になって調べてみたところ、彼はジルベールの代わりに公務へ赴き、崩落に巻き込まれたのだと知った。

兄は自分の身代わりとなって落ちた。

その罪悪感は未だジルベールの中に燻り続けている。

そして今回、パーティーで投げつけられた言葉が引き金となり、レティシアが傷付く可能性を極端に恐れるようになった。

(なにが、あなたの呪いに今度はレティシア様まで巻き込むつもりですか、だ)

ただの偶発的事故すら呪いと結びつける愚かさに、どうして気付かない。どうして悪を作ろうとする。結果、誰のせいでもないのに彼は自分を責めた。

(本当に真面目で不器用な旦那様であるよ)

呪いが直接人を襲うことはない。それくらいジルベールもわかっているはずだ。

つまり。

彼のもう一つの不安――それはレティシアがいなくなり、独り取り残されることだ。

ジルベールに危害を加えようとする者はレティシアが盾となって守るうえ、竜帝として戦場に出ることも多い。何かがあるとすれば、確かにレティシアの方かもしれない。

（だが、それくらいならば――）

「では次だな。あなたが危惧するもう一つの不安だが。それは取り除いてやれる」

「え？」

レティシアは不敵に微笑んで、パチンと指を鳴らす。すると、ジルベールの護衛につけていた氷竜が姿を現した。守護特化の氷竜【トロワ】だ。

彼はジルベールの左腕に巻きついたまま、レティシアに対して頭を下げた。

「いつも護衛を頼んでいるこの子に、命令を一つ付け加えたい」

ジルベールの首筋を突けば、トロワは主人の思惑を理解し、ぐるりとそこに巻きついた。

「命令を付け加える？」

「ああ。私の命が燃え尽きる時が来たならば、即座にあなたの喉を掻き切れ――とね。許可をいただけるか？　旦那様」

平然と、まるで朝の挨拶を交わすような爽やかさで言ってのける。

だからこそ逆に、これが本気の提案なのだと否が応でも理解させられた。冗談は欠片も含まれていない。レティシアの言葉に沿ってトロワが鎌首をもたげた。

守護特化とはいえ攻撃手段くらい備えている。人の首を噛み切る程度、造作もない。

ジルベールの喉が、ごくりと上下した。

「死が二人を分かつまでなどと生ぬるいことは言わん。独りが怖いなら私が連れて逝く。生まれる時は異なれど、死ぬ時は一緒だ。天国だろうが地獄だろうが、その首根っこに縄をつけて私の傍に引き寄せよう」

絶対に、あなたを独りにはしない。

それはレティシアなりの誓いだった。

「ジルベール様、どうか私と一緒に死んでくれ。果ての果てまで共にあろう」

両手を広げる。彼がどんな選択をしたとしてもすべて受け入れるつもりだ。

これが今できる精一杯。旦那様には幸せになってほしい。その幸せがレティシアの手でしか作れないのならば、彼のすべては自分が貰う。後妻など迎えさせない。

「どうする？　ジルベール様」

「……ああ」

吐き出すような、震えた声。

それは頷きではなく、感嘆だった。

ジルベールはレティシアの腕に飛び込み、その小さく力強い身体を思い切り抱きしめた。

「ああ、よろこんで……！」

花開くような笑みとはよく言ったもの。

色鮮やかな大輪が、目の前で花を咲かせた。

その微笑みの意味は果たしてどれだろう。幸福、安堵、深愛、信頼。そのどれもが正しくて、どれもが間違っているような——言葉では到底言い尽くせぬ表情だった。

こんな独占欲丸出しの歪な誓いですら、嬉しいと頬を染めるのか。

レティシアはジルベールの頭を抱いて額をくっつけ、鼻先をすり合わせた。

「言質はとった。もう私から逃げられんぞ、ジルベール様」

「問題ない。どこへでも連れていってくれ。地獄だろうと供をするよ。俺の愛しいレティ」

愛している、とレティシアの両手を摑んで自分の頬に持っていく。

「本当に、あなたという人は」

どこまで魅了してくるのだろう。

救われたのは、なにもジルベールだけではない。レティシア自身も己のすべてを認めその愛を抱きとめてくれるこの人を、心の底から敬愛し、深く、深く、愛している。

彼がいなければ生きていけないのは、レティシアだって同じだ。

つくづく良い縁談に恵まれたと思う。

「レティは凄いな。もう、何も怖くなくなった」

「ふふ、嬉しいよ、ジルベール様。だがまぁ安心してくれ。そう簡単には死なんつもりだ。私は強い。今回の件で披露する場面があれば惜しみなくその力を振るおう。しっかり目に焼き付けてくれ。死神がいるならば、その首すら討ち取り棺桶に突っ込んでご覧に入れるさ」

「はは、キミなら本当にできそうだ」

吹っ切れた様子のジルベール。

もう彼が惑うことはないだろう。彼の心が、心臓が、レティシアの手の中にある以上、恐れるものは何もない。あるのはただ、満たされた安心感と幸福だけだ。

「さて、今日は疲れただろう？　早く風呂に入って寝よう」

「そうだな。では一緒に入るか？　旦那様」

「え!?」

バッと両手を挙げ、おもむろに後ろへ下がるジルベール。

今の今までレティシアの前で蕩けた表情を晒していたくせに、顔を真っ赤にして視線を彷徨わせる姿はまるで子犬である。大人の色気が一瞬で消え失せた。

この初々しさも彼の魅力の一つだ。

「い、いや……う、嬉しいが、それはまだ、早いんじゃないか、と思うのだが……」

「ふふ、本当に可愛いな。私の旦那様は」

「……レティ、俺をからかって遊んでいるだろう」

むっと唇を尖らせるジルベールがおかしくて、レティシアは「少しだけだよ、少しだけ」と喉を震わせた。

「まったく。あまり大人をからかうものじゃないぞ。……湯浴みの準備を頼んでくるから、先に入っておいで。その間に夕食の準備をしよう」

ジルベールはレティシアの手を引いて室内へ入り、ドアガラスを閉めると、手早く灯の魔石に光を点けていく。そして部屋を出ようとして――なぜかレティシアの傍まで戻ってきた。

「……レティ」

「ん？　どうした？　忘れ物か？」

「ああ、そうだな。忘れ物かもしれない」

レティシアの髪を愛おしげに梳き、前髪を優しくかき分ける。

そうして露わになった額に、ジルベールはそっと唇を寄せた。

先が触れ合う程度の軽いもの。ただし、愛情だけはたっぷりと込められていた。

「それじゃあ、侍女が呼びに来るまでゆっくり休んでいてくれ」

満足そうに目尻を下げ、部屋を出ていくジルベール。

忘れ物。これは忘れ物になるのだろうか。

レティシアはぼんやりとした足取りでベッドの前までやってくると、縁に腰掛け、ジルベールの唇が触れた場所を何度かぺちぺちと触った。

「……やられる側というのは、案外照れるものだな」

ほんの少し、陶器のような肌に赤みが増す。

「ふふふ！」

レティシアは隠しきれない嬉しさを微笑みに変えて、そのまま後ろに倒れ込んだ。

＊　＊　＊　＊　＊　＊　＊

夜が深まる時間帯。

クリストフは自室にてランプの明かりを頼りにペンを走らせていた。左右にはうずたかく積まれた本の山。ぺらりとページをめくり、文字の羅列に目を走らせる。

時間がまったく足りない。頭に詰め込むべき情報が多すぎる。睡眠時間を犠牲にだましだましやってはいるが、どこまで保つやら。

するとノックの音がしてドアが開いた。

返事を待たずに入ってくる人物など一人しか知らない。皇妃モルガーヌだ。金の髪に意志の強そうなペリドット色の瞳。彼女はその瞳を細めてつかつかとクリストフの横に立ち、彼の頰を撫でた。

「お勉強熱心ですね。母は嬉しいわ」

「母上」

「あら、違うでしょう？　二人きりの時は……教えたはずよ？」

「申し訳ございません。モルガーヌ様」

「ええ、あなたは良い子ね。クリストフ。さすがはわたくしの息子です」

クリストフの頭を抱きしめるモルガーヌ。

カラリ、と乾いた音がして手に持っていたペンが転がり落ちる。身体が強張るのがわかった。

「例の件、どうなったかしら？」

「……あれを人形姫などと、おっしゃる方々の気がしれません」

「ふふ。まぁ、いいでしょう。虫も殺せなそうな顔をして、あの子もオルレシアン家の者ですからね。懐柔するのは難しいと理解はしています」

落胆も、怒りもない。淡々と事実を述べる声だった。

クリストフはほっと胸を撫で下ろした。彼女の言葉は剣だ。受け答えを失敗すれば、すぐさま喉元に突きつけられる。

「まったく、陛下も困った人ですね。オルレシアン家の者を呪いの子にあてがうだなんて。余計なものまでくっついてきたではありませんか」

「やはり竜帝は――」

「十中八九、オルレシアン家所縁の者と見て良いでしょう。あの子と一緒になってから、氷の竜が邪魔をするようになりました。あの美しい魔法は竜帝のものです。彼女を守るついでに、旦那も守っているのかしら？」

「気配はすれども姿は見えず、ですか」

「うふふ、やはり竜帝の名は伊達ではありませんね。たいそう美しい男だと評判ですし、いつか晩餐に招待してみたいわ」

唇に手を当ててくすくすと笑う様は、まさに妊婦と言い表すに相応しい毒をはらんでいた。

どこまで本気なのか。腹の内がまったく読めない。さすがは現皇帝の正妻。賢妃と名高かった面影は薄れていない。

「ですが、できるだけ速やかに、呪いの子には物言わぬ身体になっていただかなくてはなりません。あの子が、口を閉ざしているうちに」

「やはり、彼は気付いていると？」

「大丈夫。大丈夫ですよ、可愛いクリストフ。母にすべて任せなさい」

モルガーヌはクリストフの顔を両手で摑み、高みからじっと見下ろす。母親の愛を語る口で、その実そこに愛など含まれていない。

あるのは歪んだ執着と、駒に対する支配だけだ。気持ちが悪い。

「彼を呪いの子だと嫌悪する派閥を扇動し、不安と不満を煽って煽って、ようやくここまで来たというのに。人形姫のおかげで遠回りも良いところですね」

「モルガーヌ様、私は……」

「問題ありません。誰も、わたくしたちの本当の目的に気付いてなどいません。あの子さえ消してしまえば、真実に気付いたものはすべて闇の中」

蛇が這うような手つきで、クリストフの頬を撫でる。

「できないはずがないわ。だってあなたはわたくしの子供。なんだって完璧にこなせます。あんな、呪いの子などよりも、ずっと……ずぅっとね」

彼女の濁った瞳は誰を映しているのか。

クリストフは力なく「はい」と頷いた。過大評価だ。何でも完璧にこなせる人間などいるものか。しかし頷かなければ面倒なことになる。真夜中にヒステリックな罵詈雑言など聞きたくはない。

彼女の厄介さは、嫌というほどこの身に沁みている。

クリストフはモルガーヌからの視線を遮るように下を向いた。

その時、何かが弾けるような「チッ」という音が静かな室内に響いた。

「あら、何の音かしら？」

「さぁ、私には聞こえませんでしたが」

「そう？」

「きっとお疲れなのですよ。もう夜更けです。どうかお身体をゆっくりお休めください」

「ええ、そうするわ。おやすみなさい、クリストフ」

「はい。おやすみなさいませ、モルガーヌ様」

ドアを開け、モルガーヌを見送るクリストフ。

彼は足音が遠ざかっていくのを確認すると、盛大に嘆息した。

「あーあ、この数年でどれだけの幸せが逃げていったのやら。……仕方がないとはいえ、息苦しいな。まぁ、だからどうだという話だが」

苛立ったように頭をガリガリと掻きむしり、もう一度舌を鳴らす。

テーブルの上に置いてあるランプが不規則に揺らめいていた。温かみのあるオレンジ色に照らされる、澄んだライムグリーンの瞳。その奥に、ちかちかと光が混ざる。

まだまだ夜は長い。

クリストフは椅子に座り直すと、ペンを握って文字を走らせた。

四　竜帝の本気

日が落ち切る前に、娼館に足を運んで準備を進める。

フォコンがいれば、たとえ隣を歩いていても竜帝だと気付かれずに会場まで辿り着けるので、今この場で着替えまで済ますつもりである。

彼の隠匿魔法の精度はレティシアの比ではない。

並みの術士ならば顔がおぼろげになり、知り合いが他人に見える程度だが、フォコンのそれは完全なる気配遮断。人が存在することすら認識できない高度なものだ。

特に竜帝は元々の存在感が人並み以上のため、夜の闇に紛れでもしない限り簡素な隠匿魔法では意味を成さない。フォコンがいるからこそ、安全に潜り込めるのだ。

「しかしアリーシャ嬢は凄いな。この短期間でよく用意できたものだ」

ふわりと靡く純白のマント。軍服を模した白の礼装。そのどれもに華美な金の刺繍が施されており、銀の髪が映えるよう小物には青の差し色が使われていた。

一目で竜帝のための衣装だとわかる。

レティシアは竜帝の姿に反転すると、用意された衣装に袖を通した。

髪のセットも終え、顔を隠すためのベネチアンマスクを持って個室から出る。

「ジルベール様の方はまだ時間がかかりそうだな」

「うっわ！　竜帝様⁉」

飛びのくフォコン。

「何を驚いている。私が着替えていたのは知っていただろう」

「ま、眩し！　ちょ、その格好で近づいてこないでください！　キラキラ三割増しで直視できません！」

「なんだ。お前でもそうなるのか。ならばこの衣装で正解だったようだな。さすがはアリーシャ嬢。あとで礼を言っておこう」

「一瞬で意識刈り取られそうなのでやめてあげてください！　距離感はちゃんと保って！」

「何を言う。彼女が私のファンだと教えてくれたのはお前だろう。私は求められたら応えるタイプだぞ。最高の対応を約束しよう」

「いやいや、人間には受け止めきれるキャパシティってもんがあるんです！　そのサービス精神はご立派ですが、今回はステイ！　ステイですよ！」

「私は犬ではないんだが」

これほど必死なフォコンは珍しい。

小鳥にここまで言われては、いくらレティシアとて引かざるを得ない。しぶしぶ頷く。

しかしそれが正解だと数十分後理解した。

ジルベールの着替えが終わり、揃って出てきた二人を出迎えるレティシア。

特別なことは何もなく、ただいつも通り胸に手を置いて一礼しただけだ。しかしアリーシャは「〜〜〜ッ！」という声にならない叫び声をあげてその場で崩れ落ち、ジルベールは固まって動けなくなってしまった。どうした。急病だろうか。

咄嗟に駆け寄ろうとしたものの、鬼の形相をしたフォコンに腕を掴まれ、一旦立ち止まる。

「フォコ――」

「竜帝様はそのまま！　一歩も動かんでください！　悪化するでしょう！」

「え？　あ、ああ……」

あまりの剣幕で一喝され、言われた通りに動きを止める。

悪化。つまり、そういうことか。

普段ならば「主に対する口のきき方ではないぞ」と言い返しているところだが、とてもそんな雰囲気ではなかった。

耳を塞いで目を閉じて、俺の後ろは絶対見ちゃ駄目です――と、まるで化物のような対応を取られるのは、なんとも居たたまれない気持ちになる。初めての体験だ。

いつもと違う点は服装のみ。仕事には実直に向き合うアリーシャですら耐え切れぬとは、竜帝にこの衣装はいったいどれほどの破壊力を有しているのだろう。

（ただ突っ立っているだけなのに、申し訳なさが凄い……）

フォコンが手早くアリーシャを別室へ避難させている間に、気を取り戻したジルベールがゆっくりと近づいてくる。

走ることは無理でも、歩く程度ならばまるで白百合の花のように優美だ。これをたった数日で身につけたというのだから、さすがとしか言いようがない。

「今日の竜帝様は一段と目が吸い寄せられるな。見慣れているはずの俺でも見惚れてしまうくらいだ。アリーシャには刺激が強かったのだろうな。しかし、竜帝様の困惑した顔はなかなか珍しい。良いものを見せてもらった」

「からかわないでくれ。どうしようもない良心の呵責に苛まれているところなのだから」

「あはは！　大丈夫大丈夫。キミは何も悪くない。アリーシャも、自分の選んだ服を竜帝様に着ていただけて喜んでいるはずさ」

「だといいのだが」

「ところで、手を貸してもらえないかい？　……既に足が限界で」

「もちろんだとも」

ジルベールを引き寄せ、身体を支える。

「……う。近づくと破壊力が増す」

「あなたをエスコートするに足る、いい男になれているだろうか」

「レティ……逆だろうそれ。キミの目には俺がどのように映っているんだ？」

「もちろん、最高に愛らしい旦那様に決まっている」

レティシアが微笑むと、途端に頬を赤く染めるジルベール。

世の大多数が美しいと褒めそやしても、たった一人に届かなくては意味がない。この反応を引き出せたのならば上々だ。竜帝として、彼の妻として、期待通りの働きができそうである。

「しかし、フォコンが戻ってくるまで身動きがとれんな」

「アリーシャを放っておくわけにもいかないからな。俺たちは作戦の確認でもしておこうか」

「念には念を、だな」

舞踏会の会場までフォコンの隠匿魔法がなければ辿り着けない。

今日の竜帝はいつも以上に人目を引く。その姿に魅了された者たちを引き連れて、仮面舞踏会の門を叩くわけにもいかない。下手をすると門前払いだ。

リュンヌ劇場の見取り図を見ながら、二人はしばらく最終チェックを行った。

＊　＊　＊　＊　＊　＊

招待状に記されている通りに、劇場内の道を進む。

フォコンの魔法で観劇に来ている客とすれ違っても、一切竜帝だと気付かれなかった。面白いくらいに存在を認知されない。おかげで騒ぎを起こさず、お目当ての場所へと辿り着けた。

「それじゃ、俺は壁を抜けて侵入しますので、後はお気を付けて」

「ああ、助かったよ。お前も気を付けてくれ」

「えへへ、ありがとうございます竜帝様！　では！」

手を振って壁の中へ消えていくフォコン。

彼の主だった役目はここまでの予定だが、念のため壁に潜んで全体の監視、雀を使って会場の様子を録画するらしい。

録画はなにかあった時のための予防策。そこからヒントを得て解決の役に立てる――などともっともらしいことを並べ立てていたが、きっと嘘だろう。

恐らくはアドルフと情報共有して、手札の一つに加えるためだ。

人をうまく動かすための交渉材料は、あればあるほど有利である。せっかく潜入できるのだから、得られるものは根こそぎいただいておこうという抜け目のなさは素晴らしい。

（本当に、敵に回せば恐ろしい人だよ）

フォコンと別れてからは人気《ひとけ》のない通路を進み、ジルベールを支えながら薄暗い地下への階段を下りていく。

（それにしても、今日は一段と迫力があるな。誰も男だとは見破れまい）

竜帝状態のレティシアに全身を預けるジルベールの姿は、男を手玉に取る術を熟知した魔性の女にしか見えない。まるでファム・ファタール。実際の彼は、レティシアが戯れに触れるだけで顔を赤くする純情な男なのだが、そんな面影はまったくなかった。

隣りに立つだけで人に言えぬ関係だと、瞬時に納得させてしまうビジュアルと佇まいはさすがの一言だ。一挙手一投足まで目が離せなくなる。

(これならば入り口で怪しまれる心配もない。が、やはり刺激が強すぎるな)

赤い瞳を隠すため、レティシアと同じベネチアンマスクではなく、黒のベールで顔を覆っているジルベールではあるが、その状態でも隠し切れない色気がだだ漏れている。

普段からレティシアの前以外では、退廃的な色気を纏っている旦那様だ。それをうまく利用し、ここまでのものに仕上げたアリーシャの手腕は見事としか言いようがない。

しかし――。

全力を出しすぎたせいで、無駄に視線を集めないかが不安である。

心配になってずっとマントで覆うように移動しているのが可笑しいのか、ジルベールはくすくすと笑った。

「レティは案外心配性だな」

「心配にならない方がおかしいと思うぞ。今日のあなたは一段と目を引く」

「竜帝様よりも？　いくらなんでもそれはない。しかし、こういうのも良いものだな。キミに強く思われているみたいで」

「みたい、ではなく思っている、だ」

「それは、……とても嬉しいな」

ベールに秘された赤い瞳がゆらりと揺れる。

ジルベールの瞳はひどく存在感が強い。ゆえに、その位置には特に色の濃い生地を使っているのだが――寄り添う距離、身長差により常に上から覗き込む形になるため、レティシアにだけはまるで内緒話のようにジルベールの表情が確認できた。

人ならざる美しさだ。気を抜けば視線が縫い止められそうである。

『竜帝様、一応連絡入れておきます。全員持ち場についていますとお伝えください』

その時、フォコンから念話が入った。どうやら地面をすり抜けてサクサク会場まで到達したらしい。本当に便利な能力だ。レティシアは耳に手を当てて「了解」と短く返す。

役者は揃った。

恐らく敵側も――。

すべてはジルベールの手のうち。全員思惑通りに動いているはずだ。

最後の段差を降りきる。レティシアはジルベールにフォコンからの情報を伝えた後、目の前に迫った扉を見上げた。

左右に灯された蠟燭の火で浮かび上がる、蔦の彫刻が施された扉。

傍らには清潔感のあるオールバックの紳士が佇んでいた。口元以外を白の仮面で隠しているため表情は読めないが、その奥から値踏みするような視線が感じられた。

彼は門番だ。噂によると、初参加の者は参加理由などの質疑応答をへて会場入りできるらしい。少しでも違和感を与えたら、この扉をくぐることは叶わない。

「招待状を拝見いたします」

事前にジルベールから手渡されていた招待状を、胸ポケットから取り出す。

「おや、本日はダヴィド伯からのご紹介が多いですな。まぁ、面白い方ばかりなので、こちらとしては問題ないのですが。それではどうぞ、心行くまでお楽しみください。歓迎いたしますよ」

察しましたと言いたげに、紳士の唇が弧の形を描く。

「初参加の者は質疑応答があると伺ったのだが」

「はっは、さすがに必要ありますまい」

朗らかに笑う。

この言い方。やはり質問時の応対で、参加者が誰なのか見抜いていると見た。

すべては無理でも、名の知れた者たちだけならば不可能ではない。

体格、輪郭、声帯——変化の魔石を警戒して癖や仕草までも頭に入れ、この集まりを潰そうと画策している者は的確に排除する。

舞踏会が問題なく続いているのは、彼の功績が大きいのだろう。

おかげで、顔を隠していようが竜帝だと一発で看破されたらしい。疑いの目が向かなくて幸いと安堵すれば良いのか、マスクの意味はと悩めばいいのか。

複雑である。

招待状を返すついでに、紳士がレティシアの傍でそっと囁いた。

「貴方ほどの方ですと、女性を連れているだけでお噂が市中を駆け巡りましょう。こういう使われ方は初めてですよ。実に面白い。ただ、真実の愛を語る集まりではありますが、貴方の魅力は空に浮かぶ月よりも人々を惑わす。どうかお気を付けなさいませ」

「忠告感謝する。だが私は何も気にしていないので問題ないよ」

「おや、そうでしたか。ならばご参加の理由は……ふふ、ごゆるりと」

紳士はジルベールを意味ありげに見つめた後、扉を開いて招き入れてくれた。十メートルほどある狭い廊下の奥に、もう一つ扉が見える。あの先が会場なのだろう。

人に知られてはならぬ関係。さりとて竜帝様との逢瀬を楽しみたい。我が儘を言ったのはジルベールの方だと勝手に解釈して納得してくれたらしい。

後ろでぱたりと扉が閉まった。

「想定はしていたが、仮面の意味を考えてしまうな。私はそんなにわかりやすいか？」

「竜帝様の魅力は別格だからな。……ふふ、そう心配せずとも彼が特別鋭かっただけさ。まぁでも、じっくり見られたらすぐにバレて混乱を生む危険性はある。最初は目立たずいこう」

「心得た。しかし、それだけの観察眼を備えていても、ジルベール様には一切気付かなかったな」

「ふふん、なかなかの美女っぷりだろう？　なんてな。竜帝様に注意がいきすぎて、俺にまで気を配れなかっただけだと思うぞ。灯台下暗しというやつさ」

　ジルベールは愉快そうに唇で弧を描いた。

　釣られてレティシアも笑みをこぼす。

「ん？　楽しそうだな、竜帝様。刺激的なデートはお好みかい？」

「あなたとのデートならば怒号飛び交う戦場だろうと楽しいさ。だが、その前に――」

　さっさと会場入りしようと扉に手をかけるジルベール。レティシアはその腕を掴んでストップをかけた。そして考えの底を探るように、頭上から紅の瞳を熟視する。

「レティ？」

「まだ、すべてを聞いていないと思ってね。あなたの完璧な計画に水を差さぬよう、目的は、すべて、詳《つまび》らかにしていただきたい」

　目的、すべて、を誇張して口にする。

　一つ、教えてもらっていない内容があったのを思い出したのだ。

「すべて、伝えた……ぞ？」

「一石三鳥、だったか？」

「……う」

「一つは国の不祥事を事前に防ぎ、ロスマン皇帝に恩が売れること。もう一つは国家調査部隊における我が兄レオンの求心力を元に戻すこと、だろう？」

「……ああ」

ジルベールは観念したのか、素直に頷いた。

「組織の役割上、力がどちらかに傾くのは好ましくない。オルレシアン家が貶められたのは俺のせいだ。俺には、レオン殿の求心力を取り戻す義務がある。レティやアドルフ殿たちは関係ないと笑ってくれたが、やはりそうとは思えない」

失脚騒動が虚偽によるものだと大半が納得した今、オルレシアン家の醜聞などすぐに回復できる。現当主アドルフの手腕は歴代の中でも上位だ。――それでも、わかっていながら責任を感じてしまうのがジルベールなのだろう。

「それで？　残りは？」

「……三つ目は、個人的なものなので、キミが気にする必要はない、と思う」

「この期に及んでまた隠し事か？」

「そ、そういうのではなく！　……ただ、少し恥ずかしい、だけだ」

「ほう？」

彼の腰を掴んで引き寄せ、逃げられぬよう固定する。

旦那様の恥ずかしい秘密。そんなことを言われたら、ますます暴きたくなってしまうではないか。

「レ、レティ！」

さすがに抵抗されたが竜帝状態の彼女は腕力も男性並み。ＳＳランクの傭兵騎士として名を馳せているのは、何も魔術の腕だけではない。

並みの抵抗など、楽々と押さえ込めてしまう。

「あれだけのことを吐き出しておいて、今更なにを恥ずかしがる？」

「それはそう、なんだが……」

「三つ目は私に関することか？」

「……ど、どうしてレティ関連だと？」

「野生の勘みたいなものさ。的中率は恐ろしいほど高いがね」

「そんな特殊能力初耳なんだが⁉」

「特殊というほど大したものではないよ」

「十分大したものだ。……ずるいぞ。勘だったら防ぎようがないじゃないか」

ジルベールは覚悟の決まった顔でレティシアを見上げ「俺の独占欲は、キミが俺に抱くよりもずっと根深くて、ドロドロしているんだ」と彼女の頬を両手で包み込んだ。

「昔は興味がなくて聞き流していたが、意識して耳を傾けてみると至るところで竜帝様の名が聞こえてくる。美しいだとか素敵だとか見惚れるだとか格好いいだとか。当たり前だ。俺のレティはこの世で最も素晴らしい。しかし、賛辞を述べるだけならばまだしも、お近づきになりたいとはどういうつもりだ。誰のものに手を出そうとしているのか骨の髄まで知らしめてやりたい。だが、キミの正体を大っぴらにはしないと決めたのは俺とオルレシアン卿。今更覆すわけにもいかない。さりとてレティと竜帝様が別人となっている今、俺の伴侶だと声高に叫ぶこともできない。まったくもって煩わしい！」

「う、うむ」

「男にも、女にだってキミを取られたくない。キミの視線の先はずっと俺だけでいてほしい。名実ともにレティは俺の伴侶なので、よほどの馬鹿ではない限り下手な輩は湧かない。だが、竜帝様は違うだろう？　俺のものに色目を使ってほしくない。キミの隣には俺がいるってわからせてやりたい。キミの髪の毛一本、爪の先まで、ぜんぶ俺のものだ」

口を挟む隙もないほどの勢いで言い切ったジルベールは、最後にぽすんとレティシアの胸に顔を埋めた。

正確には胸と言うか胸筋なのだが。そこはそれだ。

「いつか絶対、全部手に入れてやるとは思っていたが、こうしてキミが竜帝様として隣に立ってくれるなら、いい機会だな、と……思ったわけで……」

それ以上言葉を紡げないのか、急に押し黙ってしまう。

（なるほど）

正体不明の『氷の竜帝』。

彼の人気は凄まじく、小さな噂話でさえ瞬く間に広がってしまうほどである。彼がオルレシアンの人形姫だという噂が一瞬で立ち消えたのは、あまりにも荒唐無稽で信憑性が皆無ゆえ、子供の悪戯だと思われたからだ。

そのあり得ないものが真実なのだから人の心理とは面白い。

この仮面舞踏会は結ばれることのない愛する人と、一夜の夢を楽しむ場。

しかし、その仲睦まじさ、相手の美しさを見せびらかす目的で参加する者も、稀にだがいるらしい。ジルベールは彼女にそれを求めているのだ。

いくら仮面をつけていようと竜帝の存在感は絶大だ。先ほどの門番のように正体に気付く人間も出てくるだろう。一人が勘付けば後はさざ波のように動揺が拡散する。その場に居合わせた者の多くが勘付く結果となるはずだ。

かの竜帝様が女性と連れ立って、仲睦まじそうにこのような集まりに参加していた。

いくら口の堅い者でも、竜帝の恋愛ゴシップには抗えまい。ましてや彼はただの傭兵騎士。家の地位や圧力に怯える必要もない。

となれば、一瞬で広がりを見せるはずだ。

まぁ実際は、集まりに参加していると知られたくない者ばかりだろうから、街中で見かけたとか、もしくは見つかりにくい路地裏で見かけたとか、そういったものに置き換わるだろうが。

重要なのは場所ではなく『竜帝様が女性と仲睦まじく連れ立っていた』という部分なので問題は

ない。

竜帝の寵愛を受ける者がいる。

ジルベールにとって重要なのはその噂が広まることなのだろう。

彼に懸想する輩は、皆等しく諦めろ――と、正体は明かさずに存在感を植えつける。

なんともまぁ、強烈な嫉妬心だ。

レティシアは「ははは！」と軽快に笑った。

「なるほどなるほど。つまりは嫉妬と牽制か。随分可愛らしい三匹目だったわけだ」

「……本当に可愛いと思っているのか？　嫌、じゃない？　竜帝様の人気に影響を及ぼすかもしれないんだが……」

「まさか。偶像崇拝でもあるまいし、竜帝はあくまで傭兵騎士。人気の上下に意味はないさ。それに、ここまで思っていただけているのなら妻冥利に尽きるというものだ」

嬉しいよ、旦那様――可能な限りの甘さを含ませて、ジルベールの耳元で囁く。

すると彼の肩がびくりと震えた。

顔が見えないのでどんな表情をしているかはわからないが、体温が上がったのできっととんでもなく顔を赤くしていることだろう。

暴いてやりたい気持ちはあるが、離れないとばかりに身体を押しつけられているので、それは叶わない。無理やり剝がすなどあまりに不作法だ。

「れ、てぃ」

「ん？　どうした？　ジルベール様」

「……いや、その、悪いんだが、しばらく俺の腰に手を置いていてほしい、んだが……」

「より引っついていたいのか？　良いだろう。承った」

「そ、それもあるが！　……普通に腰、砕けた」

消え入るような声でそう告げたジルベールは、じろりとレティシアを見上げた。

どうやら本当に足に力が入らないらしい。

「――ふふ、本当に愛らしい旦那様だ」

自分の傍から離れられないのならば好都合。

顔を隠しているとはいえこのような姿のジルベールを、衆人の目に晒すのは好ましくないと思っていたところだ。

レティシアは片手でジルベールを支えつつ、眼前の扉にもう片方の手を添えた。

「さあ、それでは行こうか。刺激的なデートへ」

そう言った彼女の声は、どこか弾んでいた。


まるで天井から雫がこぼれ落ちるように、吊り下げられたシャンデリアのクリスタルが光を浴びてキラキラと輝く。

白亜の壁に真っ赤なカーペット。テーブルやイスもシンプルながら良い品物だ。地下でありながら薄暗さを感じさせないのは、灯の魔石が至るところに埋め込まれているためだろう。

想像していたよりも参加人数は多く、城で開催されるパーティーほどの広さがある会場では踊ったり、談笑したりしながら、銘々が好きなように楽しんでいた。

なんとも自由な場である。

扉が開いた一瞬だけは一部レティシアたちに視線が集まったが、すぐに散ったのがわかった。

「さて、どうするジル？」

「ジ!?　――ンンッ、今はまだ、大人しくしておこう」

辺りを見回すと、レティシア同様顔を隠すために仮面をつけている者が大半。しかし素顔のまま堂々と参戦している者も少なからず存在した。

仮面着用は任意とはいえ、少々意外に映る。

その時、ふいと視界の端に美しい銀髪が見切れたので首を捻った。

予想通り。

レティシアの兄、国家調査部隊長のレオン・オルレシアンだ。

肩に触れない程度の銀髪。レティシアより明るく透明感のあるスカイブルーの瞳。普段着用している軍服よりかは大分くだけた格好だが、服の上からでもわかるほどよく筋肉のついた体躯は、常日頃から鍛錬を欠かさぬ者のそれである。

美しい銀髪と言えばオルレシアン家。聞いた時はそんなものかと軽く考えていたが、仮面舞踏会という特殊な環境に身を置いた今だと納得せざるを得ない。

何と目立つことよ。

職業柄、名は通っているが、顔の方は知れ渡っているとは言い難いレオン。仮面もつけているので大きな心配はないものの、よく見知ったレティシアならば一瞬で兄だと看破できる。

(とはいえ、だ)

幸い、オルレシアン家に連なる者は少なくない。

関係者とまでは見抜けても、あの美しい男がかのレオン・オルレシアンだとはさすがにわからぬであろう。

——問題は。

レティシアは複雑な気持ちで視線を逸らした。

仕事にかまけすぎて未だ独り身のレオン。女性と連れだって現れたとしても舞踏会の趣旨には合致しない。一体全体どうやって潜り込むのかと不思議に思っていたが、あのような方法でとは。

うまい搦め手を考えたものだ。

(……まさか男性同士で参加するとはな)

レオンは周囲から投げかけられている好奇の視線に、ことごとく気付かぬふりをしてスルーを決め込んでいた。いや、本当に気付いていないのかもしれない。

なにせ仕事面では有能だが、こと恋愛面に関してはとことんポンコツな兄だ。視線の意味すら理解していない可能性もある。

レオンの肩に手を置いて、周囲を威嚇するように目を光らせているのは彼の部下だろうか。

それを恋人演技だと勘違いした兄は、仲睦まじそうに彼の胸に身体を預けた。途端に部下の背筋がピンと伸びる。

確かに禁断の恋だ。大手を振って歩くのは難しいだろう。それは認める。認めざるを得ない。だが、母の耳に入ったら大事になる未来しか見えないのだが。

(あの仕事馬鹿の兄上め。部下の性癖を捻じ曲げないかが心配だな)

レティシアはジルベールに兄と連絡を取るかと尋ねた。しかし反応が返ってこない。レティシアにしがみ付いたままじっと床を見つめている。

「ジル?」

「――ッ!　だ、駄目だ。キミに愛称で呼ばれると、なんだかくすぐったいと言うか、照れると言うか。ボーっとして頭がうまく働かない……」

「名で呼ぶのは良くないと思ったのだが、戻そうか?」

「いや!　ぜひこのままで!　なんとか平静を保とう!」

小声ではあるが、食いつくような叫びについ笑ってしまう。

すると、ジルベールの必死な様子から、痴話喧嘩が始まったと勘違いされてしまったらしい。少し注目を浴びてしまった。まずいな。視線を散らす必要がある。

レティシアは彼を抱きしめ、顔を隠しながらなんでもないとアピールした。

（大体の者は伴侶の方に視線が戻ったか。ふむ、これならば問題はないか）

「ごめん、レティ」

「いや、旦那様のフォローができて光栄だ」

下手に目立って竜帝だとバレるわけにはいかない。

しばらくはこの会場の雰囲気に溶け込んだ方がよさそうだ。

しかしレティシアが顔を上げた瞬間、レオンの視線がこちらに向いた。

彼は一瞬怪訝そうに眉を寄せたが、すぐさま幽霊でも見たかのような驚愕の表情に変わる。どうやらレティシアだと気付いたらしい。急いで念話を飛ばしてきた。

仕方がないので通話を繋げる。

『レティシア――ではなく竜帝殿ではあるが、どうしてお前がここにいる！　誰と連れ立ってこんな場所にいるんだ！　いくら仕事でも、ジルベール皇子以外の者と親しくするのは後々面倒なことになるぞ！　相手が女性であってもな！』

とてもうるさい。どうしてそんな爆音なのだ。

念話は基本的に発声して音を飛ばすことの方が多いが、思考を直接飛ばすこともできる。

オルレシアン家では必修の項目なので、レティシアやレオンはもちろんのこと、フォコンですら問題なく使用できた。ただフォコンだけは「すんごく疲れます」と言って、どうしても必要な場面以外では使おうとはしないが。

適当な音量になるよう調整しつつ、仮面を直すふりをして耳に手を当て、レオンに話しかける。

『ジルベール様から連絡があっただろう。こちらもこちらで力を貸すと』

『確かにそう伝えられた気もするが、お前が来るとは思わないだろう普通』

『色々捻じ込ませてもらったのは確かだが』

『……レティシア』

『そんなものは些末なことだ。氷の竜帝の名は伊達ではない。彼の作戦を遂行させるため、完璧な働きを約束しよう』

『いやまぁそうなんだが！　さすがの自信……はぁ、俺の部下に欲しいくらいだよ』

『私のことよりご自身の心配をされた方がいいのでは？　また結婚が遠のくと母上が泣くぞ』

先日、所用でオルレシアン家に寄った折に「レティシアですら良い旦那様と巡り合ったのに、あの子ときたら」といった愚痴を聞かされたばかりだ。

もともと女気がなさすぎて、そちらの趣味だと勘違いされがちな兄である。

当人から『おかげで怪しまれず、すんなり通されたよ』と満足げな念話が届いたが、母は泣く。確実に泣く。人のことを心配している場合ではない。

『母上も困ったものだ。この程度で躊躇していては国家調査部隊長の仕事など務まらない』

『……相変わらずだな、兄上は。私の方も問題はない。余計な心配は不要だ』

『嘘をつくな。ジルベール皇子はたとえ女性でもお前の隣を許すような人ではない』

『ああ、だから隣はそのジルベール様だ』

『は？　なに？　皇子？　誰が？』

『アリーシャ嬢の力でとても魅力的な女性に変装しているが……あまり凝視しないでくれよ。私の旦那様だ』

『待って！　悪い！　情報量が多すぎてお兄ちゃん混乱してきた！』

額に手を置き、壁にもたれかかるレオンの姿が確認できた。

(兄上にだけは言われたくないのだが)

会話がいったん中断されたと悟ったジルベールが、とんとんと人差し指で自身の耳を叩く。レオンと念話を繋いでくれということだろう。

魔力制御に長《た》けている術者は、腕を媒介にして相手と他者との念話を補佐したりもできる。当然、竜帝にとっては造作もないこと。

彼女はジルベールの耳に手を当て、兄との念話を繋いだ。

ただし、通話の補助はできても思考を飛ばす魔法は本人の技術力によるもの。魔法の才はてんでないと自虐するジルベールが、レオンと会話をするには声を使うしかない。

レティシアは彼の身体を更に深くマントで隠し、通話に気付かれぬよう擬態する。恐らくは、注目を浴びてしまった同伴者を庇うように見えているはずだ。

ぽそぽそと小声で何やら話しているようだが、聞き耳を立てる趣味はない。レオンとのやりとりはジルベールに任せておいた方が良いだろう。

それよりも――、周囲をぐるりと一通り見回し目を細める。

怪しげな取引をしようなどという人物は一切見当たらない。

さて、ここからどう見つけ出して現場を押さえるのか。

レティシアがジルベールへと視線を落としたその時、彼は小さな声で「レティ」と彼女の名を呼んだ。

「作戦が決まったのか？」

「ああ。実はキミの協力が得られるとわかった時から考えていた策があるんだ。竜帝様の魅力を存分に利用させていただこうと思う。協力してくれるんだろう？」

「愛おしい旦那様のためならば、なんなりと」

「ありがとう。なら――」

ジルベールは身体を伸ばし、レティシアの耳に作戦の概要を囁く。

しかし、その内容は意外なもので、彼女は目を見開いた。

「それは……会場が混乱しないか？」

「使い方次第さ。タイミングを見計らえば、その混乱は味方となる。相手に与えてやればいいんだよ、隙を。施しだと知らず、ノコノコ乗ってきたところを潰す。――さぁ、レティ。この会場にいる者すべて、俺たちの手の平で踊ってもらおうじゃないか」

ベールの奥で、赤い瞳が楽しげに細められた。

面白い。レティシアは頷いて、自身の仮面に手を置いた。

犯人の目星はついているとしても、レティシアのように仮面で顔を隠したり、ジルベールのように体型や性別まで偽られたらお手上げである。

何度も開催されているこの仮面舞踏会。愛おしい相手や過去開催の折に懇意となった同士へプレゼントを渡している者たちも多い。紛れ込まれたら厄介だ。

ゆえに、ここぞというタイミングで竜帝の顔を出し、視線をこちらへ集める。

会場中の目がただ一人に注がれれば、向こうはチャンスだと思うだろう。だが、チャンスなのはこちらも同じ。取引のタイミングを誘導し、その時に人だかりから離れた場所にいる者を調査部隊が警戒する。

つまり竜帝の役目は対象者を絞り込むこと。

問題は。

(竜帝の求心力は、舞踏会の趣旨すら破壊する――とジルベール様はお考えなのか)

ここは真実の愛を求める仮面舞踏会。

目の前にいる者が運命のお相手だ。そんな愛しい存在よりも竜帝の方に興味を抱かせ、虜にし、その魅力で会場中の視線を奪う。まるで愛に酔っている恋人同士の間に割って入り、双方を口説き落とせと命じられたようなものだ。

（なかなかの無理難題だが、求められたのならば応えねばな。まぁ、隣にジルベール様がいる以上口説き落とすのは無理だろうが、興味関心を抱かせるだけならば……竜帝の付加価値を考えればできないこともない、か）

レティシアは不敵な笑みを浮かべた。

竜帝の姿も、振る舞いも、人々を魅了するために使ったことは一度もない。ただ求められるがままに戦場に立ち、敵を屠ってきただけだ。それでこの人気。ならば、その竜帝が人々の目を惹きつけるために動くとすれば――どうなるのか。

ベル・プペーとは少々勝手が違うかもしれないが、視線の集め方ならば熟知している。

呑気に参加している者たちならば釣られてこちらへ寄ってくるだろう。内気な者は遠巻きに、しかし視線だけはこちらを向くはずだ。

逆に、よからぬことを考えている者は彼の視界に入らぬよう距離を取る。傭兵騎士として活躍する『氷の竜帝』は、悪人にとって天敵と言えるからだ。

とはいえ、彼はあくまで傭兵騎士。国に属している騎士ではない。

受ける依頼は魔獣の討伐が主で、潜入捜査は専門外に等しい。非常に臆病で神経質な犯人といえど、捜査の手が伸びていると気付いていない現状では、怖気づいて逃げ出すことはないだろう。

それに、隣に仲睦まじい女性の存在があるならば、まず間違いなく一般参加者と判断される。

後のことはすべて国家調査部隊に任せておけばいい。

一度でも失敗すれば逃げられる。

間違えましたは許されない。

レオンに視線を送ると力強く頷き返された。兄ならば万事つつがなく事が運ぶはずだ。

「私の責任重大だな」

「この場でキミに興味を抱かない者などいないさ。竜帝様は美しい。男も、女も、キミに釘づけさ。何か他の目的がない限りは、ね。……まぁ、複雑ではあるけれど」

「ふふ、ならばあなたの期待に応え、会場中の視線を釘づけにしてみせよう」

「普通で問題ないからな？　色気は乗せなくて良いからな？」

「おや、それは残念だ。ついでにあなたももっと魅了してやろうと思ったのに」

「……これ以上は色々保たない」

クスクスと笑いながら会場に視線を戻す。

タイミングはジルベールが判断してくれる。

この中から見つけだすことは不可能でも、相手の経歴や性格、過去の行動、その他様々な思考パターンから計算し、奴が会場入りする時間や、焦れてくるタイミングなど、おおよその算段はつくらしい。

（頭が良すぎて他人の行動が見える、とは。一種の魔法みたいなものだな）

当事者によれば頭の中を丸裸にされる感覚だとか。

一度スナック感覚で「じゃあ俺の思考や行動を読んでみてください！」とジルベールに持ちかけたフォコンが、「怖い！　怖い！　なんで全部筒抜けなんです!?」と青白い顔をしているのを見かけたことがある。

その割には、レティシアの行動に一喜一憂しているのは実に不思議であるが。

「竜帝様」

「ん？　今か？」

「ああ。そろそろ痺れを切らしてくる頃だ。絶対に乗ってくる。頼んだ」

「任された」

こそこそと内緒話をする体《てい》で顔を近づける。

こうしておけば同伴者にねだられて、と言い訳が立ち、急に仮面を剝ぎ取っても違和感を覚えられにくいだろう。

「俺の、俺だけの竜帝様だと、見せつけてやれる日が来るなんてね」

「ふふ、ならば存分にイチャイチャしようか」

レティシアはレオンに目配せすると仮面に手を添える。

さて、準備は整った。

ジルベールが求めるのならば、妻としてそのすべてを完璧に遂行する。

だから全員見惚れるといい。最高の竜帝を演じて見せよう。

仮面を外し、数名の視線がこちらへ引き寄せられたところで、さらりと横目で流し見る。

瞬間、ざわりと空気が震えた。動揺が拡散する。まるで池に落ちた水滴が波紋を広げるかのごとくだ。着実に、それは広がっていく。

このざわめきこそが計画スタートの合図。

レティシアは周囲の喧騒など気にしないと言いたげに髪を掻き上げた。すると黄色い悲鳴――だけではなく、野太い悲鳴すらもあちらこちらから上がる。

「……やりすぎないでくれって言ったのに」

「この程度でか？」

「もっと自覚を持ってくれ」

竜帝に抱きついて自分のものだと周囲を威嚇するジルベール。

これはこれで愛らしいのだが、仮面を外した理由を怪しまれかねない。見せびらかしたいとねだったのはジルベールという設定だ。焦りは禁物。どしんと構えていてもらわねば。

レティシアは彼の願い通り、自身の美しいパートナーを誇るよう腰を抱き、顔を引き寄せて頬に口づけた。

それだけで、会場のざわめきが一層強くなる。

「もっと余裕を持って、竜帝は自分のものだと周囲に見せつけるといい。嫉妬など必要ない。私の身体も心も、すべてあなたに捧げているよ、ジル」

「――ッ、わ、わかっている、が……」

「演技だなんだと肩肘を張らなくていい。思うまま、望むままに、私を求めろ。私はそのすべてに応えてみせる」

このパーティーに参加した目的は、人目をはばからず竜帝との逢瀬を楽しむため。仮面を外させたのは竜帝の寵愛を注がれている者の存在を知ってもらうため。――そういう設定ではあるが、事実、間違ってはいまい。これは演技であって演技ではない。

最後まで秘されていた彼の目論み通り、竜帝とのただならぬ噂を広めたいのであれば、照れも威嚇も必要ないはずだ。

胸を張って堂々と、自分のものだと見せつければいい。

「言ったな。とことんイチャイチャしてやるぞ」

「望むところだ。あなたのお好きなように」

ジルベールの手が伸びて、レティシアの頬を撫でる。そしてそのまま顎に移動して、猫を撫でるようにこそこそと動いた。

「……これはイチャイチャというより、ペットでは？」

ジルベールの唇が弧を描く。楽しんでいるな。

少し焚きつけすぎたかもしれない。この負けず嫌いめ。喧嘩を売ってどうする。

何をしても許してもらえる、自分こそが竜帝様に最も相応しい女――の演技を完璧にこなし、邪《よこしま》な心を持って近づきたい者たちの心を折るつもりらしい。

作戦的には視線を惹きつけ、こちらに人を集める予定なのだが。

(仕方がない。竜帝の付加価値を信じるか。とりあえず後は兄上に任せればよし。このまま周囲の視線を惹きつけつつ、少しずれたイチャイチャを決行するジルベール様を見守り続けるのもまた楽し――)

「竜帝様?」

「……――気のせいだ」

さすがはジルベール。こちらの思惑などお見通しのようである。

「まぁ、今のところ問題はない。このまま行くぞ、ジル」

「頼りにしているよ、竜帝様」

作戦通り、会場中の視線は竜帝に注がれていた。

こんなところにいるはずもない人物。しかも、すべてが謎に包まれている『氷の竜帝』が目の前に美しい女性と連れだって現れたのだ。

気にならない方が難しい。

光を反射してキラキラと輝く銀の髪。涼やかな青い瞳。すらりと背が高く、しかしほどよく筋肉のついた美しい体軀は多くの者を魅惑する。それに加えＳＳランク傭兵騎士としての確かな実力が参加者たちの視線を釘付けにしていた。

傭兵騎士はコネクションさえあれば、個別に仕事を依頼することができる。

ほとんどの者はそういった依頼を受けているのだが、竜帝はまずコネクションを取る方法から不明。今ここでお近づきにならなければ今後チャンスは回ってこないだろう。

彼に依頼したい者は多い。見目の美しさはもちろん、そういった希少性も含めて彼に接触を試みる者は必ずいる。

予想通り、ふらふらと一人の男が吸い寄せられてきた。

それからは早かった。まるで光に群がる蛾のように、我先にと人々が押し寄せ、二人の周りには一瞬にして人だかりができた。

「初めまして、竜帝様！　お噂はかねがね」

「お隣の方とは、いったいどのようなご関係で？」

「おやおや、このような場でそれは不躾では？　それよりも、趣旨からは外れますが、お仕事の話とか、ご興味ありませんか？」

「いやいや、それならばまず私と！」

同伴者がいるにもかかわらず、多くの者が魅了されたかのように竜帝しか目に入っていない。

これでは相手が怒るのではと心配したが、相手も相手で竜帝に目を奪われているので問題はなさそうだ。

（ジルベール様の牽制が効いてなおこれとは。確かにやりすぎたかもしれんな）

四方八方から声をかけられるが、すべてに完璧な対応をして受け流す。

この程度、造作もない。ベル・プペーと持てはやされ、毎度注目の的となっていた経験が活きた。

竜帝と話がしたいばかりに人ごみをかき分け突進してくる者や、ジルベールに妬いて引き剝がそうと画策してくる者もいたが、まるでダンスを踊るかのようにするすると空きスペースを作り、害が及ばぬようエスコートする。

さすがは竜帝様――気付いたギャラリーから「おお」と小さな歓声が上がるほど、流麗な動きだった。もちろん、愛しの旦那様に危害を加えようなどという輩に優しくしてやる義理はないとばかりに一睨みのオプション付きである。

そんな底冷えする視線に「すみませんでした！」と泣きながら輪を去る者数名。

それ以後、無謀な行いをする者はいなくなった。

「……手慣れてないか？」

拗ねたような声色で耳打ちしてくるジルベール。

「慣れているわけではないよ。戦闘時によくやる手法を応用しただけだ。視線や身体の向きを把握し、相手の出方を読み、手の動きや目の動きで誘導、希望通りの行動を取らせて優位をとる。一般人相手ならば尚のこと容易いさ」

「なんだいそれ……。もう、嫉妬する隙すら与えないなんてずるいぞ」

「ん？　嫉妬したいのか？」

「そ、そんなわけ――」

その瞬間、ジルベールの台詞をかき消すように「発見！　現場は押さえた！　確保――！」という声が上がった。同時にいくつかの扉が開け放たれ、レオンの部下たちが雪崩《なだ》れ込んでくる。

会場は一時騒然となった。

とはいえ、さすがはレオン率いる国家調査部隊。流れるような手際でこの場を掌握し、参加者たちの混乱も手早く鎮めていく。そしてレティシアたちのもとにも、レオンの部下らしき人物数名が事情を説明しに走り寄ってきた。

「申し訳ございませんが、この場に留まっていては危険です。どうか退避をお願いいたします」

「君たちは何者だ！　ここは趣味の集い。何人たりとも我々を断罪し、捜査対象とすることは許されない！　所属を言いたまえ！」

「責任者の方、でしょうか？　あの、お耳を拝借しても？」

「なに？」

入口から慌てて走り寄ってきた紳士が、彼らの胸ぐらを掴まんばかりの剣幕でまくしたてる。男の怒りももっともであるが、しかし彼らは一切動じることなく男へ耳打ちした。

魔石流出の件を話しているのだろう。

恐らく、彼こそが伯爵ですら口を挟ませなかったこの仮面舞踏会の責任者。有力貴族で間違いないはずだ。本来ならば軽々しく捜査内容を口にすべきではないが、彼を味方につけておくと後々有利に働くとの判断だろう。

しばらくは眉間に皺を寄せていた男だが、話が進むにつれてだんだんと顔が青ざめていくのがわかった。

最終的には額に手を置いて「最悪だな」とため息交じりに言い放つ。

「この場にいる方々を共犯者だとは思っておりません。どのような顔を見たとしても、すぐさま忘れるようにと通達が来ております。我々は皆様の意向を存分に尊重するつもりです。ご安心くださいませ。どうか、ご協力を」

「……はぁ、まったくなんてことだ。わかった。そういうことならばこちらも協力は惜しまない。この場にいる者を逃がすだけで良いのか？　紛れ込まれる心配は？」

「その点は問題ないと」

「はぁ。あれもこれも、ダヴィド伯の紹介はすべて仕込みだったというわけか。この私を体《てい》よく使うとはな。バックについているのはオルレシアン卿か？　しかし、いくらアドルフでも取り調べを行わずに、この中から容疑者すべてを洗い出すなど……」

男は竜帝へと視線を移し、そして傍に侍っているジルベールを確認するなり「あ」と声を上げた。

「待て。まさか——まさか、隣にいるのは！　……くそ。やられたやられた！　この私が見抜けぬとはな！　ああわかった、いいだろう！　後はすべてお前たちに任せる。私は私のやるべきことをしよう！」

パンパンと手を叩いて自身に注目を集めると、説明を交えつつ手慣れた様子で参加者たちを退避させていく。

もたつくのなら手伝おうかと思っていたが、なんとも見事な手腕である。

ぞろぞろと出口へ向かう者たちの波と同化して、レティシアたちの傍にやってきた男は、竜帝——ではなく、ジルベールの耳元に顔を近づけると「やってくれましたね」と声をかけた。

「竜帝殿はその髪からオルレシアン家所縁の者だとの噂もある。奥方からの伝手でしょうが、まさかここまでやるとは思いませんでしたよ。この借りは必ず」

「恩義の方だろうな？」

「ハハ、それはもちろん。あんな取引を見過ごしたとあれば大問題だ。また、ご挨拶にお伺いいたしますよ。後のことはどうか」

「ああ、任された。なに、レオン殿に竜帝様もいるのだ。万が一にも失敗はない。大船に乗ったつもりで構えていればいいさ」

「……随分、竜帝様と仲がよろしいようで」

男は愉快そうに喉を鳴らしたが、これ以上ここへ留まっているのは得策ではないと判断したのだろう。軽い会釈を残して、レオンの部下たちのもとへ向かった。

「上流貴族だという点しかわからないからな、逃げずに協力してもらえるのならありがたい」

「あなたでも見抜けないのか」

「何人か候補はいるが、これという決定打がない。もしかするとまったく違う人物なのかも。擬態がうますぎてお手上げさ。はぁ、今回の敵があぁいうタイプじゃなくて良かったよ。……ところで竜帝様。あの男と向こうの男、留め置いてくれ」

「うん？　あれだな。了解した」

ジルベールの指示通り、少し肩肘を強張らせていた男二人に氷竜を飛ばして壁に磔にする。手に持っていた紙袋が滑り落ち、プレゼントらしき箱が中から飛び出てきた。

ただし、プレゼントにしてはなんとも重量感のある落下音である。

中身はきっと魔石だろう。

なるほど。確かに随分と臆病な黒幕らしい。

二人ほど先遣隊をやって、張り込みがいないことを確認してから本命の大取引に移行する。通常の捜査であったならば引っかかっていたかもしれないが、残念だ。

ジルベールの頭脳が、それしきのこと見破れぬはずもない。

「目星は付けていたのだな」

「まぁね。俺たちが捕まえたのでは意味がないだろう？　最初の二名は放っておくようレオン殿にも通達しておいたし、そこまでお膳立てすれば、かの国家調査部隊長様がしくじることはない」

「オルレシアン家のレオンの手柄になるからこそ意味がある、か。ありがとう」

「礼を言うならば俺の方だ」

「謙虚だな、あなたは」

レティシア以外には冷静な対応が多いため、情の薄い人物のように思われがちだが、その実、懐に入れた者には深い愛情をもって接するのがジルベールという人だ。

頭が良くて、情に厚く、責任感が強すぎるがゆえ、なんでも一人で抱え込む。

そして、甘えたがりのくせに、肝心なところで甘え下手。

彼のことを知れば知るほど、底なしの沼にはまって抜け出せなくなっていく気がする。いいや。すでにもう抜け出せない。

言葉では言い尽くせないほど、彼のすべてが愛おしい。

「あなたの婚約者候補、私以外に手を挙げる者がいなくて良かったと、つくづく思うよ」

「同感だ。二人以上いたら、キミを選ぶことはなかっただろうし」

「なっ……んだと？　やはり大人の女性が好みなのか……？」

「だからそれはもう忘れてくれ！　あのオルレシアン公爵家の、引く手あまたと有名だったベル・プペーだぞ。絶対に何か裏があると思うだろう、普通」

「いや、裏と言えば裏で間違いないのだが」

「ああいう裏ならば大歓迎だ。本当のレティシア・オルレシアンに出会った時の心の震えを凌駕するものは、きっとこの先存在しない。ある意味での一目惚れだな」

ジルベールは自身のすべてを預けるように、レティシアにもたれかかった。

(私の旦那様が愛らしすぎて理性が死ぬぞ！)

犯人が確保されたのならば、竜帝の仕事も終わりのはずだ。

さっさとレティシアの姿に戻って、溶けるまでジルベールを甘やかしてやりたい。

そう思って彼の腰に手を置いた。——しかし、その甘い考えは、部屋全体を震わせる轟音と「隊長！」というレオンの部下たちの声にかき消された。

「何事だ？」

「くっ、やはり奥の手を隠していたか」

ジルベールが低く唸った。

参加者は既に室外へ退避済み。

広く開けた視界に飛び込んできたのは、大柄の男にレオンが吹き飛ばされる光景だった。

あのままでは壁と激突する。急ぎ地面を蹴り、兄を後ろから抱きとめた。

「——ッ、すま、ない」

「無理に立ち上がろうとするな。その右手、随分腫れている。剣は握れんだろう」

レティシアは小さな氷竜を呼び出すと、レオンの右手に巻きつける。

「腫れなら一時間ほど。折れていれば一日はかかる。すまんな、氷漬けにするのは得意だが回復魔法はてんで才能がない」

「はは、そもそも回復魔法の使い手は非常に稀だと説明した方がいいかな？」

「こんなものただの児戯だ。本物の回復術者には鼻で笑われるよ」

痛みに顔をしかめるレオンに対し「後は任せておけ」と告げ、前を見据える。

仮面を被り、仕立ての良い服を隙なく着込んだ男性――恐らくはこの事件の犯人。そして彼を守るようにして立ち塞がる大柄の男が、遠くからこちらを睨みつけていた。

筋骨隆々。凶悪な顔つき。一般人ならば姿を見ただけで逃げ出すであろう圧を纏っている。

こんな目立つ男、見逃すはずもないが。

変化の魔石を使用していたのならば、参加者たちに溶け込んでいてもおかしくはない。

さすがは魔石を密輸しようとしているだけある。多少希少な程度では問題なく用意できるというわけか。

男の周囲にはレオンの部下たちが転がっている。

命に別状がなさそうなのは幸いであるが、あの男を押さえるのは難しそうだ。立っている者は数名。包囲が瓦解するのにそう時間はかからないだろう。

慣れない靴でたどたどしく走り寄ってきたジルベールと、苦痛に顔を歪めているレオンを背に隠し、するりと目を細める。

「彼はアルバン。手練《てだ》れだ。気を付けろ、レティシア」

「アルバン？　聞き覚えがあるな」

「耳にしたことくらいはあるのだろう。お前が『氷の竜帝』として台頭する前に、ＳＳランクの一人として君臨していた傭兵騎士だ。竜帝様と違って評判はすこぶる悪かったけれどね。普通は高ランク帯ほど礼儀正しい者が多いはずなのだが、彼だけは異質だった」

「ほぅ。確かに下品な顔をしている」

「お前と顔を合わせる間もなく、どこかに引き抜かれたと噂になっていたが。どうやら奴の飼い犬になっていたらしい」

レオンの解説に頷いてジルベールの方を見やる。

彼はまったく動じていなかった。

「ふむ、想定の範囲内というわけだな。ならば良し。私が片付けよう」

足元から氷竜を数体呼び出し、臨戦態勢を取らせる。

国家調査部隊の者たちはそれなりに戦闘面も優秀だが基本は隠密行動。純粋な力比べならば傭兵騎士の上位者には及ばない。ここは竜帝の出番である。

レティシアは一歩歩みを進める。――と、ジルベールがマントの裾を摑んだ。

「ジルベール様？」

「どれだけ綿密に策を練ろうと、たった一人で戦局を覆せる万夫不当《ばんぷふとう》の英傑。ああいうの、困るんだよな。純粋な力の前には頭脳なんて紙切れ同然と言われているみたいで。しかし、今の俺にはキミがいる。……レオン殿のことは俺に任せてくれ。頼んだぞ、レティ」

頼んだ。まるで魔法の言葉だ。

彼のその言葉だけでどこまでも強くなれる気がする。

「ふふ、死神の首すら取ってくると約束したものな」

レティシアはマントを脱ぐとジルベールの身体にかけて微笑んだ。

そしてジルベールにつけていた守護特化の氷竜【トロワ】を顕現させ、二人の護衛をするよう命じる。トロワは即座に自分の仕事を理解したようで、二人の傍に侍ると「いってらっしゃいませ」と言わんばかりに頭を垂れた。

「そういえば、ジルベール様には竜帝の戦い方を存分に見てもらったことがなかったな」

「守備力の高さなら、よく知ってはいるんだが」

「そんなもの私の一部でしかないさ」

よし、作戦変更だ。ただの勝利では面白味がない。竜帝の戦い方を存分に見せつけ、惚れ直してもらうことにしよう――レティシアは呼び出した攻撃用の氷竜をすべてひっこめ、襟元を少し緩めた。

これほど好戦的な気分になったのは初めてだ。彼には己が妻の強さを目に焼き付けてもらわなければならない。もう何も心配はいらないと、見惚れるほどに。

「さて、出撃するか」

コツン、コツン、と静かな部屋にかかとを叩く音が響く。

「今日はとっておきフルコースだ。おいでカートル。久しぶりに君たちの出番といこう」

レティシアはパチン、と指を鳴らした。すると足元から普段の何倍も巨大な氷竜が八体出現し、その首を大きく伸ばして部屋を掌握する。

レティシアが使役する氷竜の中でも最大の攻撃力を誇る【カートル】を中心に、戦闘に特化した八体。

一切の戯れなしに即刻押し潰す構えだ。

涼やかなサファイアブルーの瞳が、今は獲物を狩る捕食者のように爛々と輝いている。

「氷の竜帝本領発揮だ。覚悟はいいか？」

「ワハハハハ！　噂の竜帝様とお手合わせ願えるとはな！　いいだろう、その鼻っ柱へし折ってやりたいと思っていたところだ。さぁどけどけ！　邪魔だ！」

アルバンは臨戦態勢の彼を見て高らかに笑った。そして足元に転がっている男たちを壁に向かって投げていく。

(すでに立ち上がれぬというのに、更にダメージを与える気か馬鹿者め)

レティシアはカートルたちに命じて男たちを優しくキャッチさせ、ゆっくりと壁際に落とした。

「おや、お優しいことで」

「君が雑すぎるだけだ。こんなのがSSランクだったとはね。何故傭兵騎士がただの傭兵ではなく騎士と称されているのか、理解していないと見える。入れ替わりで良かったよ。同類と思われたくはない」

「まさか騎士の誇りを持てとでも？　笑わせる。誇りで飯が食えるかよ。そんなものはそこいらの犬にでも食わせてしまえ」

わははは、とアルバンは下品な笑い声を響かせた。

随分と余裕のある表情だ。

「万が一ここを突破できたとしてもお前たちの存在は割れている。普通ならば逃げきれんと諦めるものだろうが、亡命の手筈でも整っているのか？」

「こんな大それたことをしでかすんだ。それくらい準備しておくってもんだろう。馬鹿じゃねぇンだから。つっても本当なら国の混乱を肴《さかな》に悠々と出ていく予定だったんだがな。何事も筋書き通りとはいかんものだ。まぁ、竜帝様を倒して箔をつけてからというのも悪くはねぇ」

「はは、冗談にしては寒すぎる。この場を氷漬けにする気が？　はた迷惑な。仕方がない。私が喜劇に変えてやろう。一瞬で終わらせる」

カートルが首を伸ばし、子供一人分の背丈はあろう大きな頭をすりすりと寄せてきた。久しぶりの呼び出しに喜び勇んでいるのがよくわかる。

敵を物言わぬ氷像にするのは簡単だが、レオンには国家調査部隊長の立場として吐かせたいことが山ほどあるはず。やりすぎないよう注意せねば。

「おっと、強く出たものだ。ところで竜帝様、貴殿は追い詰められた人間がどのような手に出るかはご存じで？」

「ほう、更に奥の手を用意していると？」

「そういうことだ」

アルバンが振り向く。すると彼の雇い主——犯人の男が懐から十数個の石を取り出し、地面に叩きつけた。親指の一節《ひとふし》ほどの小さな黒い魔石。バリバリと雷のような墨染めの閃光を纏ったそれは、地面と接触した瞬間、一斉に閃光を撒き散らした。

（閃光石？　いや、違う。あれは——）

カートルが咄嗟に盾になってくれたおかげで、光が収まった後も目に異常はない。

レティシアは瞼を数回瞬かせて、前方を見据えた。

男の周囲に、姿見すら飲み込むほどの巨大な黒い穴がいくつも出現している。あの魔石は恐らく魔封じの石。捕まえた魔獣を一時的に使役できる希少なものだ。

漆黒の雷電が鳴り響く中から、大量の魔獣たちが顔を覗かせている。

レティシアは呆れたように肩をすくめた。

「まさかこんなものまで用意しているとは。さすがに驚いたよ。国境近くに巣食っていた大量の魔獣消失事件。あれも君たちの仕業か？」

「だとしたら？」

「手間が省けて丁度いい」

もともと竜帝に討伐協力依頼が出される直前で立ち消えたものだ。この場でまとめて一網打尽にできるのならば「手間が省けて丁度いい」以外の感想など出てこない。

普段の余裕を一切崩さない竜帝。

その様子に男は苛立ちのこもった視線を投げつけてきた。

「丁度いいだと？　強がりもここまでくると滑稽だな。この量の魔獣とアルバンの相手、さすがの竜帝様でも手に負えまい！　いつまでその涼しい顔が続くか、見ものだな！」

「おや、私に勝つつもりでいるのか。はは、面白い。見ての通り一対多は大得意だ。特に今日は格好をつけたい気分なのでね」

レティシアは両手を広げた。

カートルを中心に、八体の巨大な氷竜がその動きに合わせて鎌首をもたげる。

「私の本気は少々過激だ。頑張ってついておいで。……できるものなら、な」

ぐいと髪を掻き上げる。

見開かれたサファイアブルーの瞳は、絶対的強者の輝きを宿していた。

「おいおいおいおいおい！　なんだあれは！」

主催者の男がジルベールたちに走り寄ってくる。

真実の愛を謳った仮面舞踏会のはずが、最高ランクを冠した傭兵騎士同士の戦いに、巨大な八体の氷竜、果ては大量の魔獣出現イベントへ変貌ときたものだ。男の反応ももっともである。

ジルベールはちらりと彼を横目で見ると、興味なさげに視線を戻した。

竜帝様の活躍を特等席で見られるのだ。他のことに構っている暇はない。

「聞いているのか!?」

「魔封じの石だな。かく乱目的だろう」

「冷静！　冷静すぎるだろう！　あんなのが全部解き放たれてみろ、全滅だぞ！」

「ところで卿はどうしてこちらへ？」

「話聞いてるぅ!?」

「聞いている聞いている。で？」

「竜帝様の竜が守っているのだろう。俺も守ってくれ！」

彼は尊大に腕を組んで言い放った。

さっさと逃げていれば良かったのに。律儀なのか傲慢なのかわからない男である。

二人の守護を担当していたトロワが、困ったようにジルベールの頬にすり寄ってきた。

彼が受けている命令は「ジルベールとレオンを守ること」だ。戦闘モードの竜帝に指示を仰ぎに行くわけにもいかず、ジルベールに助けを求めてきたらしい。

「可哀想に。困らせるなよ。俺たちの後ろにいれば、それ以上攻撃が飛んでくることはない。これならば竜帝様の命令通りだ。問題はないか？」

ジルベールの提案にトロワはうんうんと頷いてジルベールたちの前に立った。

フォコンの雀も可愛らしいが、竜帝様の氷竜も愛らしい姿を見せてくれることがままある。特にトロワは常日頃からジルベールの守護を担当しているので、随分心を許してくれているらしい。

「ジルベール様、例の罠を発動させますか？」

「例の罠？」

男が首をかしげる。

「パーティーの装飾に紛れていくつか魔石を仕込んである。逃走用に使われるだろう通路にも捕縛用のものをな」

「発動すれば、そこそこえげつないことになりますね。生き残れるかは五分五分でしょう。できれば会話のできる状態で捕らえたかったのですが」

「お前たち、勝手になんてことを……」

失礼な。勝手にではない。地上の劇場には被害が及ばないという誓約付きで、館長からも許可を貰っている。ただ、できれば使いたくないのはジルベールも一緒だ。

ホールに仕掛けられている魔石を発動させるのは、本当の最終手段だと考えている。

今は、その時ではない。

「ご指示をいただければ、竜帝様には即下がってもらうよう連絡を入れますが」

「時期尚早だ、レオン殿」

「ですが、いくらレ……いえ、竜帝様とてあの数は」

「竜帝様は負けない。誰が相手でも。どんな状況でも。死神すらその首刈り取って棺桶にぶち込むとのたまったくらいだ。ほら見るといい、あの笑顔。男から見ても格好いいだろう？」

満面の笑みを浮かべるジルベールに、トロワも満足そうに頷いていた。

ここ場における決定権は国家調査部隊長であるレオンが握っている。彼の独断でも魔石の発動は可能だ。しかし、竜帝が勝つと信じて疑わないジルベールの様子に、耳に置いていた手を下ろす。そして諦めたように胡坐をかいた。観客に徹する構えだ。

ジルベールは非道な決断ができない臆病者ではない。むしろ合理的だと考えたら躊躇なく「吹き飛ばせ」と命じる男だ。

彼が時期尚早だと断じるのならば、事実そうなのだろう。

「は、はは……お二人ともご冗談を。本気であの数に勝てるとでも？　だとしたら化物だ」

「竜帝様は自分の力を見誤るような子ではない。勝つさ。見ているといい」

「――……随分と、信用されているのですね」

「ああ」

ジルベールは頷いた。

こうやって戦場に立つ竜帝の背中は強く逞しく――美しかった。

彼が負ける姿など想像できない。不思議なものだ。レティシアを巻き込むことを、あれほど恐れていたというのに。今はもう、何も怖くない。

「世界一、信用しているとも」

その声はどこまでも優しく、信愛に満ちていた。


体積が少ないがゆえか。

一足先に暗闇から抜け出た小型の魔獣たちが、我先にと襲いかかってきた。

レティシアはそれを指先一つで凍らせていく。思った通り、一個体としての強さは下の下だ。こんなもの、いくら集まったところで敵ではない。顔の周りを飛ぶ蠅程度。

少し鬱陶しくは感じるが、それだけだ。

問題は、アルバンの出方だが――。

「さぁ、正々堂々勝負だな、竜帝様」

「どの口が言う」

「勝てば官軍、負ければ賊軍というだろう？」

「ふむ。勝った者が正義。実にわかりやすくて良いな。ちまちまと相手にするのは面倒だと思っていたところだ。とにもかくにも勝てば良い。シンプルかつベストだ」

「痴れごとを！」

アルバンが地面を蹴りあげる。

戦闘開始だ。

「案ずるな。約束は守る。ちゃんと喜劇に変えてやるさ」

一瞬でな。

レティシアはほくそ笑んだ。

その瞬間――パキン、と世界が凍る音がして部屋の半分が氷に覆われる。

「……ふぅ」

それは、果たして勝負と言えたのだろうか。

レティシアの吐き出した息が白い靄となって宙を流れ、伏せられた睫毛が白磁の肌に艶やかな影を落とす。壁やテーブル、料理に酒、地面に転がる魔石やゲートの穴すら凍らせ、外に出ようとしていた魔獣は氷漬けとなって粉々に砕け散った。

いつの間に仕掛けたのか。魔封じの石には細い氷柱が刺さっており、一つの例外なく真ん中からぱっくりと割れただの石と化していた。

魔獣は息絶える時、黒い煙となって消えていく。

後に残ったのは、光を浴びてキラキラと輝く氷の欠片だけ。

氷竜を従え、氷点下の世界に君臨するその様は、まさしく竜帝と呼ぶに相応しい貫禄を湛えていた。

「勝てば官軍、だったか」

くつくつと喉を震わせる。

氷漬けにされた会場と同時に、アルバンの手足すらも氷の枷に閉じ込めたレティシアは、不敵な笑みを浮かべながら、逃れようともがく彼の傍まで優雅に歩み寄った。そして「あまり無理をしてはいけない。使い物にならなくなるぞ」と凍える声で忠告する。

「ま、待て！　こんなのは卑怯――」

「卑怯？　どの口が言う？　君たちに比べたら驚くほど正々堂々戦ったと思うが？　まぁ、もっともこれは勝負ではないのだが」

そしてそのまま氷竜を身体に巻きつけ、呆然と見守る国家調査部隊員の前に投げ捨てる。

ああ、そうだとも。これは勝負などではない。

旦那様に最強を望まれた。ただ、それだけのこと。

さて、残るは元凶の処理だが。

アルバンと同じく手足を凍らせ動けなくさせておいた男に近づく。彼は逃げようとしたのか地面に転がっていた。随分無茶をする。

「ぐ、ぅ」

「私の氷からは逃れられはせんよ。詰み、というやつだ。観念するのだな。言い分くらいは聞いてやってもいいが、どうする？」

「つい先日まで国家調査部隊が動いている様子はなかった。いや、正確に言うならば私の周辺を嗅ぎまわっている形跡はなかった。だというのにこの手際の良さ。そして竜帝の助力。すべて計算済みと言わんばかりだ。……何者だ」

その目はレティシアを通り抜け、その先を睨みつけていた。

カツン、とヒールで地面を叩く音が背後から響く。誰か、など尋ねなくともわかる。

レティシアはゆっくりと振り向いた。

「どうだった？　私の本気は」

ベールの下。唯一隠れていない唇が、妖艶に弧を描いた。

ご満足いただけたようで何よりだ。

レティシアは彼が氷に足をとられぬよう一部溶かし、目的地までの道を作った。

「お前は……お前は、いったい何者なんだ！」

バタバタと身体をくねらせる男。

竜帝の氷はただの氷ではない。どんな力自慢であろうともヒビすら入れられぬ強度を誇っている。

逃げられはせんと言ったばかりなのに、頭から抜け落ちているのだろうか。

手足が使い物にならなくなっても知らないぞ、とレティシアは呆れた。

ジルベールはしゃがんで彼の顎を掴み、上を向かせる。

「あんなに熱く見つめ合ったというのに、もう忘れてしまったのか？」

「この声、おとこ？　いや、まて……聞き覚えが……か、顔を……」

「仮面舞踏会で顔を晒せだなんて、随分とはしたないお願いだな。そんなに見たいなら剝いでみるかい？　なんて、その状態では無理だものな。ふふ、貸しだぞ」

ジルベールは見せつけるようにゆっくりとベールを脱ぎ去った。

「別に、この場でなら隠す必要もない。ほら、どうぞ。ご期待に沿えたかい？」

「――――ッ！」

呪われた赤い瞳。

姿形が違っても、その目を見ただけで彼が誰だかわかる。目の前にいるのがあのロスマン帝国第二皇子ジルベールだと気付いて、男の目がまんまるに見開かれた。

「どうした、ぽかんと口を開けて。キミが見たいと言ったんじゃないか」

「ジルベール・ロスマンッ！」

「さて、次はキミの番だ。ああ、虫のように這いずることしかできないのでは仮面も外せないか。これも貸しだぞ。永遠に返せないだろうがな」

愉快そうに男の仮面に指を添え、一息に剝ぎ取る。

宙を舞った仮面は、氷の上に落ちてカランと乾いた音を立てた。

「久しぶりだな。殿下のパーティー以来だろうか」

驚きも何もない。一切の表情を変えず、凍えるような冷たさで言い放つ。

くすんだ茶髪に、ヘーゼル色の瞳。オズウェル伯爵家の長子、ローランだ。クリストフの祝賀パーティーにも参加し、レティシアとジルベールの不仲説を声高に叫んでいたのは記憶に新しい。

彼だと気付いていたら手心など加えなかったものを――レティシアの眉間に皺が寄った。

「は、ははっ」

「随分楽しそうだな。縛られるのが好きなのか？」

「馬鹿を言わないでいただきたい。この状況で笑うなという方が土台無理な話。あのジルベール・ロスマンが国を守るなどお笑い種にもほどがある。本来はあなたがこちら側でしょう？　せっかく相応しい地位をプレゼントして差し上げようと思いましたのに。余計な真似をしてくれた」

「謙遜するなよ。地べたを這うならキミの方がお似合いじゃないか。惜しむらくは、ここが磨き抜かれた美しい床だということだな。もっと薄汚く、泥まみれの方が相応しい。とても残念だ」

ああでも、と愉悦に歪んだ笑みを浮かべるジルベール。

「鏡のように反射してその情けない顔が綺麗に映るのは良い点だな。ほうら、よく見てみろよ。とってもお似合いだ」

「貴、様ァ！」

「先達の築いた功績に胡坐をかいて偉ぶっている伯爵子息風情が粋がるなよ。頭が高いぞ。しっかりと頭を垂れろ、売国奴め」

ジルベールは立ち上がり、ローランの頭をヒールの爪先でぐりぐりと踏みつけた。

もはやどちらが悪人かわからない光景だ。ジルベールがあのように怒りを露わにするのを初めて見た。彼らの間にはレティシアですら気付かぬ確執があるのだろうか。

ローランは必死に首を動かして、下からジルベールを睨みつけた。

その視線を受けて、ジルベールの赤い瞳がより一層蔑むように細まる。

「おいおい。中を覗こうとするなよ、変態」

「ふ、ふざけるなよ！　この呪われた皇子め！」

「ははは！　馬鹿の一つ覚えみたいにそれしか言えないのか？　随分貧相な語彙だな。ああ、失礼。語彙だけではなく顔も貧相だったな」

「はぁ？　誰が貧相だ。そもそも変態ならお前の方だろう！　そんな格好！」

「すぐに男だと見破れなかったくせによく言う。どうだ？　俺は綺麗かい？　なんてな。ははは！　女性は愛されると美しくなると言うが、男だってそうさ。レティは俺に、この身を食らうほどの愛情を注いでくれる」

ジルベールは右手で自らの首を撫で、ぞっとするような美しい笑みを浮かべた。

食らうとは文字通りだ。レティシアが敗れる時、彼女の氷竜はジルベールの喉へ食らいつき、一緒に連れていくと約束した。

食われる喉こそ愛の証。死後すら離れぬという誓いの場所だ。

「ところでキミ、結婚のご予定は？　ぜひ呼んでくれよ。妻と一緒に参列しよう」

「――ッ、なッ、ぐ！」

(キレッキレだな。言葉の切れ味が鋭すぎて、レオン兄上ですらドン引きしているぞ。あまりの哀れさに怒りが引っ込むなど、初めての経験だ)

レティシアからの愛で「呪い」の呪縛から解き放たれたジルベール。

今の彼に舌戦で敵う者がいるとしたら、アドルフくらいのものであろう。もちろん、彼がレティシアの父である贔屓目込みだ。赤の他人であったならば、もはや敵なし。無敵である。

遠回しな嫌味でじわじわといたぶり、直接的な表現で頭を押さえつける。相手の弱点を的確に攻めて心を折っていくやり方は、見事としか言いようがない。

「さて、キミをいたぶるのはここまでにして。そろそろ本題に入ろうか」

「本題？」

ジルベールの提案に、ローランは訝しげに眉を寄せた。

「ああ。この魔石密輸事件？は一応、ついでだったんでね」

「なんだと？」

「この間のオルレシアン家失脚騒動の折、キミは裏で色々画策していただろう？　なかなかうまくやったみたいで、引っ張るには少々弱い証拠しか出なかった。ならば別の案件で引っ張り、まとめて吐かせればいいだけだと思ったのさ。しかし、今回は随分と感情的に動いてくれて助かったよ。

――おかげで楽にキミを潰せた」

ローランは何も言わず、ただ唇を噛んでジルベールを睨んでいる。

彼がオルレシアン家の失脚を目論んだ。そんな馬鹿な。

寝耳に水の事態に思わずレオンの方を見る。しかしレオンも与り知らぬ内容だったらしく、驚きつつも首を横に振っていた。

なぜだ。オズウェル伯爵家とオルレシアン公爵家は魔石の取引などで懇意にしており、比較的良好な関係を築いていたはずだ。恨まれる筋合いなどないし、かの家がジルベールを呪いの子だと危惧する派閥に属しているという噂も耳にしたことがない。

(わからん。この事件とオルレシアン家失脚騒動。……家の事情は関係なく、ただ個人的にジルベール様とオルレシアン家に恨みがあったとでもいうのか?)

混乱するレティシアたちをよそに、ジルベールは話を続ける。

「キミは言ったな。ジルベール・ロスマンが国を守るなどお笑い種だと。その通りだ。だが、オルレシアン家の――レティのためならば別だ。今回の件を解決できれば、妻の家に手を出した馬鹿が白日の下に晒され、レオン殿の株も持ち直せる。至れり尽くせりだったわけさ」

そこまで言い切ると、ジルベールはローランの頭から足をどけた。

汚れを払うようにスカートの裾を叩いて皺を伸ばす。

「レティを害しようとした者に容赦はしない。さぁ、聞かせてもらおうか。どうしてオルレシアン家に仇なした」

「……めろ」

「ん？」

「レティシア様を気安く呼ぶのはもうやめろ!!」

ため込んだ怒りが限界値を越えたのか。突如ローランが激昂する。手足を拘束されながらもバタバタと醜く足掻くその姿は、羽をもがれた虫のようだった。

ジルベールを睨みつける目は黒く淀んでいる。

「ずっと、ずっと昔からレティシア様のことをお慕いしていた。何度も何度もオルレシアン卿にレティシア様との婚約を願い出た。しかしいつも首を振られた。君では力不足だと。もっと金を稼げればいいのか、もっと家の力が増せばいいのか！　必死で、認められようと、頑張ったのに……お前がすべて、奪っていった！　しかも、美しく可憐な彼女にあのような仕打ちを――！」

ペッ、とローランの口から何かが吐き出される。

黒い石。魔封じの石だ。まだ隠し持っていたのか。

「チッ！」

閃光と共に開かれた門からの攻撃を、トロワが張った氷の盾が防ぐ。

レティシアは急ぎ氷柱を投げて石を破壊し、ジルベールを後ろへ隠した。

「ふざけた真似を！　貴様の言い分は何一つ理解できない。レティシアを慕っていただと？　ならばなぜオルレシアン家への攻撃に力を貸した。普通は逆だろう」

「決まっている。オルレシアン家の力を削ぐためだ。あの家を弱体化させ、魔石の件を呪いの皇子に押しつければ、全部、全部うまくいくはずだったんだ！　なのに、一つ目の作戦は失敗した！　こいつのせいで！　ああ、それでも――それでも！　この件だけは成功させなければいけなかった！　彼女は呪われた皇子のもとで苦しい思いをしている。そこへ私が手を差し伸べればきっと、私の方に靡いてくれたはずなんだ！　私は彼女を助けたかった！」

（助けたかった、だと？）

レティシアは頭を抱えたくなった。

オルレシアン家を失脚にまで追い込み、ジルベールを魔石密輸の犯人に仕立て上げ、にっちもさっちもいかなくなったところに、ローランが「助けに来た」と手を伸ばす――そういう筋書きだったのだろうか。

たとえオルレシアン家失脚が失敗に終わっても、ジルベールさえ消えればレティシアを助けた自分が夫の座に収まると。

マッチポンプにもほどがある。

何が苦しい思いをしているだ。馬鹿馬鹿しい。頼んでもいないのに「助けた」とは何事か。そんなもの、手を伸ばされた時点でふざけるなと手首を捻って投げ飛ばしている。

――いいや、その程度では甘すぎる。愛おしい旦那様に危害を加えた張本人に、与えてやる慈悲などない。怒りに震えるレティシア。しかし、それは彼女だけではなかった。

「レティを助けたかった、だって……？」

底冷えのする声が、背後から発せられた。

ジルベールはレティシアを押しのけ、ダン、と怒り任せに地面を踏みつけた。ヒールの切っ先が男の顔をかすめる。頬が切れ、赤い雫がしたたり落ちた。

「ではなにか？　貴様はこんな穴だらけの稚拙な、作戦とも言えぬものに俺の妻を巻き込むつもりだったと？　事件を起こした理由は彼女を手に入れるため。責任のすべてを彼女に押しつけ、自分は正義の味方気取りか？　反吐が出る」

「違う！　私は彼女を助けるために――」

「それが押しつけだと言っている。正義の仮面を被りたいのなら最後まで被り通せよ、みっともない。すべて自分の意思、これが最適だと判断したからだと胸を張ることもできぬ男に、彼女が靡くはずがない。さすが義父上。よくわかっていらっしゃる。貴様などにレティシアは勿体ない」

ローランとは違って激昂はしない。ただ静かに、降り積もる雪のようにしんしんと、その怒りを募らせていく。

ゆえに恐ろしかった。レティシアですら口を挟めない迫力がある。

「この計画が万が一うまくいったとして、どうやって彼女を幸せにするつもりだったんだ。国は荒れ、安全などどこにもなくなる」

「決まっている。一緒に逃げれば良い。亡命の手筈は整っていたし、俺の地位も約束されていた。俺と彼女が一緒にいることのできない国に、留まる必要はないんだよ」

「本当に彼女のガワ以外何も見ていないのだな」

道端に落ちたゴミを憐れむような、酷く冷めた瞳で見下ろす。

「レティシアは泥船だろうと最期まで抗い続ける生粋の戦士だぞ。そんな薄汚れた手など振り払うに決まっている。お前は彼女の高潔さを知らなすぎる」

（……ジルベール様）

信頼と親愛の籠った言葉に、心が温かくなる。

ジルベールはレティシアのすべてを理解してくれている。彼の言う通りだ。仮にこの馬鹿げた計画が成功して国が惑ったとしても、母国を捨てるなどあり得ない。ジルベールの隣ならばどこへでも歩いていける。泥船だって愛の船だ。途中で降りたりなどしない。

ジルベールを、家族を、国民を、国を守るため、前線に立って抗おう。

（まったく。惚れ直させられたのは、私の方かもしれんな）

「は、ははは！　戦士？　あの可憐で美しいベル・プペーが？　笑わせる。それともなんだ？　呪われた皇子が、レティシア様の本質を理解し大切にしているというアピールか？　残念ながら、もうそのような嘘には騙されない！」

「勝手に言っていろ」

「言っておきますが、あの件に関わっていたのは私だけではない。私とて駒の一部。すべてはあの方が仕組んだこと。まだ何も終わっていない」

「そうか」

「――ッ、今回のこと、彼女に知られないといいですねぇ？　フリだとしても、一切隠しきれておりませんでしたよ。あなたの竜帝様への態度は到底ただの友人同士には見えませんでした」

（あの方？）

後ろで大人しく聞いていたレティシアの耳がぴくりと動く。

しかし彼女の反応とは逆にジルベールは静かに目を閉じて「もういい」と言った。その声には諦めと怒りが滲んでいる。よくもまあ最後の最後まで自分が正しいと信じ込み、ジルベールの神経を逆撫でする言葉ばかり紡げるものだとため息しか出ない。

「口を塞いで転がしておいてくれ。後は調査部隊に任せよう」

ジルベールの言葉に無言で頷くレティシア。

けれど竜帝の正体を知らぬ者から見れば、夫婦仲を疑われる事態に繋がるのか。それは面白くない。不愉快だ。彼女は男の顔をじっと見つめた。

「おや、竜帝様。申し訳ございませんが、いくらお美しかろうと私が愛しているのはレティシア様のみ。ジルベール皇子みたくあなたの魅力に囚われたりはいたしませんよ」

「誰が貴殿など口説くものか。私が生涯愛を囁くのは旦那様だけだ」

「旦那様、ね。ですがその旦那様には既に奥方様がいらっしゃる。それくらいわかっておいででしょう？」

「ハハ！　面白いことを言う」

ローランの蔑むような声色に、自然と笑いが漏れた。

「何もわかっていないのは貴殿の方だろう？」

「私が何をわかっていないと言うのです？」

「何もかもだ。そもそもレティシアがジルベール様を愛していない前提で話を進めること自体がおかしい。他人の心は覗けない。好き勝手に捏造するのはやめたまえ。迷惑だ」

「捏造ではない！　あのようにパーティーで何も口にできないなど酷い束縛だ。私は彼女を守りたかっただけだ！」

また「守りたい」か。まるで魔法の言葉だ。彼の根底を支えている、独りよがりな魔法の呪文。

このままジルベールの言葉通り口を塞いで国家調査部隊に投げ渡してもいいが、それでは腹の虫が治まらない。レティシアは彼にわからせてやりたくなった。

「なるほど、確かに酷い押しつけだ。いや、押し付けがましいと言うべきかもしれんが。君はそれを正義だと謳うのか？」

「そうだとも！　私の行為はすべて彼女のために――」

「違うな。君のそれは正義ではなく思い込みだ。自らの中でそうだと決めつけ、勝手に義憤に駆られたにすぎない。愛の形は人それぞれだ。一方的な愛の押しつけは醜いのではなかったか？」

「だから思い込みなどでは――……待て。なぜ、その言葉を」

一方的な愛の押しつけは醜い。それはローランがクリストフの祝賀パーティーで口にした言葉だ。あの場にいた者しか知りえない。レティシアがわざわざその言葉を選んだ意味を、彼はちゃんと理解していた。

頭の動きは鈍くないらしい。ならば好都合。

ローランがジルベールへ抱く怒りも、嫉妬も、恨みも、憎悪も――そして、レティシアという人形姫への偶像崇拝も、すべてひっくるめて叩き壊そう。後に残るのは憧れへの残骸だ。

それがきっと、彼にとって一番の罰になる。

レティシアは指にはめた反転の魔導具へ唇を落とすと「まず前提が間違っているんだよ」とローランの耳元で囁いた。瑠璃色の石が、存在を主張するかのように輝く。

「魔石の取引に関与しているならば、この意味わかるだろう？」

「意味だと？　なにを言って……ん？　その指輪の石、魔導具か。その魔法陣は……まさか、オルレシアン家に伝わる反転の魔導――……反転？」

ローランの目が見開き、絶望がこもった視線を向けられる。

「やはり頭は悪くないらしいな」

「いや、いやいやいやいやいや、待て！　そんな、そんな馬鹿な話！　あるわけがない！　だってあの噂は――」

「これがすべての違和感を繋ぐ最後のピースだ。ようやく点と線が繋がっただろう？　君が言う、可憐なベル・プペーなど幻想。どこにもいなかったんだよ。君の行動はただの独り相撲。見ないふりはもうやめたまえ。私は、私の旦那様を世界一愛おしいと思っている」

「う、嘘……だ、……貴女、は……」

答えは出た。

レティシアは否定も肯定もしない。必要がないからだ。謝罪で許される期間はとっくに過ぎ去ってしまった。彼に待ち受けているのは極刑のみ。もう誰も助けてやれない。

立ち上がって遥か高みからローランを見下ろす。最後に残った一欠片の希望すら粉々に打ち砕こう。それが、せめてものはなむけだ。

「馬鹿なことをしたものだ。さようなら、ローラン殿。……実に残念だよ」

「ア、アァ、アアアアアアアァァァ！」

ホール全体に響くほどの絶叫。壊れたからくり人形のようにただ叫び続ける彼の身体を、氷竜に命じて拘束する。既に、逃げる気力もないだろうが。

これで一件落着だ。

パン、と手を叩くと部屋を覆っていた氷は瞬く間に砕け散って元の美しいホールへ戻った。キラキラと落ちてくる氷の欠片。レティシアは深く息を吐いて、髪を搔き上げた。

(少し、溜飲は下がったかな)

振り向くとレオンたち国家調査部隊員たちは疲れの見える顔でぐったりしていたが、ジルベールだけは「お疲れ様」と晴れ晴れとした笑みを浮かべていた。

＊　＊　＊　＊　＊　＊

レオンの判断で、後始末は国家調査部隊が担当することとなり、レティシアとジルベールは城へ帰るよう促された。残っていてもできることはない。

最初こそジルベールが「事の顚末を把握しておきたい」と渋ったものの、ホールの壁から雀が顔を出しているのに気付き、仕方がないと引き下がった。

フォコンは実に優秀な密偵である。

羽を使って敬礼ポーズをする雀を背に、二人はリュンヌ劇場を後にした。

「さて、一件落着だな」

「……ジルベール様」

娼館に寄って着替えを済ませ、自室のバルコニーに降り立ったレティシアは、ジルベールを見上げた。紅の瞳が、優しげに細められる。

「まさかと思うが、既に事の全貌を把握しているのではないか？」

「さて、なんのことかな」

「あなたの命を狙っている者に、心当たりがおありなのだろう？」

あの方が仕組んだ、というローランの言葉に彼は眉一つ動かさなかった。当然と言えば当然である。一伯爵家の子息にすぎない彼がジルベールの暗殺を目論み、オルレシアン家を排除しようとするわけがない。彼も唆された一人。そして、そのことを深く追及しなかったのは、既に犯人が誰なのか目星がついているからだ。

でなければどんな手を使ってでも吐き出させていたはず。

そうだな、とジルベールは切なげに目を伏せた。

「暴いても誰も幸せにならない真実ならば、俺はすべてに目を瞑る――そう、思っていたんだが。この目も、俺自身も、何もかも気に食わないらしい。……さすがに潮時だな」

手すりに摑まり、夜空を見上げる。

濃紺の絨毯の上に散らばった、大小さまざまな輝きたち。まさに今にも落ちてきそうな満天の星だった。「いい加減、向き合えってことか」そう呟いた声は、まるで星に問いかけているかのような、一抹の寂しさが含まれていた。

「レティ、明日の夜、ちょっと出かけてくるよ。二人きりで話したい人がいる」

「それは構わないが、また一人で抱え込むわけではないだろうな？」

「大丈夫。そもそも一人で何かしでかすような人ではないから危険はないはずだ。トロワもいるしな。全部終わったらちゃんとキミに報告する。だから、信じてほしい」

そうまで言われてしまっては二の句が継げなくなる。

本当に困った旦那様だ。レティシアは渋々頷いた。

「もし、俺の話術が下手で面倒事が増える結果になったらすまない。これからもキミの力を頼りにしていいかい？　ずっと傍にいて俺を守ってくれるって……自惚れていいんだよな？」

「この命ある限りあなたを守り続けると、そう誓ったはずだ。どんな相手だって、あなたを傷つけようとする者には容赦はせん。好きなだけ頼って、甘えてくれ」

「ありがとう。愛しているよ。俺だけのレティ」

甘えてくれの言葉通りレティシアの身体をぎゅっと抱きしめ、頬に口づけを落としてくる。

温かな体温。レティシアからの愛は恥ずかしがるくせに、惜しみない愛を注ぐ方は照れの一つもないのはなぜだろう。

触れ合う肌のぬくもりは、生きていることを実感させてくれる。安心感と心地よさで、微睡の海に沈んでしまいそうだ。しかし、レティシアには譲れぬものがあった。

「ところでジルベール様。あちらの愛もたくさんいただきたいのだが」

「ん？　ああそうだな。確かにお腹がすいたな。よし、待っていてくれ。今美味しいものをたくさん――」

　言葉を遮るように、両手を伸ばす。

「うん？」

「私も手伝いたい」

「ちなみにレティ、包丁を握ったことは？」

「ない」

　きっぱりはっきり言い切る。

　ないとも。これでも公爵令嬢だ。包丁を握ったこともなければ、厨房に入ったこともない。剣ならば多少扱えるが、同じ刃物でも使用用途がまったく違う。それでも今は、ただ待っていることが耐え切れなかった。

　片時も離れたくない。ずっと、傍にいたい。

　ジルベールは笑ってレティシアを抱きかかえると、嬉しそうに頬ずりをした。

「あはは、仕方がないなぁ。それじゃあ一緒に頑張ろう」

「足手まといにならぬよう、善処する」

「キミが作ったものならば、たとえ真っ黒な物体でも美味しくいただくよ」

「……それは、さすがに食べないでくれ」

　ジルベールならば焼きすぎてカチカチになった物体でも「刺激的で美味しい」と言うだろうし、

どこをどう間違ったのかわからないぶよぶよの物体が現れたとしても「もちぷるだな」と全肯定して食べてしまいそうな気がする。腹を壊すぞ。

レティシアはとりあえず食べられるもの、という第一目標を掲げて頑張ることにした。彼の言うことをよく聞き、指示通りに動けば悲惨な結末にはならないはずだ。たぶん。

「では、二人きりの祝賀会をしよう」

上機嫌のジルベール。

レティシアは彼に寄り添い、愛おしそうに目を細める。

今日は過ごしやすい夜だ。

髪をすり抜けていく夜風に、優しく撫でられているような気がした。

五 真実

たった一人で生きてきた。

捨てられた理由は知らない。興味もない。でも必要ならば手元に置いておくはずだ。要らないから捨てられた。結局、結論は一つだ。どうでもいいけれど。

だから、本当の母親だと、あなたのことをずっと探していたと言われてもピンとこなかった。

今更母親なんて必要ない。差し伸べられた手を払うことも考えたが、それ以上にこの女は利用できると思った。どうせ向こうも同じ腹積もりだ。

伸ばされた手は幻想で、囁く言葉は悪魔の嘘だと知っていても、この手を取る以外の選択肢などなかった。

さぁ、ゲーム開始だ。ここからは狸の化かし合い。

このクソったれた世界に、ほんの少しでも光が差し込むのであれば。泣きながら腐ったパンを頬張る、俺みたいな子供がこの世から消えるのであれば。

薄汚れた道化でも、王子様になれると証明してやる。

誰でもない。

自分自身に、そう誓ったのだ――。


それは、月の綺麗な晩だった。

危うくも儚げに輝く月光が、窓から一斉に室内へと注ぎ込まれ、辺りを青白く照らす。その光を受けた城内の廊下は薄ぼんやりとだが輪郭の片鱗を浮かび上がらせ、なんとも言えない幻想的な空間を創り出していた。

クリストフは立ち止まって窓越しに空を見上げる。

そんな時、背後から気配を感じた。

曲がり角の奥。闇を濃縮したような暗がりの中から赤い瞳が二つ、こちらを覗いている。

暗闇すらはね除け煌々と輝くそれは、人ならざるものだと言われても納得してしまいそうなほど美しく、不気味な色をしていた。

「こんばんは、クリストフ殿下」

「ジル、ベール……」

穏やかな顔をしていた。

それゆえに、台本を読んでいるかのような感情のこもっていない声色が胸をざわつかせる。

「今日はお願いに来たんだ」

「お願い、とは？」

「そろそろ嫌がらせをやめてほしくてね」

思わず息を飲む。心臓に鋭い一撃を受けた気分だ。

自分自身でも動揺しているのがよくわかった。ゆえに抑え込む。悟られてはいけない。クリストフは深く息を吐いた。

「何のことだか、わからないな」

「取り繕わなくて良い。わかっている。そんなに俺が兄様と呼ばないのが気に食わないのか？」

「では、ようやく呼んでくれるのかい？　兄様と」

「俺の兄様は、兄様だけだ。そんなこと、あなたが一番よくわかっているはずだ」

真っ直ぐ、突き刺すような視線に射貫かれて、クリストフは諦めの混じった息を吐き出した。

「……そう、だな」

さすがにもう、誤魔化しきれないか。

いつか、こんな日が来ることを予見していた。

クリストフが生きているとの報告を受け、「兄様！」と血相を変えて病室に飛び込んできたジルベール。そんな彼に、ただ視線を合わせて、微笑んで、「ジルベール」と声をかけただけだ。クリストフならそうすると知っていた。正しい判断だった。間違いなどなかったと言い切れる。

しかし彼は、目を見開いて固まった。

そして、今にも泣き出しそうな震えた声で「無事のご帰還、おめでとうございます。クリストフ殿下」と頭を下げて足早に出ていったのだ。

ああ、気付かれている——と悟った。

間違いなど、なかったはずだ。

声も、顔も、仕草も、なにもかもを実母モルガーヌから叩き込まれた彼は、完璧な皇太子クリストフだったはずだ。

「やはり、最初から気付いていたんだな」

「まず睫毛の長さと鼻の傾きが少し兄様と違う。髪質も……あなたの方がほんの少し堅めじゃないか？　仕草でいうなら、驚いた時の眉の上がり幅が一ミリほど違うし、考え事をしている時は耳たぶの裏を触るんじゃなくて摘まんでいたんだよ、あれ」

「ははは！　それはそれは、恐れ入るよ。側近より、実母より、ほどよい距離を保っていた弟の方が、よく見ていたなんてね。それとも、その目の力かな？」

紅の瞳に手を伸ばす。

するとジルベールの首に巻きついていたらしい氷竜が姿を現し、クリストフを牽制した。

竜帝の魔法生物。やはり裏で繋がっていたか。本人が傍におらずとも他者を圧倒する威圧感は健在だ。氷竜一匹でこれなのだから、竜帝本体の強さは如何ほどのものだろう。

慌ててひっこめた手を握りしめる。

勝てる見込みはゼロだ。彼一人ならば一瞬で制圧できたが、竜帝様の氷竜とやり合う気はない。負け戦だとわかっていながら向かっていくのは馬鹿のすることだ。

ジルベールは未だ威嚇の姿勢を崩さない氷竜をよしよしとなだめ、頭部にキスを落として大人しくさせた。驚くほど慣れた手つきだ。

氷竜をまるで犬猫のように扱うとは、恐ろしい奴め。

ジルベールの視線がクリストフに戻る。

「喧嘩をしに来たわけではないんだ」

「では、断罪にでもきたのか？　お前如きが、皇太子の名を騙るなと」

握る拳に力がこもる。

「仮初の王冠を剝ぎ取り、引きずり落としに来たのだろう？」

皇太子クリストフはこの世のどこにもいない。彼の頭上に輝く王冠は、しょせんハリボテの偽物。この身体に、ロスマンの血は一滴たりとも流れていないのだ。

モルガーヌが王妃となる前、病気で外に出られぬ時期があったらしい。それが、どこぞの下級貴族との子供を身ごもり、出産のため隠れていたからだと知る者はもうほとんどいないだろう。子供の存在を知られるわけにはいかない。ゆえにかの家は一人の男児を捨てた。

本来ならば二度と交わることのない縁。

しかしそれは、クリストフの死で覆った。

ジルベールに皇帝の座を譲り渡すことが一番許せなかったのは、もしかするとモルガーヌだったのかもしれない。彼女は必死で件の赤子を探した。そして見つけた。

何の因果か、運命か。クリストフも捨てられた赤子もモルガーヌの因子を色濃く受け継いでいた。顔も声も体格も、まるで生き写し。ほんの少し顔を弄ればそこにはもう、事故で死んだはずのクリストフがいた。

そうして彼は自身の名前を捨て、偽りの皇太子となったのだ。

「やはり。だから俺の存在が邪魔だったわけだ。父上の――現皇帝陛下の血を受け継ぐ息子は俺だけになってしまった。俺に皇太子の座が転がり込んでくるのは必定」

「……ああ」

今まで見過ごされてきたのが異常だったのだ。あっけない幕引きだった。

クリストフは観念して目を瞑った――が、「まったくはた迷惑な話だ!」というジルベールの怒声に一瞬で意識を引き戻される。

今彼は何と言った。迷惑だと言わなかったか。

思わず顔を上げてジルベールを凝視する。

今の今まで断罪者のように恐ろしかった彼は、まるで拗ねた子供のように唇を尖らせてむすっとしていた。

「俺は皇帝になどなりたくないし、レティと幸せに生きていければそれだけでいい。キミが必要だというのなら喜んでプレゼントするとも。なんなら利子を付けてでも押しつけたい」

「は？　いや、え？　お前何を……」

「俺は裏方の方が得意なんだ。そもそも呪われた皇子が皇帝なんて縁起が悪そうじゃないか。誰も俺が皇帝の地位につくことなど求めていない。これが一番いい形なんだよ」

この五年間、口をつぐんできたのだから察しろよとばかりに肩をすくめるジルベール。

「ではいったい、何が目的で……」

「最初に言っただろう。嫌がらせをやめてほしいと。鳥頭なのか？　まぁ、正確に言うとモルガーヌ皇妃を説得してほしい、なんだが」

「そんな話、信じられるわけが――」

「この国を、壊したいわけではないのだろう？」

「当たり前だ！」

思わず声を張り上げる。

ジルベールはその様子に穏やかな笑みをこぼした。

「ならば足元を疎かにしないことだな。手駒の管理くらいしっかりしておけ」

「魔石の件か。あれは俺たちも寝耳に水だった。報告が上がってきて驚いたよ。馬鹿な奴だ。しかし、そもそもあれは皇妃様の……いや、言い訳はよそう。迷惑をかけたな」

「ふむ。やはりあなたに会いに来て正解だったようだ」

　オズウェル伯爵家のローラン。彼はジルベールの力を削ぐため、オルレシアン家を陥れようと画策した折に使った駒だとモルガーヌが言っていた気がするが、彼女の甘言に惑わされた挙げ句、その暗示が解けぬまま国を危険に晒そうとするとは。思いもよらなかった。

　ジルベールが動かなければどうなっていたことか。まったく頭が痛くなる。

「現在のクリストフ殿下は、事故の後遺症で健忘が見られるため朝から晩までみっちりと帝王学を叩き込まれている——という設定だったか？　たった数年で各方面から絶賛されるほどの研鑽。あなたは十分、王の素質を備えているよ」

「随分、買ってくれるじゃないか」

「国にとって大事なのはその身体に流れる血なのか？　違うだろう？　皆が憂いなく暮らしていける平和を維持し、国を豊かにしていく優秀な統治者だ。あなたがそうありたいと願うのなら、それでいいじゃないか。何の不都合がある」

「はは、まさか皇子の口からそのような言葉が聞けるとはね」

「違う。これは俺の言葉ではない。……皆の願いだ」

「皆の願い？」

　ずっと不思議に思っていた。

　どうして真相を知っていながら、口をつぐみ続けるのかと。

今ようやく理解できた気がする。

彼は誰よりも自分の立場を理解し、人々の呪いにも似た願いを受け止めてきた。呪われた皇子を皇帝にと望む者はいない。だから、たとえ命を狙われても口をつぐんでいたのだ。

いや、口をつぐむしかなかった。

今このタイミングで、レティシアという愛おしい妻との幸せを享受しているジルベールだからこそ、「皇帝の座はいらない」という言葉にも信憑性が持てる。

もし見破った彼がすぐさま交渉に来たならば、モルガーヌの毒牙にかかっていたことだろう。竜帝の守護もなく、後ろ盾もない彼では為す術もなくそこで終わりだった。

「あなたがどういう人なのか、見ていればわかる。それに、王族の血が途絶えたら呪われた赤目の子も生まれずに済むかもしれない」

「国を傾ける赤目の呪いか？」

「ああ。俺は幸運にもレティに出会えた。でもそれはただ運が良かっただけだ。どの時代にも彼女のような人がいるわけではない。だからほとんどの者は愛に飢え、人に怯えて死んでいった。……そんなの、寂しすぎるだろう」

それは喉の奥から絞り出したような、悲愴な声だった。

「生まれないのなら、それに越したことはない。……たとえそれが机上の空論でも、試してみる価値はあると思うんだ」

真っ直ぐな赤い瞳が、クリストフを貫く。

赤目の呪いはロスマン帝国を滅びに向かわせる——と、そう聞いた。

帝国への呪い。ならばロスマンの血縁が途絶えたところで、国が滅びなければジルベールの計画も意味を成さないかもしれない。本人もそれをわかって提案してきたのだろう。まさに、藁にも縋る思いで。

彼が今までどのような待遇を受けてきたのかは知らない。自分のことに手いっぱいで知ろうとしなかった。けれど、これだけはわかる。彼の言葉に嘘はない。彼の提案はジルベールにとっても、クリストフにとっても、益があるものだ。

次から次へと面倒なことが立て続けに起き、最後の締めでこれか——とジルベールの来訪を諦めた気持ちで迎えたが、良い意味で裏切られた。

これは転機だ。それも好転の方。

クリストフは姿勢を正した。

「……すべてわかっていて、母上ではなく私と接触したんだな」

「あの人はもう手遅れだ。言葉なんて紙切れ同然。何の意味もなさない」

「同感だ。あれは既に俺とクリストフの境目が曖昧になってきている。賢妃、なんて呼ばれた時期もあったそうだが、クリストフの死で壊れてしまったのだろうな」

お可哀想に、と吐き捨てる。

もう王子様の仮面を被る必要もないだろう。

クリストフは乱雑に髪を掻き上げ、息苦しいとばかりに首元を緩めた。優しげなライムグリーンの瞳が肉を漁るハイエナのような輝きを帯びる。

「お前に事故の原因を押しつけ憎んでいるのか、継承権の邪魔になるから憎んでいるのか。もうわからねぇんじゃねぇか？　もしかすると、ごちゃまぜになって、本物のクリストフが陛下の血を引いていない設定になっているのかもな。ははは！　合体させすぎだろ。キメラかよ」

「……随分うまく猫を被っているんだな」

「その日暮らしの捨て犬だったんだ。お上品なわけないだろ。ハア、王子様ってのも息苦しいものだと思い知ったよ。……しかし、意外と冷静だな。驚くと思ってたんだが」

「もっとすごいのを経験した後だからな」

もっとすごいの。クリストフの頭に一人の少女が浮かぶ。

「あー……もしかして、人形姫様？」

「知っているのか？　本当の彼女を」

「いや、俺の生存本能が尻尾を振って服従しろって警告を鳴らしたことが一瞬だけあったんだよ。あの時の威圧感は凄かったが。え？　素はもっと……？」

「……レティ、キミって人は」

頭を抱えるジルベール。レティシアを妻に迎え仲睦まじくやっているのだ。今更クリストフの変貌程度で驚くような人間ではないのだろう。

「お前の手を取るのが最適なことくらいわかってる。乗り換える時が来たってわけだな。よろしく頼むよ、ジルベール皇子」

「国のため、俺の力が欲しいと願うなら第二皇子として手を貸そう。すべてをあなたに押しつける、その責くらいは請け負うつもりだ」

「責だなんだと堅苦しいな。……あんまり期待はするなよ。しょせんはお飾りだ」

「よく言うよ」

クリストフはジルベールに手を伸ばす。今度は氷竜の邪魔は入らなかった。

握り返された手の温かさに、なぜだかほっとする。

流れが変わったのは肌で感じていた。このままモルガーヌという泥船と一緒に沈むのは御免だ。

彼女を母だと思ったことは一度もない。モルガーヌにとって息子はクリストフただ一人。お互い、目的のための駒でしかなかった。

罪悪感はない。憐れみは――少しだけあるかもしれない。

だが、それだけだ。

契約は成った。これより彼とは協力関係だ。「それじゃ」と言って手を引こうとする。しかし、ジルベールはクリストフを摑んで離さなかった。暗闇に浮かぶ赤い瞳が、悲しげに揺れている。

何か言い忘れたことでもあるのだろうか。

ジルベールの唇が開く。

「それと、もう一つ——」

＊　＊　＊　＊　＊　＊

ベッドの縁に腰掛け、部屋のドアをじっと見つめる。まだ開く気配はない。

ランプを膝の上に乗せてぎゅっと抱きしめたまま、どれだけ時間が経っただろう。トロワから報告がないので問題はないとわかるが、そわそわと落ち着きなく身体が揺れる。

そんな時、足音が聞こえてきた。ジルベールだ。

レティシアが寝ている可能性も考えて、控えめなノックと共にドアが開かれる。彼女はランプを抱えたまま走り寄った。

「お帰り、ジルベール様」

「ただいま。無事に話はつけてきたよ、レティ」

そう言った彼の声は、少し震えていた。

「どうした？　元気がないな」

「……そう、か？　そう、見えるか」

「ジルベール様検定があるとすれば、私は特級だぞ。妻を舐めてもらっては困るな」

ただでさえ抱え込みがちなのだ。小さな機微すら見逃すものか。

レティシアは胸を張ってジルベールを見上げた。

「俺検定……？　あははっ！　なんだそれ！」

「ほら、おいで。ジルベール様」

「……ん」

ランプを床に置いて手を広げれば、当たり前のようにジルベールが落ちてくる。

レティシアはしっかりと抱きしめてぽんぽんと背中を撫でた。ずっと気を張って我慢していたのだろう。彼はレティシアに全身を預けてぐったりしている。何があったのか、今はまだ聞かない。話せるようになってからで良いと思っている。

草木も眠る時間帯。虫の声すら聞こえぬ静かな夜。

ジリジリと燃える炎、衣擦れの音、そしてジルベールの小さな呼吸だけが耳に届く。「レティ」

ぽつりとジルベールが言葉をこぼした。助けを求めるように背中に回された腕に力がこもる。

「ついてきてほしい場所があるんだ」

「怖い場所か」

「ああ。とっても、……とっても怖い場所、なんだ。一人だと、足が震えて、進めそうにない」

「わかった、任せてくれ。あなたの頼みならば、地獄の底だろうと共に行く」

肝心な時に甘え下手な旦那様の不器用なお誘いだ。頷かない妻がどこにいる。

彼が望むのならば盾でも剣でも、行く末を照らすランタンにもなろう。それで少しでも怖さが薄れるのならば妻冥利に尽きるというものだ。

「……ほんと、レティは格好いいな。キミがいるなら、どこへでも進めそうな気がする」

ぎゅっと、力強く抱きしめてくるジルベール。

頼りにしてもらえるのが嬉しくて、レティシアも負けじと抱きしめ返した。

次の日。レティシア、ジルベール、フォコンの三人は、氷竜に乗って空を駆けていた。もちろん、フォコンの隠匿魔法で存在も気配も完全に遮断済みである。

夜の闇に紛れる前提ならばレティシアでもできなくはないが、真っ昼間からこれだけ巨大なものを人々の目から気付かれなくするにはフォコンに頼らざるを得ない。そもそも存在そのものが目立つレティシアにとって、隠匿魔法は真逆の性質。どうにも苦手であった。

「あそこ。あの開けた場所に下りてくれるか？　レティ」

「了解した」

帝都から少し離れた山の奥。

ジルベールの指差した場所に降り立つ三人。

「ってか、俺もついてきちゃってよかったんですかね？　遠くで時間潰しときましょうか？」

「いいんだよ。キミは俺の友人なんだから」

お忍びデートだと勘違いしていたらしいフォコンは、なんとも気恥ずかしそうに「ジルベール様もそういうとこありますよね」と頬をかいた。冗談や軽口を交えての好きは軽くかわせる男だが、戯れのない直球ストレートにはてんで弱い。可愛い小鳥である。

「どうせまた隠れてコソコソなんかやるんでしょ。しゃーない。のっかりますよ。フォコン君義理堅いので！　それで、何するんですか？」

「私も聞いてない。ジルベール様、この場所に何が？」

「ちょっとした探し物さ。目立つもののはずだから、すぐ見つかると思ったんだが……」

目立つもの、か。レティシアは辺りを見回した。

確かに、今立っている場所にはわずかながら違和感を覚える。

周囲は木々が青々と生い茂っているというのに、ここ一帯だけはまるで抉り取ったかのように一面土気色だ。砂と砂とが擦れ、ジャリ、という音が足の下から発せられる。

後ろの壁は岩肌がむき出しになっており、見上げると小さな石がぱらりと落ちてきた。

落とし物。何かの痕跡。植物、埋められた何かという可能性もある。

地面を確認しながら少し歩くと、盛り上がっている場所を見つけた。頂上には成人男性の拳一つ分くらいの石が、存在を主張するかのようにちょこんと乗っている。

何だろう。ペットの墓、だろうか。

「どうしたんだ、レティ。何か見つけたか？」

「いや、ペットの墓らしきものが」

「ペット……？」

怪訝そうな面持《おもも》ちでレティシアの傍まで来る。しかし、彼女が見つけたそれを確認した途端、ジルベールはその場で崩れ落ちた。

「ジルベール様!?」

「なんだよ、大切だったんじゃないのか？　愛していたんじゃ、なかったのか……？　こんなの、あんまりだろう……」

縋るように手を伸ばし、けれど石に触れる直前で力なく落ちていく。

「にい、さま……」

「――え」

彼は今なんと言った。兄様、と言わなかったか。ジルベールの兄は異母兄の皇太子クリストフ・ロスマンのみ。彼は今日も問題なく執務をこなしているはず。

服や顔が砂で汚れることも厭わず泣き崩れるジルベール。

レティシアはハッとして岩肌を見上げ、そして気付いた。

ああ、ここは彼の兄、クリストフ皇太子が滑落により落ちた先だ。

では、彼が探していたものは――。

目を閉じ、深く息を吐く。彼女はすべてを理解した。ゆっくりとジルベールの隣に腰を下ろし背中を撫でる。怖いと怯えるわけだ。こんなもの、一人で抱えるには重すぎる。

レティシアは彼が落ち着くまでずっと、その背を撫で続けた。

「ごめん、レティ。ありがとう。もう大丈夫だ」

「ジルベール様、ここに眠っているのは……」

それ以上言葉が紡げなくて押し黙る。何と言ったらいいのかわからない。声に出して形にしてしまうことが酷く罪深いもののように思えた。不甲斐なさに拳を握りしめる。

しかしジルベールは優しい声で「ああ」と頷いた。

「俺の兄、本物のクリストフ皇太子殿下だ」

「……そう、か」

手を伸ばし土に触れる。温かくも、冷たくもなかった。

どうしてジルベールがレティシアを失うことをあれほど恐れていたのか。

どうしてジルベールが心ではなく、身体の別離の方をより恐れていたのか。

ようやくすべてが繋がった。

背後でフォコンが息を飲むのが聞こえる。

「い、いいんですか!?　ヤバいんじゃ……」

「構わん。オルレシアン家が仕えるのはロスマンの血ではなく、皇帝陛下だ。暗愚でない限り問題はない。我が父もそう言うだろう。優秀であればそれでいい」

「あぁ……ですね。言いそうだ、あの人も」

アドルフ・オルレシアンは徹底した結果主義。それは孤児からオルレシアン家秘蔵の密偵、そしてジルベール——もといレティシア専属として成り上がったフォコンが一番よくわかっているはずだ。

国の頭が途中から挿《す》げ替えられたとしても、うまくいくのならば黙認する。むしろ真実を詳らかにし、ジルベールを皇太子に据える方が混乱必須。人を蹴落とし、陥れ、自らの益のために血濡れた政戦が勃発してしまう可能性すらある。

そのような渦中に彼を放り込みたくはない。

皇太子として立つ男が国の転覆を狙っているのならば話は別だが、ジルベールの様子を見る限りそういった悪い方面での入れ替わりではないのだろう。

クリストフの帰還後、不審に思わなかった者がいなかったわけではない。しかし何もかもあまりに完璧なクリストフだったため、疑いは徐々に晴れ、今では皆が本物だと信じている。

ここでレティシアたちが素知らぬふりを通せば、真実は闇の中に葬られる。

これが最適解。一番波風を立てぬ方法。

ただし、本物のクリストフは一人土の中で眠り続ける。

誰にも、偲《しの》ばれぬまま——。

「必要とあらば現クリストフ殿の血統を洗うこともできるが……今は、静かに祈りを捧げよう」

「ありがとう、レティ」

目を瞑り、黙禱を捧げる。

そんなレティシアの隣で、ジルベールはぽつり、ぽつりと兄との思い出を語り出した。

特別仲の良い兄弟ではなかった。会話らしい会話は稀で、基本は挨拶のみ。おはよう、元気か、お疲れ、おやすみ。本当に些細なものだった。しかし、ジルベールは誰もが爪弾きにする呪われた皇子。すれ違った一瞬の言葉でも、その優しさは確かに耳に届いていた。

父は接し方がわからず、気にしつつも遠ざかった。

貴族たちは生まれ落ちたゴミを見るように、安全圏から罵声を飛ばした。

侍女たちにすら、怯えと嫌悪をもって接された。

兄だけであった。兄だけがジルベールが生きていることを許してくれた。息を吸うことを嫌がらなかった。心臓が動いていることを受け入れてくれた。それが、どれだけの救いだったのか。兄はきっと知らなかっただろう。

兄の存在があったから繋ぎ止められていた部分があった。

「兄様がいなかったら、本当にこの国を滅ぼそうとしていたかもしれない」

「……だとしたら私はオルレシアン家として、あなたと対峙する羽目になっていただろう」

「あはは！　キミに殺される最期なら悪くない。世界が俺を不要だと断じるなら、キミのような人に終わらせてもらいたいものだ」

「ジルベール様」

「冗談だよ。こうやってキミに愛してもらえる方が何倍も魅力的さ」

その冗談は、きっと少しでも歯車が狂っていれば正史になっていたはずだ。

国を滅ぼしたかったわけではない。ただ、その身に巣食った怒りや空しさ、寂しさは、一人で抱えて逝くには膨大すぎた。

彼の孤独な身体を貫く未来が待っていなくて、本当に良かったと心から思う。

「呪いの皇子の噂は聞き及んでいたが、城に招かれることは少なかったため周囲の異常性を肌で感じることはなかった。すまない。……改めて、父に感謝しなくてはな。あなたを知る機会をいただけた。妻として隣で寄り添える今が、本当に幸せだ」

「……それは俺の台詞だよ、レティ」

ジルベールはレティシアを抱きしめようとしたが、自身の身体が砂まみれになっていることに気付いて慌てて手を下ろした。今更なにを躊躇する必要がある。砂まみれも泥まみれも一緒がいい。

レティシアはその手を摑んで自分から彼の腕に飛び込んだ。

「わっ！　はは……ありがとう、レティ。面倒事に巻き込んですまない」

「どんどん巻き込むといい。その程度で怯む妻に見えるのか？」

「いいや、全然」

レティシアを抱きしめる腕に、力がこもった。

「俺も、これでいいと思っているんだ。これが一番、誰も傷つかない方法だって。ただ、兄様の最期がこんな小さな石の下なんて……それが悔しくて、寂しいだけなんだ」

「……ジルベール様」

誰も近づこうとしなかったジルベールに、唯一弟として接してくれた人。

きっと真面目で優しい人物だったのだろう。なのに――彼の生きた証は塗り潰され、こんな寂しい場所に埋められた。恐らく、実母であるモルガーヌの手によって。

せめて寂しくないように。そう願うのは当然だろう。ならばやることは一つだ。

レティシアはさも名案とばかりにぱちんと両手を叩いた。

「よし、ならば作るか！　立派な墓を！」

「……へ？」

「あなたの隣にいるのは誰だと思っている？　やってやれぬことはないよ」

レティシアは自信満々に胸を張った。

幸いここは山奥。必要な素材は現地調達でどうにかなる。パチン、と指を鳴らせば彼女の背後に氷竜の大群がわさわさと湧いた。まずは物量作戦だ。

「レ、レティ……？　何をする気――」

「さぁ、お前たち、今日中にすべて終わらせるぞ！」

右手を高々と突き上げれば、その動きに合わせて氷竜が天高く昇っていく。

もはや考えることを放棄したジルベールは「わぁ、壮観」とだけ呟いて、遠くを見るような目で空を見上げた。


氷竜を総動員して適当な大きさの石を集めたレティシアは、それを氷で造った剣でスパスパッと切断し形を整えていく。後は両手に強化魔法をかけてクリストフが眠っている場所の上に置けば、墓として一応の体裁は保てる形となった。

「いやそうはならんでしょ！　なんすかその切れ味！」

叫ぶフォコンの隣で、もはや何も驚くまいと菩薩のような表情で「凄いぞレティ」と手を叩くジルベール。旦那様の声援を浴びれば百人力というもの。それ以外はすべて知らぬ聞こえぬだ。

彼女は墓の前に膝をついてしばらく考え込む。

「殿下の名前を彫るのはやはりまずいか」

切っ先が細く尖った氷を造りだし、切れ味が鋭くなるよう更に魔法を重ねる。指先へのバフもかけたら準備万全だ。カリカリと文字を彫っていく。

イニシャルだけ。没年もなにも彫らない。この場を通りかかった人間に発見されても問題がないようにとの配慮だ。追悼の文字はジルベールの希望で「忘れ得ぬ」に決まった。たった一言だが、すべての思いが込められている気がした。

「石ですよねそれ。そんな羊皮紙みたいにサラサラ文字書けるもんじゃないですよね!?」

「さすがレティ。綺麗な文字だ」

「ツッコミ役マジ俺しかいねぇ!!」

一人騒ぐフォコンを残して、クリストフの墓は着実に完成していった。

「いい感じにそれっぽくなったな」

「あとは周囲に花でも植えるか？　旦那様」

「ああ、それなら寂しくなさそうだ」

「任された」

フォコンと小回りが利く小さな氷竜たちに命じて辺りを捜索させる。氷竜たちは揚々と、フォコンは「もう好きにしてください」と諦めた顔で森に消えていった。

「殿下の好きだった花をご存じか？」

「いや。さっぱりだ。でもまぁ、派手派手しいものでなければ大丈夫だろう。プレゼントは何でも喜ぶ人だったから」

「そうか。優しい人だったのだな」

「ああ、優しい人だったよ」

しばらく待つと一匹が小さな青い花を咥えて帰ってきた。

青空を写し取ったかのような瑞々しい青の花弁が五枚。風に乗ってさやさやと揺れている。小さいながらに力強さを感じられる花だった。

「少し地味か？　もっと華やかな方がいいだろうか」

「……いや、これがいい。これにしよう。生えている場所を教えてほしい」

「ああ。案内してくれるか？」

こくん、と氷竜は頷いた。レティシアは念話でフォコンを呼び戻し、全員で山を登っていく。

人通りのない山中だ。ほとんどが獣道。竜帝として戦場に出ているレティシアや、身軽なフォコンは難なく進んでいけるが、問題はジルベールである。

鍛え始めたと言っても魅せるため。基本帝都から出ない箱入りの皇子様には随分険しい道だったらしい。最初こそ何度か転げ落ちそうになるのをレティシアが支えていたが、怪我をされては困ると途中からは横抱きにして運ぶことにした。

最近はレティシアの方が抱き上げられることが多かったため、お姫様抱っこは久しぶりである。

これはこれで良いものだ。羞恥に顔を真っ赤にして、必死にしがみついてくる旦那様からしか得られぬ栄養素が存在していると言われても、信じてしまいそうだ。たぶん、きっと、健康に良い。

「む。何を笑っているんだ、レティ？」

「ふふ。気にしないでくれ。――そろそろ目的地に着きそうだぞ」

「あ、話を逸らしたな」

先導していた氷竜が空中でくるりと円を描いた。

どうやら到着したらしい。ジルベールを抱えながら草木をくぐり抜けると、そこは一面の花畑であった。地面を覆い尽くす青い花の絨毯。まるで空が敷き詰められているかのようだ。

レティシアは爪先からゆっくりとジルベールを下ろすと、空の中を進む。

「凄いな、これは。こんな場所があったとは」

「ああ。幻想的だな……」

お伽噺《とぎばなし》の中に迷い込んだ気分だ。とはいえ、いつまでも呆けているわけにはいかない。

レティシアは氷で小さなシャベルを作り出すと、フォコンとジルベールにも配っていく。レティシアの氷は魔法で造られたもの。表面の温度を操作するくらい容易い。冷たさは感じないはずだ。

「この美しい場所を壊すのは忍びない。バランスを考えねばな」

「レティに賛成だ。端の方とか、群れ重なっているところとか、気を付けて採取しよう」

運ぶのは氷竜たちにも手伝ってもらうか。

根を傷つけぬよう慎重に掘り起こし、一株ずつ氷竜の口に放り込んでいく。

フォコンは「ホント何でもできすぎですよ姫様！」とぼやきながら、ジルベールは「なかなか難しいぞこれ」と恐る恐る作業を進めている。

「愛らしいが、あまり見かけぬ花だな。ジルベール様はご存じで？」

「ああ。国花さ」

「国花？　国花は『ルシエル』だろう？　確かに姿形は似ているが、華やかさがまったく違う。『ルシエル』は人の手ほどの大輪だぞ」

「レティはこの国の成り立ちを知っているか？」

「竜の支配と騎士の物語のことか？　お伽噺にもなっている」

「そう――」

ジルベールは手を動かしながら語り出した。

現在ロスマンが治めるこの地は、もともと巨大な竜に支配されていた。その属国だった二つの国が協力して竜を打倒し、建国されたのがロスマン帝国である。もっとも、華々しい勝利とはいかず戦いは熾烈を極めたらしい。多くの人々が死に、住む家を失った。

その中で、希望の光とも言える騎士がいた。

彼は強かった。皆の期待を背負い、最前線で竜と対峙した。そして、膨大な魔力と呪いの塊であった竜にトドメを刺したその騎士は、竜の呪いを全身に浴び、まるで最初からいなかったかのように忽然とその姿を消したのだ。

彼がいたはずの場所には、一輪の青い花が揺れていたという。

誰よりも勇敢で、正義感が強く、優しかった彼を忘れぬように、彼の名を冠した花。

「それがこの花『アダン・ブラーヴ』の由来さ」

ジルベールは土の中から優しく取り出し、天に透かした。

空の青に溶けるような清廉な花。小さくとも、力強い美しさを秘めている。しかし、ジルベールが語った物語は、レティシアにとって耳馴染みのあるお伽噺とは大分趣が異なっていた。騎士は呪いなど受けず、その命尽きるまでロスマン帝国のために力を尽くした——はずだ。

顔に出ていたのか。レティシアの疑問に彼はくすりと微笑んだ。

「ああ、レティの知るお伽噺とは大分違うだろう？　年月が経つにつれ、建国記も様々な脚色が加えられてね。原典を知る者は少なくなった。更に強大な帝国をアピールするため、国花の方も姿形のよく似た大輪の『ルシエル』にすり替えたんだ。もうずいぶん昔の話で色々な記録から消されているから、正規の手段では知りようがない。レティが違和感を持つのも無理はないんだよ。だが、なにぶん俺は皇子様なのでね、そういう書庫にも入り放題だったわけさ」

「さすがはジルベール様、博識だな」

「ふふ、キミに褒められると照れくさいな」

ジルベールは花弁に顔を近づけ、香りを嗅ぐ仕草をした。

「『アダン・ブラーヴ』の花言葉は『あなたは確かにここにいた』。兄様の名前も、姿も、功績も、今はもうすべて兄様のものではなくなってしまったけれど。でも兄様は確かに、ここにいたんだ……」

まるで鎮魂歌のように、さやさやと一面の空が揺れる。

皇太子クリストフは未だ存命。絶望的だった状況から生還し、不死身のクリストフとして皆から絶大な支持を得ている。それがたとえ嘘でも、正史にしなくてはならない。

過去のクリストフの行動も、考えも、生き方も、全部——今は、今生きているクリストフのものになり替わった。けれど、たった一人、不器用ながらもジルベールを気にかけ声をかけ続けてくれた兄の存在は決して消えない。

彼は確かにこの世界にいた。いたのだ。


墓の前まで戻ると、周囲に『アダン・ブラーヴ』を綺麗に植え替える。なかなかの出来栄えだ。これならば寂しくはないだろう。

「あははは！　やればできるものだな！　さすがはレティだ！」

「皆の努力の甲斐だよ。まぁ、随分ドロドロになってしまったが」

「なら一緒に怒られようか」

「ふふ、そうだな」

顔や服が汚れることも厭わず一心不乱に作業をしていたため、二人とも泥だらけである。きっと帰ったら侍女にしこたま叱られるだろう。しかし、子供のように無邪気に笑う旦那様の力になれたのならば悪くはない。この汚れも勲章の一つと言えよう。

揺れるアダン・ブラーヴをじっと見下ろすジルベール。レティシアは静かに寄り添った。

真実を握り潰して泰平をとった。それを悪だとは思わない。生きている人間が不幸になることはないのだから。それでも、消えぬ罪悪感はあるものだ。

ただの自己満足と罵られようとも、せめてもの罪滅ぼしだと嗤われようとも、この花が慰みになるのならば嬉しく思う。

これで、ロスマンの血は皇帝の座から消え失せる――。

「ん？　んー……」

ふと思い立って、首をかしげる。

「レティ？　どうかしたのか？」

「いや、少し思ったのだが、このままジルベール様が皇帝の座につかなければ、それはある意味『国を滅ぼした』と解釈することもできるのではないか、と思ってな」

「国を？　まぁ、ロスマンの血は途絶えるが」

「そう、そこだ。ロスマンの国は残りつつ、皇族から一族の血が消える。それはある意味、新しい国と言い換えても良いのではないか？」

ロスマン帝国は、ロスマンの血を引く者が治める国。ただの一度も例外はない。そしてジルベールが抱えているのは「国を滅ぼす赤目の呪い」だ。レティシアはそんなもの信じてはいないが、ジルベールは違う。

憂いなど、木っ端微塵に消し去れるのならばそれに越したことはない。

彼女はぴ、と人差し指を立てて困惑に固まっているジルベールの鼻を突いた。

「つまりだ、ジルベール様。彼が皇帝になれば、その時点でロスマンという国はロスマン帝国の皮を被った別物になる。もちろん殿下の件は不運な事故。皇妃様が替え玉を用意したのは偶然。あなたがしたことは、ただ国のため、王になりたいと願った男の存在を見て見ぬふりをしただけだ」

「……レティ」

咎めるような、けれど縋るような声でもあった。

頭の良い彼のことだ。既にレティシアが何を言いたいのか、わかっているのだろう。ぎゅっと握りしめた拳が震えているのは戸惑いか。それとも――。

レティシアは最後の一押しとばかりに畳みかける。

「誰も不幸にならない国の滅ぼし方であろう？　国が滅びれば呪いも意味をなさなくなる。ジルベール様の代で打ち止めだ。最良の結果じゃないか！」

「そ、んな、都合のいい解釈……」

「都合が良くて結構！　何の問題がある。どうせ自分の身勝手でロスマンの血を皇族から消すことに罪悪感を覚え、その責をすべて引き受けようとしているのだろう？　なんでもかんでも自分の責任だと追い込むのは悪い癖だぞジルベール様！」

下からぐいとねめつければ、ジルベールの視線がゆっくり外れていく。

「あ、顔を逸らした。図星だな」

「……い、いや。でも……」

「別に責めているわけではない。素直ではないところも含めて愛おしいと思っている。だが、一つ言い忘れていることがあるのではないか？」

「言い忘れ？　俺が？」

「そうだ。なんのための夫婦だと思っている。私はいつでもあなたを支える覚悟はできているぞ、旦那様」

レティシアは、トン、と胸を叩いた。

「さぁ、頼れる妻に手を伸ばしてくれ。一緒に国を滅ぼそうじゃないか！」

輝かんばかりの真っ直ぐな瞳。国を滅ぼすなどと大それたことを言うわりに、彼女の瞳は一片の曇りもなかった。

レティシアは惑わない。行く先がたとえ茨《いばら》の道であっても笑って突き進むのが彼女だ。

背負わなくて良いものまで勝手に背負ってその重りで立ち上がれなくなる前に、旦那様にはもっと「頼り方」を学んでもらわなくてはならない。手を伸ばせば、隣にいる頼れる妻がすぐ握り返してくれる。それが当たり前なのだと心に刻んでもらわねば。

「まったく、キミって子は」

ジルベールは呆れたように髪の毛をぐしゃぐしゃと掻き混ぜると、まだ綺麗な布地の部分を探して手の汚れを拭き取る。そしてレティシアを真っ直ぐ見つめながらその手を差し出した。

「レティ、どうか俺の共犯者になってくれ」

「望むところだ」

伸ばされた手を強く握り込む。絶対にこの手は離さない。何があろうとも彼の隣を歩くと決めていた。旦那様に全幅の信頼を寄せられ、お互いを支え、補い、苦しみすら分かち合う。これが夫婦のあるべき姿であろう。

遅くなってしまったが、ようやくスタートラインに立てた気がする。

レティシアは満足げに微笑んだ。

「毎日毎日、これ以上なく好きだと思い知るのに、キミはいつもそれを軽く超えていく。好きの上限値がまったく見当たらないよ」

「では毎日新鮮な好きを届けよう」

「あはは！　それはとても魅力的な提案だ！」

ジルベールはレティシアの頬にそっと触れ、屈んで額をくっつけた。

赤い瞳が視界を埋め尽くす。だが、以前のような危うさはなかった。

「ねえ、レティ。後処理が終わったらまた休日をもぎ取るよ。その時は一歩も部屋から出さない。ずっとずっと一緒にいよう。俺以外、何も目に入らないくらい。俺だけを見てて。逸らさないで」

「うむ、任せてくれ。食事は我が氷竜たちを使って保存しておけば問題ないからな。文字通り、何もせずに一日中ずっとあなたを見ていよう！」

拳を丸めて力いっぱい宣言する。

爛々と輝くレティシアの瞳の圧を受けたジルベールは、頬を染めて困惑の色を浮かべた。

「……いや、やっぱり、たまには目を逸らしてくれても――」

「瞬きの回数を普段より減らすことも可能だ！」

「そこまで全力で見続けなくてもいいんだぞ!?」

レティシアはやると言えばやる人間だ。このままだとトイレだろうが風呂だろうが全力で見つめてきそうな気配を感じたジルベールは、早々に白旗を掲げた。

「……キミには本当、敵わないな」

「旦那様のお願いは極力叶えたいのだ。妻としてな」

「嬉しいよ、レティ。……そういえば、まだちゃんと謝っていなかったな。今回の件、まことに申し訳なかった。ありがとう。キミがいなかったらもっと大変なことになっていたかもしれない」

「そうは言っても、あなたのことだ。第二の矢くらい用意はしていたのだろう？」

「……逃がさない手筈くらいはな。しかし、あまり使いたくない手だった。完璧とは言えない。キミがいたから最良の結果になったんだ。ありがとう、レティ。やっぱり、キミがいないと俺は駄目だな」

「私だって、あなたがいなくなったら寂しくて生きていけないよ」

ジルベールはレティシアがいなくなることを極端に恐れていた。彼女がいなくなったら自分を保てなくなる――だがそれは、レティシアだって同じだった。

彼の笑った顔も、困った顔も、照れた顔も、怒った顔も好きだ。声も、身体も、自分が悪いと我慢してしまうところも、レティシアのために尽くす健気なところも、甘え下手なところも、敵には容赦のないところも。

全部、大好きだ。

こんなにもたった一人に心が惑わされるのは最初で最後であろう。

彼の存在がこの世から消えてしまった未来など、生きていける自信がない。

「あなたは私が連れていくと言ったが、あなたがいなくなったら私もすぐに後を追う。だからどうか、精一杯長生きしよう。この先も二人一緒で、笑い合えるように」

「ああ。最期の時は二人一緒に大往生できるよう頑張ろう」

しわしわになった手を握り合いながら「楽しかった」と息を引き取る。そんな未来が迎えられるのならば世界一の幸せ者だろう。

二人はくすくすと笑い合った。

「……えっと、そろそろ大丈夫ですかね。お邪魔でない？」

突如、レティシアの背後にひょっこりと顔を出すフォコン。

「フォコン!?　どこにいたんだキミ」

「そこの大き目な木の中に。いやぁ邪魔しちゃ悪いなって思いまして、気配どころか姿形すら消してました。フォコン君、気が利くので！　褒めてくださっても良いですよ！」

「はいはい、まったくキミって男は」

「私も撫でてやろう。おいで」

　ここで文句を言うでもなく「褒めてください！」とねだってくるとは。確かに気配りのできる男である。ジルベールとレティシアの二人に頭を撫でられ、ご満悦のフォコン。

　まったく可愛い小鳥である。

「それじゃあそろそろ帰ろうか。今日は連絡を入れていないから遅くなったら大変……レティ？」

「もう少しだけお時間をいただけるか？　まだご挨拶が済んでいないのだ」

　クリストフの墓の前に膝をつき、胸に手を置くレティシア。

　彼がいたからこそジルベールと敵対する未来は消え、妻として出会えた。最大の感謝を――そして、真実に目を瞑ることへの謝罪を。すべて詰め込んでゆっくりと頭を下げる。

(志半ばで散ることの悔しさは如何ほどのものでしょう。ですが、今まで彼を気遣ってくださった優しいお心の義兄様ならばご理解いただけるはず。後はお任せください。ロスマンの国も、ジルベール様のことも、必ずや守ってみせると誓いましょう)

　長い、長い息を吐いて目を開ける。

アダン・ブラーヴが静かに揺れていた。

肯定も否定もされない。何を尋ねたところで答えなど返ってくるはずもない。死とはそういうものだ。今更この手ですくい上げられるものは何もない。

レティシアはぎゅっと拳を握りしめた。

「よし、それでは帰ろうか」

立ち上がって振り返る。

後ろではジルベールとフォコンが待っていた。彼らのもとへ駆けていくレティシア。

すると突然、突風が吹いた。木々が揺れ、木の葉が舞う。その中にアダン・ブラーヴの花弁が混ざり、ひらひらと踊るようにレティシアの周囲を飛んだ。


『国と弟を、よろしく頼む』


それは、もしかすると風の鳴き声だったのかもしれない。

木々のざわめきにかき消される程度の、かすかな囁き。

ただ、あまりにも優しくて穏やかな声だったので、レティシアは思わず振り向いた。

違和感はない。さやさやと揺れる花の中、クリストフの墓は静かに佇んでいる。

「レティ？」

「ああ、いや。すぐに行く」

きっと気のせいだ。感傷的になってしまったから、聞こえないものが聞こえた気がしたのだ。

前を向いてジルベールの手を取る。

そうして二人は一緒に歩き始めた。

六

「ご報告」

こんにちは。レティシア様お付――といいつつ実態はほぼジルベール様お付の密偵、フォコンです。今日はジルベール様の執務室に隠れております。

もちろんお仕事なのでチュン子も一緒ですよ。キリッとした顔で壁から頭だけ出しています。すげぇ違和感の塊ですけど、ジルベール様がこれで良いとおっしゃったので大丈夫でしょう。たぶん。

姫様とジルベール様は、ふかふかのソファに隣同士で腰掛けて紅茶を飲んでいらっしゃいます。さすがはベル・プペーと名高い姫様。ただ座ってティーカップを持っているだけだというのに様になっています。いやぁ、お美しいお美しい。

本性を知っていなければ、相対するだけで毎度心臓が口から飛び出ていたかもしれません。もっとも、中身は俺なんかよりもずっと男前で格好いい人なんですけどね。

閑話休題。話を戻しましょう。

魔石事件の顛末はご存じの通り。今日はその解決祝いとか、お礼とか、後処理の件も含めてレオン様がご挨拶に来られる予定らしいです。

ただ、今日のジルベール様には覇気がありません。それには非常に面倒くさ――いえ、ややこしい理由があったりするのですが、まずはその件からお話ししましょうか。

「計画は万事つつがなくうまくいった。あとは蒔いた種が芽吹くのを待つだけだ。フォコンたちに頼んで水も撒いておこうか。ふふ、ようやく竜帝様含め、レティのすべては俺のものだ」

なんてことを言いながら悪魔も真っ青な表情で笑っていたジルベール様ですが、頭のいい彼にも人々の噂の広がり方までは完全に把握できなかったみたいで。

実は今ちょっと落ち込んでいらっしゃるんです。

なんでも、当初の予定では『竜帝様には意中の相手がいるから言い寄っても無駄』とかいう噂を広めるつもりだったとか。

しかし人間、自分の都合よく解釈してしまうもの。

結果広まったのは『悪女すら手玉にとって暗躍する陰のヒーロー』という内容でした。

手玉に取られた悪女ですってよ、ジルベール様。

最初聞いた時、俺の腹筋が無理だと叫びをあげたので、遠慮なく笑わせてもらいました。あんなに笑ったのは初めてかもしれません。面白すぎ。

まぁ、それだけ竜帝様の人気は高いってことなんでしょうけど。噂が広まるにつれイチャイチャしてたって部分は抹消され、事件捜査の一環だったので仕方なく、みたいな方向に変化していったっぽいです。

好意を寄せている相手に恋人がいるなんて話、疑いようがない状況にでもならなきゃ信じたくないですもんね。しかもその相手が純朴可憐なご令嬢ではなく、男を手玉に取っていそうな妖艶美女ときたら。うん。「あり得ない！」って思い込んじゃうのでしょう。

わかるわかる。俺、考えが一般市民寄りだからわかっちゃいますよ、ええ。ホント思い込みって怖いですね。

とまぁ、そんなわけでちょっぴり意気消沈中なんです。

おっと。そうこうしている間にレオン様の足音が聞こえてきたので、ここからは真面目実況モードでいきますね。


規則正しいノック音の後入室してきたレオン様は、まず簡単な謝意を述べた。

疲労を色濃く残す彼の顔色から、面倒な後処理が山積みだったことがうかがえる。

そりゃあ魔石がヴァイス共和国に渡っていたら、他国との緊張感は一気に増しますもんね。未遂だとしても突かれたら痛いでしょうし。できるだけ外に漏れないように、しかしきっちりとした罰を与えなければならない。

なかなかの綱渡りだと思いますよ。責任ある立場って大変ですね。

「堅苦しい挨拶は必要ないよ、レオン殿。俺もある程度の情報は得ているが、よければ貴殿の口から正式なものとしてお聞かせ願えるとありがたい。とりあえず、かけてくれ。茶を淹れよう」

「ではお言葉に甘えまして」

レオン様はジルベール様に促されて卓につき、ちらりと壁に生えているチュン子を見た。

まぁ、気付かない方がおかしいですよね。

悲しいことに五秒ほど無言で見つめられ続けたチュン子の足はガクガク震えていた。俺の可愛い雀ちゃんを苛めないでほしい。最終、にっこり笑って視線を外されたので、録画も録音も許されたと思っちゃっていいいですかね。思っちゃいますよ。

「ストレートでいいか？」

「はい、構いませんが……まさか皇子手ずからお淹れいただけるとは」

「念のため侍女は下がらせている。ああ、よければ茶菓子もあるぞ」

テーブルの端に用意しておいたお皿を、レオン様の前に置き直す。

あれはジルベール様お手製のクッキーだ。外はサクサク中しっとりで、口に入れたらほどけるように消えていく。一回食べたら病みつきになるくらい美味しいやつ。

我先にとお皿に手を伸ばしている姫様が羨ましいです。

俺も食べたい。残しておいてほしい。

「話が外に漏れぬよう、レティに防壁を張ってもらっている。好きに寛いでくれ」

「ああなるほど。だからレティシアもいるのですね」

「失礼だな。私も当事者だぞ、兄上」

心外だとばかりに顔をしかめる姫様。

確かに竜帝様の活躍は凄まじかった。俺も録画役のチュン子も、あまりの格好良さに終始はしゃいでいましたもん。

興奮しすぎて思いっきり羽で顔面ぶっ叩かれたけど、それも含めて良い思い出です。

「そうだな。おかげで会場を破壊せずに済んだよ」

「……破壊？」

とっても不吉な言葉が出てきて姫様の眉が寄る。

それにレオン様は笑顔で返し、ジルベール様はわざとらしい咳払いをこぼした。

このご様子、ジルベール様の最終手段ってなかなかド派手なものだったのかもしれません。巻き込まれない自信はありますけど、それはそれ。「怖すぎ」と呟いたらチュン子から「チュン！」と頷きが返ってきた。

チュン子よ。お主、もはや隠れる気ゼロだな。

「しかし、密告書と記された手紙が届いた時は驚きましたよ。内容には半信半疑といったところでしたが……結局、蓋を開けてみれば私の評価はうなぎのぼり。発言権も高まった。少々高まりすぎた気もいたしますが」

「別にいいだろう。誰かに媚びるタイプではないのだし」

「世話になったからと忖度するような人間ではない。そう信頼していただけているのですね。光栄です、皇子。ええ、国家調査部隊長としてこれからも公明正大に判断すると誓いましょう」

胸に手を置いて軽く頭を下げる。

さすがレオン様。超がつくほど真面目仕事人間だ。

決して情に流されず、国に仇なす者ならばたとえ皇子であっても身内であっても容赦はしない人。だからかな、俺としてはアドルフ様や姫様より怖い人ってイメージがあります。

「そしてオズウェル伯爵家ですが」

紅茶を一口含み、クッキーに手を伸ばすレオン様。

「長子ローランの単独犯とはいえ……――ん!?　美味しい。とても美味しいですねこれ！」

「え？　あ、ああ、ありがとう……」

「遠慮なくいただいても？」

「好きなだけ」

今まで国家調査部隊長の顔を崩さず淡々とお仕事の話をしていたレオン様の顔に、一瞬で薔薇のような笑顔が咲いた。恐るべしジルベール様お手製お菓子。気付けば姫様のオススメクッキー講座が始まっている。

ぶっちゃけ俺も混ざりたい。

「いやしかし、本当に美味しい。お土産にすれば母上の機嫌も直るかもしれない」

「だから言ったんだ。母上が泣くぞとな」

「あの時は仕方がなかったんだ。他に妙案なんてなかっただろう？　ところで皇子。こちらはどこで買えるものですか？　良ければお教えいただきたいのですが」

「すまない。買えるものではないんだ。……その、俺の手作りで……」

「皇子の!?」

レオン様は姫様とチュン子――もとい俺を交互に見て、驚愕の表情を浮かべた。

あれは絶対「お前たちこんな美味しいものをいつも食べているのか？」という顔だった。間違いない。

「よ、よければ後で持ち帰れるように包もうか？」

「ぜひ！」

「兄上、そろそろ本題に戻した方が良いのではないか？　私が言うのもなんだが、お茶会になりそうだ」

「……し、失礼いたしました。ええと、オズウェル伯爵家の件ですね」

レオン様はもう一枚クッキーを堪能すると、改めて口を開いた。

「ローランの単独犯行とはいえ、オズウェル伯爵家にも相応の罰が下る。お家取り潰しは避けられない――はずだったのですがね。どうやら父アドルフ・オルレシアンが手を差し伸べたみたいで」

「父上が？」

姫様の質問に、レオン様は呆れた声で「ああ」と頷いた。

ジルベール様の方はというと、特に動揺した素振りもなく優雅に紅茶を楽しんでいらっしゃるので、たぶん予想はついていたのでしょう。

「今回の件、言ってしまえばオルレシアンに連なる者で食い止めたようなもの。アドルフはそれで得た発言権を行使して、オズウェル伯爵家を助ける代わりに傘下に加えたのです。オズウェル伯爵家は魔石の加工分野で我が国トップの技術を持ち、かの領地には良質な魔石鉱山がある。つまりあの人は、無条件でオズウェル伯爵家の力と魔石関連の諸々を手に入れたわけです」

「ははは！　相変わらずだなアドルフ殿は。抜け目がない」

「礼を言っておいてくれと頼まれましたよ。笑いが止まらないそうです」

紅茶を口に含んでふぅ、と息を吐き出すレオン様。

お家取り潰しが存続になったのだ。これ以上ない恩義だと思う。オズウェル家は一生、オルレシアン家に頭が上がらない。アドルフ様からすれば何もせずに金山が転がり込んできたようなもの。そりゃあ笑いが止まらないでしょうね。

レオン様の後ろに、高笑いするアドルフ様の姿が透けて見えそうです。

「ローラン本人はただいま裁定中ですが、心身衰弱状態で話が通じず審議に時間がかかっております。彼が最後に言っていた『あの方』については目下調査中で――」

「気にしなくていい。どうせ口を割れぬよう細工でもされているだろうからな。オルレシアン家失脚騒動の折、証拠の尻尾すら掴ませなかった人だ。……今後、大人しくしていてくれればそれでいい。ロスマン帝国存続のため、この件には足を踏み入れぬ方がよいと忠告しておこう」

「……オルレシアン家としては焼け焦げた裾野すら元通り、以前よりも力をつける結果となりました。アドルフとてケジメをつけさせろとは申し上げないでしょう。しかし、聞く限り彼らの目的はあなただ。すべて、不問に付すと？」

「ああ。闇に葬った方が良いこともあるのだ、レオン殿」

一切表情を変えずに言い切る。

この件についてはジルベール様から許可をいただいていないので、俺からはまだ何も言えません。けれどきっと、アドルフ様も同じ判断を下すと信じています。

もっとも、黒幕の罪については一番実害を被ったジルベール様がそう言っているのだから、俺たちが口を挟むことでもないでしょう。姫様はちょっと不服そうでしたけど。

これだけ譲歩してやったのにまだ仕掛けてくるつもりなら容赦はしない。次は私手ずから徹底的に潰す――と息巻いていらっしゃるので、ジルベール様の御身はご安心ください。

「ふふ、それではお土産もいただいたことですし、私はそろそろお暇しましょうか」

いつの間にやら可愛らしくラッピングされたクッキーを持ったレオン様は、立ち上がるとジルベール様の隣に来て膝をついた。緊張のほどけた柔らかい顔をしていらっしゃる。

「レオン殿？」

「ジルベール皇子、どうかこれからもレティシアをよろしくお願いいたします。皇子と結婚すると聞いた時はどうなることかと思いましたが、私から見ても羨ましいご関係で――」

彼は目を輝かせてジルベール様の手をガッと握った。

「な、なんだ!?」

「我がオルレシアン家では親類や侍女含め、最も理想的な夫はレティシアだと口を揃えます。レティシアこそ最高の旦那様。そう、誰が言ったかスーパーダーリン！」

「ス、スーパーダーリン……？」

「略してスパダリ」

「スパダリ」

「よい旦那様になると確信しております」

聞き慣れない言葉におうむ返ししかできないジルベール様。完璧な棒読みでした。国家調査部隊長の仮面を被っていないレオン様は、基本面白お兄さんなので驚くのも無理はないですよね。

何を隠そう、彼こそがレティシア様ファンクラブの創設者。会員ナンバー1を持つ御方。圧がすげぇ。

「レオン兄上、私は妻だ。旦那様はジルベール様の方だぞ」

「ははは冗談を！　旦那様を女装させて隣に侍らすような奥方はいない」

「ここにいる」

ぺい、とレオン様の手を引き離して姫様が立ちふさがる。

さすが姫様。レオン様のあしらい方も慣れていらっしゃる。

「ふむ、そう言われたら反論ができないな。私もまだまだ固定概念に囚われた側か。反省せねばな。レティシアは妻であってもスパダリだ」

「そのスパダリ？というのが良くわからんのだが」

「褒め言葉として受け取っておくといい。ではお兄ちゃんは行くよ。母上のご機嫌を取りにね。

――ああ、その前に。忘れるところだった。ジルベール皇子へこれを。アイヴィス公から渡してくれと頼まれましてね」

「手紙？」

「ではまた」

良い笑顔で去っていくレオン様を呆然と見送りながら、ジルベール様は手元の手紙を見つめた。

アイヴィス公ってあの方ですよね。品行方正、謹厳実直、規律が服を着て歩いているようなお人で、いつもアドルフ様と口喧嘩しているあの公爵様。

怪訝そうに光に透かしているお二人のもとへ、俺とチュン子も合流する。

「特に変なものは入っていなそうだが……アイヴィス公からなんて縁起が悪いな。好き勝手動いたことへのお小言か？　別に変なことはしていないと思うが」

「とりあえず開けて読んでみれば良い。変な仕掛けが施してあれば私が吹き飛ばす」

わかったと頷くジルベール様。ゆっくりと封を開けると、中には手紙と一緒に一枚のチケットが同封されていた。

「ええと、前略、仮面舞踏会の件ではお世話になりました。ひとまずのお礼に、より秘匿性の高い『秘された愛の招待状』を同封いたしました。ご都合が合いましたら竜帝様とご一緒にご参加くださいませ。また近々お約束通りご挨拶にお伺いいたします。草々。追伸、竜帝様との秘された愛には心を打たれ……まし……」

最後まで言えずに沈黙する。

全員が「主催者あんたか！」という何とも言えない表情になっていた。

そりゃあアドルフ様と相性が悪いはずだ。アドルフ様は色々後ろ暗い方法をとったりするものの愛妻家で有名。完全に真逆の性質じゃん。仲が良いわけがない。

「全然気付かなかった……というか、むしろ最初から除外していた。俺の失態だ。声の質から立居振る舞い、言葉のチョイスに雰囲気までも別人に偽装するなんて。何者だあの人。真実の愛とやらへの執念が怖すぎる」

「しかもまた面倒な勘違いが起きているようなのだが……」

ジルベール様考案、竜帝様とのイチャイチャ作戦は失敗に終わったようですが、別の方向で効力を発揮してしまったようです。「己に嫉妬する羽目になろうとは」と拳を震わせている姫様にかける言葉は、俺もチュン子も持ち合わせていませんでした。

その後はいつもの通り。「俺はどんなレティでもレティが一番だぞ」というジルベール様の言葉を皮切りに、イチャイチャタイムが発生しそうだったので、俺はそそくさと退散しました。

フォコン君は空気も読める優秀な密偵なので！

――とまぁ、現在ご報告できるのはこれくらいですかね。とりあえず誰か、俺が砂糖を吐く身体になる前に助けてほしいなぁと思います。これはこれで楽しい毎日なんですけどね。

以上、フォコンの報告日誌でした。


窓の外から月光が差し込む薄暗い書斎。

アドルフ・オルレシアンは送られてきたフォコンからの報告を見て目を細めた。彼は非常に有能な密偵だ。手放すかどうか悩んだが、手放して正解だったらしい。

まさかレオンの株すら綺麗に復権させ、国家調査部隊長の立場から「レティシアもそうですが、ジルベール皇子の頭脳も恐ろしいものです。味方で良かった」と言わしめるとは。

家としても、個人としても、良い縁談が結べたと胸を張って言える。

頭の切れる可愛い息子が増えて嬉しい限りだ。

アドルフは手に持っていたそれをファイルに挟むと、棚にしまって鍵をかけた。

「相変わらず色々と滅茶苦茶で報告書の体《てい》は成していないが、レティシアやジルベール皇子、フォコンも皆、楽しそうで何よりだ」

レティシアやフォコンがいなくなって少し静かになったオルレシアン邸だが、こうやって妙に軽快な語り口の物語じみた報告書が届くのならば寂しくはない。

彼はふふ、と楽しそうに笑うと書斎を後にした。

あとがき

はじめまして、朝霧あさきと申します。

『ベル・プペーのスパダリ婚約～「好みじゃない」と言われた人形姫、我慢をやめたら皇子がデレデレになった。実に愛い！～』（長いので以下ベルプペ）をお手に取っていただき、ありがとうございます。楽しんでいただけたのならば嬉しいです！

ベルプペはある日突然「そうだ、性癖詰め込みまくりのものを書こう！」と思い立ち、あれでもかこれでもかと自分の好きな要素を詰め込んだ作品となっております。

完全癖特化型小説です。癖、癖、癖の詰め合わせセットです。

それが意外と好意的なご感想をいただき、調子に乗った私はSQEXノベル様ならワンチャン受け入れてくださるかもと、当時開催されていたノベル大賞に応募いたしました。

結果はまさかの金賞。ご報告をいただいた時に漏れた第一声は「正気ですか？」でした。正気らしいです。どれだけ懐が深いんだと驚いた記憶があります。きっと海より広いお心をお持ちなのだと思われます。そのおかげでこうして書籍化が叶いました！

最強のスパダリヒロイン×不遇な頭脳派デレデレ皇子なだけでも大分あれなのですが、ヒロインが反転して男体化するわ、ヒーローが美女（女装）になるわ、本当に好き勝手にやらかしたので、こうして本となって全国の書店様に置いていただけることが未だに信じられません。

大丈夫なんですかね……？　私の心臓はプレパラートのカバーガラスより脆いと自負しておりますので、あとがきを書いている時点で既にドキドキしております。

そしてベルプペを語るうえで欠かせないのがキャラデザ、挿画を担当してくださったセレン先生です。「キャラのイメージ？　ほぼないです、お任せいたします！」という不甲斐ないお願いに、あまりにも素晴らしいデザインとイラストで応えてくださったセレン先生には感謝してもしきれません。本当にありがとうございます！

また関西人ゆえ「面白い事がしたい！」欲が出て、見開きで挿画をドーンと入れていただくという我が儘に付き合ってくださったセレン先生や担当様たちには足を向けて寝られません。ありがとうございます。完成した挿画を初めて拝見した時、数秒意識を失いました。凄すぎました。

ＷＥＢ版からの読者様や、セレン先生や担当様たち、ＳＱＥＸノベル編集部の皆様、デザイナー様、ベルプペが読者の皆様へ届くために尽力してくださった方々、そしてベルプペをお手に取ってくださった皆様に、最大の感謝を！

そしてなんと、セレン先生作画でコミカライズも決定しております。まだまだ広がるベルプペの世界。応援していただけたら幸いです！　どうかこれからもよろしくお願いいたします！

Special thanks
朝霧先生
担当様
デザイナー様
Staffs
立川さん
佐藤さん
めちゃくちゃ面白い
小説の挿絵を描かせて
頂いて光栄すぎます！
全キャラ大好きです!!
あとがき２ページ分
もらったんですが
文章に自信がない
ので漫画で愛を
叫びたいと思います。
べるぷぺ
楽しいです☆
女装ジルベールさん✿
おまけ漫画
本編とは関係ありません
凄いな
まじまじ
どこからどう見ても女性にしか見えない…
まあ…
胸を盛ったりコルセットを使って女性の身体のシルエットをつくっているからな
それを外してしまえばこの通り…
ぬぎぬぎ
ん…どうなってるんだ
!
苦戦してるジルベール様可愛いなぁ♡
ここか？
んん？
手伝います♪
すまない

この通り
とても女性には見えないだろう？
ほえ〜〜
あーホントだ女装した男に見えます
胸パッドすげぇや
胸パッド
竜帝様もそう思いま…
ぬっぬっ
ぐっ
ホントブレないなぁこの人
聞いちゃいねー
これはこれで唆るな…

悪役令嬢は
溺愛ルートに入りました!?

STORY
乙女ゲームの悪役令嬢に転生したルチアーナ。「生まれ変わったら、モテモテの人生がいいなぁ」なんて妄想していたけれど…。

決めた！　断罪イベントを避けるため、恋愛攻略対象は全員回避で、今世もおとなしく過ごします！　なのに、待って。どうしてみんな寄ってくるの？

おまけに私が世界で一人だけの『世界樹《ユグドラシル》の魔法使い』!?

いえいえ、私は絶対にそんな貴重な存在ではありませんから！

もちろん溺愛ルートなんてのも、ありませんからね――!?

GC UP!
毎月7日発売
悪役令嬢は溺愛ルートに入りました!?
原作：十夜・宵マチ　作画：さくまれん
構成：汐乃シオリ
失格紋の最強賢者
～世界最強の賢者が更に強くなるために転生しました～
原作：進行諸島（GAノベル／SBクリエイティブ刊）　漫画：肝匠&馮昊（Friendly Land）
キャラクター原案：風花風花
神達に拾われた男
原作：Roy　漫画：蘭々
キャラクター原案：りりんら
転生賢者の異世界ライフ
～第二の職業を得て、世界最強になりました～
原作：進行諸島（GAノベル／SBクリエイティブ刊）　漫画：彭傑（Friendly Land）
キャラクター原案：風花風花
お隣の天使様にいつの間にか駄目人間にされていた件
原作：佐伯さん（GA文庫／SBクリエイティブ刊）　原作イラスト：はねこと
作画：芝田わん　構成：優木すず
ここは俺に任せて先に行けと言ってから10年がたったら伝説になっていた。
原作：えぞぎんぎつね（GAノベル／SBクリエイティブ刊）　漫画：阿倍野ちゃこ
ネーム構成：天王寺きつね　キャラクター原案：DeeCHA
勇者パーティーを追放されたビーストテイマー、最強種の猫耳少女と出会う
原作：深山鈴　漫画：茂村モト
マンガUP!　毎日更新
●「攻略本」を駆使する最強の魔法使い ～<命令させろ>とは言わせない俺流魔王討伐最善ルート～　●おっさん冒険者ケインの善行
●二度転生した少年はSランク冒険者として平穏に過ごす ～前世が賢者で英雄だったボクは来世では地味に生きる～　●異世界賢者の転生無双 ～ゲームの知識で異世界最強～
●冒険者ライセンスを剥奪されたおっさんだけど、愛娘ができたのでのんびり人生を謳歌する　●落第賢者の学院無双 ～二度目の転生、Sランクチート魔術師冒険録～　他
©Roy　©Saekisan/SB Creative Corp.　©Shinkoshoto/SB Creative Corp.
©Suzu Miyama　©Ezogingitune/SB Creative Corp.

SQEX／ノベル

ベル・プペーのスパダリ婚約
～「好みじゃない」と言われた人形姫、我慢をやめたら皇子がデレデレになった。実に愛い！～1

著者
朝霧あさき
イラストレーター
セレン

2024年3月7日　初版発行

発行人
松浦克義
発行所
株式会社スクウェア・エニックス
〒160－8430
東京都新宿区新宿6－27－30　新宿イーストサイドスクエア
（お問い合わせ）スクウェア・エニックス　サポートセンター
https://sqex.to/PUB
印刷所
図書印刷株式会社
担当編集
長塚宏子
装幀
FILTH

ISBN978-4-7575-9090-8 C0093
Printed in Japan